I0703539

Le loro GRAZIE

LIBRI DI LUCINDA BRANT

— I Roxton, i primi anni —
NOBILE SATIRO
LA SUA DUCHESSA
IL SUO DUCA
LE LORO GRAZIE

— La saga della famiglia Roxton —
MATRIMONIO DI MEZZANOTTE
DUCHESSA D'AUTUNNO
DIABOLICO DAIR
LADY MARY
IL FIGLIO DEL SATIRO
ETERNAMENTE VOSTRO
CON ETERNO AFFETTO

— I gialli di Alec Halsey —
FIDANZAMENTO MORTALE
RELAZIONE MORTALE
PERICOLO MORTALE
CONGIUNTI MORTALI

— Serie Salt Hendon —
LA SPOSA DI SALT HENDON
IL RITORNO DI SALT HENDON

Lucinda Brant scrive romanzi e mistery ambientati nell'era georgiana, famosi per la loro arguzia, l'atmosfera drammatica e il lieto fine. Ha una laurea in storia e scienze politiche ottenuta all'Australian National Universiry e una specializzazione post-laurea in scienza dell'educazione della Bond University, che le ha anche assegnato la medaglia Frank Surman.

Nobile Satiro, il suo primo romanzo, ha ottenuto il premio Random House/Woman's Day Romantic Fiction di 10.000 $ ed è stato per due volte finalista del Romance Writers' of Australia Romantic Book of the Year.

Tutti i suoi libri hanno ottenuto riconoscimenti e premi e sono diventati bestseller mondiali.

Lucinda vive in quella che chiama 'la sua tana di scrittrice' le cui pareti sono ricoperte da libri che coprono tutti gli aspetti del diciottesimo secolo, collezionati in oltre 40 anni… il suo paradiso. È felice quando i lettori la contattano (e risponderà!).

lucindabrant@gmail.com | lucindabrant.com

MIRELLA BANFI

Quando non sto leggendo, passo il tempo libero traducendo i libri che mi sono piaciuti, per dare anche ad altri la possibilità di leggerli in italiano. I vostri commenti sono importanti, mandatemi un messaggio a:

mirella.banfi@gmail.com

Le loro GRAZIE

I ROXTON, I PRIMI ANNI – QUARTO VOLUME

SEQUEL DI *IL SUO DUCA*

Lucinda Brant

TRADUZIONE DI MIRELLA BANFI

A Sprigleaf Book
Pubblicata da Sprigleaf Pty Ltd

Eccetto brevi citazioni incluse in articoli o recensioni, nessuna parte di questo libro può essere riprodotta in forma elettronica o a stampa senza la preventiva autorizzazione dell'editore. Questa è un'opera di fantasia; i nomi, i personaggi, i luoghi e gli avvenimenti sono il prodotto della fantasia dell'autore e sono usati in modo fittizio.

Le loro grazie: Sequel di *Il suo Duca*.
Copyright © 2024 Lucinda Brant.
Traduzione italiana di Mirella Banfi.
Revisione a cura di Marina Calcagni.
Progettazione artistica e formattazione: Sprigleaf.
La copertina si ispira al quadro: *La dichiarazione d'amore* di Jean François de Troy.
Il ritorno della carrozza: fiorone decorativo di Sprigleaf.
Tutti i diritti riservati.

Il disegno della foglia trilobata è un marchio di fabbrica appartenente a Sprigleaf Pty Ltd. La silhouette della coppia georgiana è un marchio di fabbrica appartenente a Lucinda Brant.

Disponibile come e-book e nelle edizioni in lingua straniera.

ISBN 978-1-922985-24-8

10 9 8 7 6 5 4 3 2 1   Copertina Rigida - Edizione Biblioteca   (i) I

DRAMATIS PERSONAE

La famiglia Roxton, il nucleo familiare e il personale

Roxton: *il duca di Roxton, alias* Monsieur le Duc.

Antonia: *a duchessa di Roxton, alias* Madame la Duchesse, *alias la* Comtesse de Roucy.

Vallentine: *Lucian, lord Vallentine, il migliore amico di Roxton, e marito di sua sorella.*

Estée: *lady Vallentine alias* Madame, *moglie di Vallentine e sorella di Roxton.*

Martin: *Martin Ellicott, ex valletto di Roxton e padrino di Julian (*mon parrain*).*

Julian: *il figlioletto di Roxton e Antonia, alias JuJu.*

Gabrielle: *cameriera personale di Antonia, sorella minore di Yvette, Rose e Giselle.*

Céleste e Cécile: *le balie di Julian, alias le nutrici di Morvan.*

George Geraghty: *il valletto di Roxton.*

Jean-Luc Levron: *figlio naturale del padre di Roxton (il marchese di Alston) e della sua amante, una* marionnettiste.

Augusta Fitzstuart: *la contessa di Strathsay, alias* Grand-mère. *La nonna di Antonia.*

LA FAMIGLIA SALVAN E IL NUCLEO FAMILIARE

Le vecchie zie: *le sorelle di Philip*, Comte de Salvan. *Zie di Roxton attraverso sua madre, Madeleine-Julie; zie di Salvan tramite suo padre Philip.*

Tante Philippe: *la marchesa di Touraine-Brissac, alias* Madame *Touraine-Brissac. Madre di Alphonse, duca di Touraine. Nonna di Elisabeth-Louise e Michelle Haudry.*

Tante Victoire: *la contessa di Chavigny.*

Tante Sophie Adélaïde: *sorella gemella di Victoire, una suora.*

Madeleine-Julie Salvan Hesham: *la minore delle sorelle Salvan. Marchesa di Alston. Madre di Roxton ed Estée, morta nel 1734.*

Salvan: *Jean-Honoré Gabriel Salvan*, Comte de Salvan. *Figlio di Philip*, Comte de Salvan, *primo cugino di Roxton. Nipote delle vecchie zie.*

Cavaliere Montbelliard: *alias il cugino Hugh. Erede del* Comte de Salvan.

Michelle Haudry: *alias* Madame *Haudry, nuora di un* Fermier Général, *figlia di Alphonse, duca di Touraine, nipote di Philippe*, Marquise de Touraine-Brissac.

Alphonse, Duc de Touraine: *unico figlio di* Madame *Touraine-Brissac, primo cugino di Roxton e suo intimo amico. Padre di Michelle Haudry ed Elisabeth-Louise Salvan Gondi Touraine.*

Elisabeth-Louise: *sorella di Michelle Haudry, nipote di* Madame *Touraine-Brissac.*

Thérèse, Comtesse Duras-Valfons: *ex amante di Roxton, moglie del barone Thesiger, sorella del* Marquis de Chesnay, *madre del bambino, Robert.*

Gustave, Marquis de Chesnay: *amico di Roxton, fratello di Thérèse Duras-Valfons.*

Richard "Ricky" Thesiger: *barone Thesiger, marito estraniato di Thérèse Duras-Valfons.*

Giselle: *cameriera personale di Elisabeth-Louise, sorella di Gabrielle.*

Figure storiche che appaiono o sono menzionate

Louis: *re di Francia. Louis XV (1710-1774) conosciuto come Luigi il Beneamato, re dal primo settembre del 1715 fino alla sua morte nel 1774*

Mme de Pompadour: *la* maîtresse-en-titre *(l'amante ufficiale) del re, alias* Marquise de Pompadour, *nata Jeanne Antoinette Poisson (1721-1764).*

Comte d'Hozier: *il genealogista del re, custode dell'*Armorial général de France *e* Juge d'armes de France. *Louis Pierre d'Hozier (1685-1767).*

Marquis de Dreux-Brézé: Grand maître des cérémonies de France. Alias *Joachim*, Marquis de Dreux-Brézé *(1710-1781).*

Duc de Bouillon*:* Grand Chambellan de France.
(1706-1771).

Duc de Richelieu*: aka Armand, Louis François
Armand de Vignerot du Plessis de Richelieu,
Primo gentiluomo della camera del re. Louis
François Armand de Vignerot du Plessis (1696-
1788).*

Marie Leszczyńska*: regina di Francia (1703-
1768), moglie del re Louis XV.*

Marquis de Maurepas*: Jean-Frédéric Phélypeaux
de Maurepas, segretario di stato. Jean-Frédéric
Phélypeaux, conte di Maurepas (1701-1781),
politico francese.*

M'sieur de Marville*:* Lieutenant Général de
Police *per Parigi (1740-1747).*

UNO

VILLA ROXTON, RUE DES RÉSERVOIRS, PETIT PARC, VERSAILLES, NOVEMBRE 1746

Quando Estée Vallentine arrivò alla villa di suo fratello non c'era nessuno della famiglia ad accoglierla nel foyer, nonostante avesse mandato avanti uno dei postiglioni per annunciare il suo arrivo.

Aveva piovuto per tutta la strada da Parigi, rendendo pesante il viaggio per una persona nelle sue delicate condizioni. Aveva fatto il possibile per sopportarlo, mantenendo alto l'umore, sapendo che si sarebbe presto riunita con suo marito, il fratello e la cognata. Ed era ansiosa di vedere quanto fosse cresciuto il suo nipotino nelle settimane da quando la famiglia aveva lasciato l'Hôtel Roxton per venire a Versailles.

Sotto la *porte-cochère*, un domestico in livrea l'aiutò a scendere dalla grande carrozza, con le sue donne che la seguivano mentre entrava in casa, salutata dal portiere e da un gran numero di domestici in livrea. Anche se fecero del loro meglio per farla sentire benvenuta, non era la stessa cosa che se fosse stata presente la famiglia.

Il buonumore sparì e si sentì contrariata.

Mentre le toglievano il manicotto e il mantello da viaggio

foderato di pelliccia, diede un'occhiata frettolosa al foyer con le sue piastrelle bianche e nere, il lampadario e lo scalone ricurvo e strinse le labbra. Era la sua prima visita alla villa che una volta era stata dei suoi genitori, prima che lei nascesse. E anche se l'avevano avvertita che era una modesta residenza di città per uno di nobile nascita, l'espressione acida delle sue donne rispecchiò i suoi pensieri. Dopo una vita circondata dall'opulenza su grande scala, questo foyer era carente in modo deprimente in fatto di arredamento e dimensioni. Non prometteva bene per il resto della casa e rinforzò la sua convinzione che, prendendo residenza lì, il duca stesse nuovamente cedendo ai capricci della moglie molto più giovane di lui. Il fatto che la casa fosse sorprendentemente calda migliorava in parte la situazione.

«C'è qualche emergenza in famiglia?» chiese al portiere.

«Scusate, *Madame*? Emergenza?»

«C'è?»

Il portiere scosse vigorosamente la testa. «No, *Madame*, vi assicuro che non c'è…»

«La mia famiglia è in casa?»

«Sì, *Madame*. Cioè…»

«Non mi servono scuse. Portatemi da *Monsieur le Duc*.»

«Sfortunatamente non posso farlo, *Madame*» si scusò il portiere.

«Allora trovate qualcuno che possa farlo!»

«Non volevo dire che non voglio soddisfare i vostri desideri, *Madame*. Ma mi è stato ordinato di non interrompere per nessun motivo *Monsieur le Duc* mentre ha come ospite un personaggio molto importante.»

Estée inarcò le sopracciglia. «Personaggio?»

«Un personaggio molto importante, *Madame*.»

«Dev'essere straordinariamente importante per aver impedito a *Monsieur le Duc* di dare il benvenuto nella sua casa a sua sorella!»

«Sì, *Madame*.»

«Chi c'è con *Monsieur le Duc?*»

Il portiere si avvicinò di un passo e disse, in un tono di meraviglia: «Non posso dirvelo, *Madame*. Tutto ciò che posso dirvi è che nessuno è più importante di quelli che vengono in visita per conto di *Sa Majesté*».

Estée spalancò gli occhi azzurri e, con una mano guantata sul corpino di velluto ricamato, abbassò la voce a un sussurro. «C'è un rappresentante del re qui, in questa casa?»

«Sì, *Madame*.» Parlarono sussurrando, come cospiratori.

Estée si avvicinò di un passo all'ometto grassoccio. «Chi? Dovete avere un nome.»

«Purtroppo, *Madame*, non ve lo posso dire.»

«Non volete» sibilò *Madame*.

Il portiere fece sporgere il labbro inferiore e sembrò mesto. «È come dite, *Madame*. Lo farei se potessi, ma non voglio incorrere nel dispiacere di *Monsieur le Duc*. Ma…!» Sorrise, complice, e fece spallucce. «Ciò che posso dirvi è che *non* mi è stato detto di non divulgare la posizione che occupa il nobiluomo nella casa del re…»

«Sì?»

«Monsieur le visiteur est le juge d'armes de France du roi.»

Estée sorrise consapevole. Ogni nobile che valesse il suo stemma sapeva che *le Juge d'armes de France* era il genealogista del re e che al momento quel posto era occupato dal *Comte d'Hozier*.

Quel nobile era responsabile per la verifica delle rivendicazioni di nobiltà e decideva sui problemi riguardanti l'uso degli stemmi da parte dei nobili. Come genealogista del re, d'Hozier era anche colui che teneva *l'Armorial général de France*, il prezioso registro che conteneva i nomi dei componenti di ogni famiglia nobile, i loro stemmi, e antenati che dovevano arrivare almeno al quindicesimo secolo se si aspirava a essere inclusi nelle sue pagine. Se quel nome non era nel registro, allora quel qualcuno non era nobile, ecco tutto.

Estée era particolarmente fiera di esserci, come nipote di Philip, *Comte de Salvan* e che ci fosse anche suo fratello. Ma aveva il sospetto che il genealogista del re non fosse lì per loro e immaginò che quella visita avesse qualcosa a che fare con la presentazione a corte di Antonia. Sperava che non ci fosse qualche impedimento dell'ultimo minuto, ma scacciò in fretta la sua preoccupazione, sapendo che suo fratello avrebbe sistemato tutto in poco tempo.

Si allontanò di un passo dal portiere, con l'arroganza fermamente tornata al suo posto.

«Non dobbiamo disturbare *Monsieur le Duc* mentre ha come ospite *Monsieur le Comte d'Hozier*, quindi potete portarmi da mio marito.»

Il portiere alzò le braccia. «Sfortunatamente non posso fare nemmeno quello, *Madame*.»

«*Monsieur* Vallentine è con *Monsieur le Duc?*»

«No, *Madame*, *Monsieur* Vallentine è uscito all'alba per andare alla *Grande Écurie*. Non ha detto quando sarebbe tornato.»

A Estée Vallentine crollarono le spalle. Si sentì abbandonata. Era sul punto di chiedere dove fosse *Madame la Duchesse* quando la sorpresero dei tonfi che risuonarono sopra le loro teste. Fece un passo indietro, ricadendo tra le braccia di una delle sue donne, che aveva alzato di colpo gli occhi al soffitto, allarmata, aspettandosi che lo stucco piovesse su di loro.

I servitori restarono tranquilli e aspettarono che Estée dicesse loro che cosa voleva fare.

«Avete sentito quel-quel… *rumore?*» chiese Estée, indicando in alto con il dito.

Prima che il portiere potesse rispondere ci furono altri tonfi e quelli che sembravano centinaia di piedi in corsa. Quello e grida di eccitazione attutite mantennero lo sguardo delle donne fisso sul soffitto. Estée Vallentine abbassò la testa e fulminò il portiere con lo sguardo.

«Non potete essere sordi e non sentire quella cacofonia!»

«Sì, *Madame*. Sono sordo. Lo siamo tutti.»

Estée lo guardò con la fronte aggrottata, senza capire.

Il portiere fu parco nella sua spiegazione.

«Mi scuserete se lo dico, ma siamo anche tutti ciechi finché non ci viene ordinato il contrario. *Madame comprend-elle?*» Si inchinò e indicò lo scalone ai piedi del quale l'aspettava uno dei domestici. «Ora, per favore, seguite Simon alla nursery nella galleria. *Madame la Duchesse* ha chiesto che la raggiungiate là.» Il portiere si inchinò di nuovo e si tolse di mezzo. «Benvenuta alla villa, *Madame*.»

ESTÉE ENTRÒ nella lunga sala e fu accolta dallo spettacolo di due portantine che gareggiavano tra loro, correndo per tutta la sua lunghezza, tra gli incoraggiamenti dei presenti.

Sollevate sui pali e trasportate da uomini robusti, le portantine percorrevano la stanza a tutta velocità, con i loro passeggeri che venivano sballottati durante il percorso, mentre salutavano entusiasticamente gli spettatori attraverso i finestrini laterali, agitando vigorosamente le mani e ridendo felici.

Estée non sapeva che cosa la inorridisse di più: che le portantine stessero facendo una gara all'interno della villa, o che quelle particolari portantine fossero il mezzo di trasporto usato dalle masse. Le giacche azzurre delle livree dei portantini e il colore azzurro delle sedute li proclamavano il mezzo di trasporto dei residenti della città che avevano soldi per pagare i loro servizi. Dubitava seriamente che questi uomini avessero mai visto l'interno di una casa nobiliare e mai una che appartenesse a *Monsieur le Duc*. Rabbrividì pensando al numero e al tipo di persone che avevano occupato la panca all'interno di un simile comune mezzo di trasporto.

Una delle portantine fu appoggiata sul pavimento in fondo alla nursery e un paio di cameriere si fiondarono ad aprire lo sportello, ne tolsero il bambino che c'era dentro e ne misero al suo posto un altro, per il suo turno di godere del brivido della corsa. Se il bambino era troppo giovane o troppo piccolo per guardare fuori dal finestrino, saliva un bambino più grande, si sedeva sulla panca e quello più piccolo gli veniva messo in grembo, dove era tenuto al sicuro durante la corsa.

Quando gli occupanti si furono sistemati e lo sportello chiuso, entrambe le portantine furono sollevate sui pali. I portantini poi aspettarono il segnale che la gara cominciasse. Era un pezzo di nastro azzurro agitato da metà della fila di spettatori: cameriere della nursery con bambini in braccio o sul fianco e gli altri piccoli aggrappati ai vestiti o tenuti per mano da un fratello o una sorella più grandi o da un domestico.

E una volta dato il segnale, le portantine cominciarono la gara, passando davanti a un insieme di domestici ridenti e bambini eccitati, tutti che salutavano e urlavano e mandavano baci. Una volta raggiunta la parete in fondo, i portantini si voltarono senza appoggiare le portantine e corsero fino in fondo alla galleria per ricominciare tutto daccapo.

Estée era affascinata e allarmata in ugual misura e si chiedeva se era così che appariva un manicomio quando i matti erano al comando.

Nessuno la notò, nemmeno quando fece parecchi passi nella stanza. E quando il domestico che le aveva aperto la porta fece per andarsene, il suo istinto fu di seguirlo nel corridoio. Ora rimpiangeva di aver congedato le sue donne, ordinando loro di andare a preparare le sue stanze e a togliere gli indumenti dai bauli.

Ma non era invisibile come supponeva. Una giovane cameriera corse da lei con una poltrona di vimini, la appoggiò, fece una riverenza e scappò. Estée si sedette, facendo del suo meglio per apparire impassibile mentre i suoi sensi si adattavano all'atmosfera inebriante, un braccio in grembo, sotto la pancia che cresceva, tra le pieghe del vestito di velluto, e l'altro appoggiato sopra, come se il bambino che c'era dentro avesse bisogno di protezione.

Guardando oltre la fila di servitori e portantine in gara, osservò il resto della nursery. In fondo, gli arazzi che facevano da paravento erano stati ripiegati contro la parete e mostravano una fila di lettini rifatti e vuoti e parecchie culle di vimini sui loro sostegni. Un semicupio pieno di acqua saponata davanti al camino aveva un occupante. Due cameriere erano chine sopra un bambino e lo stavano lavando da dietro le orecchie alle dita dei piedi. Una pila di vestiti sporchi da un lato della vasca suggeriva che fosse stato colto a giocare nel fango sotto la pioggia battente. Una giovane domestica, quella che aveva portato la poltrona a Estée, raccolse gli abiti sporchi e sparì dietro una porta di servizio.

Estée si chiese dove fossero la duchessa e suo figlio. Non aveva pensato a dare più di una fugace occhiata agli occupanti delle portantine. La sua attenzione si spostò sulla fila di spettatori chiassosi, chiedendosi come fosse possibile che quei servitori fossero così indisciplinati in assenza della loro padrona e si comportassero come se fosse il loro giorno libero e un giorno della festa di un santo perdipiù. Non si sarebbero mai comportati così male quando era lei che si occupava della casa del duca. Ecco un altro esempio dell'eccessiva indulgenza di suo fratello quando si trattava di Antonia. Aveva cercato di avvertirlo, ma lui aveva rifiutato di prestare attenzione, ed ecco il risultato!

E poi notò tra i servitori uno che fino poco tempo prima era stato uno di loro.

L'ex valletto del duca era nel bel mezzo di questa follia e sembrava compiaciuto di se stesso, incoraggiando e gridando entusiasticamente come gli altri e agitando quell'assurdo nastro azzurro come se fosse il maestro di cerimonia in un circo. Perché non la sorprendeva che stesse incoraggiando le assurdità di Antonia? Si era avverato ciò che lei aveva predetto! Date a un servitore un dito e diventerà un compiaciuto tiranno.

Non lo avrebbe tollerato!

Si alzò in piedi e scosse le sottane, stava per andare dall'altra parte della galleria e chiedergli che le desse una spiegazione quando una delle portantine deviò e gli uomini l'appoggiarono davanti a lei, bloccandole la strada.

DUE

«*MADAME*! Siete arrivata finalmente!»

Era la duchessa.

Estée la sentì ma non la vide. Poi si rese conto che il saluto era arrivato dall'interno della portantina appoggiata sul pavimento accanto a lei. Una domestica spalancò lo sportello e lì, seduta sulla panca, c'era Antonia, vivace e sorridente, con le guance di porcellana delicatamente rosate e i capelli biondo-miele un po' in disordine. In grembo, tra le pieghe delle sottane imbottite di seta azzurra ricamata, c'era il suo bambino, che gorgogliava felice agitando le braccia.

«Oh, mia cara ragazza! Eccovi!» esclamò sollevata Estée.

Antonia baciò la guancia rosea di suo figlio e parlò con lui. «Juju» gli disse dolcemente, «tua zia Estée è finalmente qui. Adesso la famiglia è di nuovo riunita, e questo fa molto piacere alla tua *maman*.»

Tese il figlio perché una delle cameriere lo prendesse e poi Gabrielle l'aiutò a uscire dalla portantina. Una volta fuori e allontanatasi di un passo dalla portantina, un'altra delle cameriere di

Antonia venne a scuotere le sottogonne di seta e la sottana di velluto per toglierne le pieghe mentre una terza sistemava il grembiulino di organza, legando nuovamente i suoi nastri intorno alla vita della duchessa. Antonia poi riprese suo figlio e andò da Estée.

Le due donne si abbracciarono per salutarsi come meglio potevano con un bebè che si agitava tra di loro e si baciarono le guance.

«Abbiamo avuto una mattinata così allegra!» dichiarò Antonia. «Non sapevo che le portantine potessero andare così veloci.» Sorrise felice. «E adesso Julian non urla più quando è seduto nella portantina con me. Ieri avevo cercato di tenerlo in grembo per andare a fare una breve visita ai nostri vicini, ma no! Non voleva assolutamente accettarlo e quindi Céleste ha dovuto portarlo lì in braccio mentre io andavo da sola nella portantina.» Felice, abbracciò stretto suo figlio per un momento. «Ma dopo le nostre corse dei giorni di pioggia, non teme più l'interno di una portantina. Ma basta parlare della nostra mattinata. Com'è andato il vostro viaggio? È piovuto per tutto il tragitto? Non vi sentite più così male in questi giorni? Avete un ottimo aspetto. La gravidanza vi dona, *Madame*! Ho così tanto da dirvi! Ma prima il caffè… Oh!» Antonia si chinò in avanti con una ruga tra le sopracciglia. «Spero che queste siano lacrime di felicità!»

Estée si tamponò gli occhi e strinse il nasino con il fazzoletto bordato di pizzo.

«Sì, lacrime di felicità. *Bien sûr*! Sempre.» Tirò su col naso e sorrise. «Mi siete mancati tutti moltissimo.»

Quando Antonia si sedette con il figlio in grembo sulla poltrona di vimini che le aveva portato un domestico, Estée si rimise seduta e prese il piccolo pugno chiuso del nipotino.

«È cresciuto così tanto, *ma très chère belle-sœur*. È possibile che sia due volte più grande di quando l'ho visto l'ultima volta?»

Antonia rise portandosi la mano alla bocca.

«È un bambino così grasso e felice perché non ne ha mai abbastanza del seno. È un bene che abbia *due* balie al suo servizio. E da quando ha scoperto di avere una voce, fa più rumore di un'ara in gabbia.» I suoi occhi verdi scintillarono quando confidò: «Il vostro arrivo è molto opportuno, perché ha avuto abbastanza eccitazione per oggi e dev'essere cambiato prima di tornare in mezzo alla gente civile».

Si guardò intorno, cercando una delle bambinaie o una cameriera della nursery, ma erano tutte occupate a smistare i bambini in fondo alla stanza o a prendere in braccio i vagabondi. E poi Martin Ellicott si avvicinò a lei, dopo aver lasciato i portantini ai domestici.

«Hanno accettato il rinfresco?» gli chiese Antonia.

«Sì, *Madame la Duchesse*. Sono stati eccezionalmente grati per la vostra offerta di un pasto in cucina e ancora di più quando ho calcolato il pagamento…»

«Contando il numero di corse avanti e indietro, *oui*?»

«Come avevate richiesto. Ho mandato una nota con la somma da pagare prima che vadano.»

Estée si sedette diritta. Non riuscì a trattenersi e commentò: «Perché li state pagando quando date loro da mangiare? Hanno passato l'intera mattina lontani dal freddo e dalla pioggia, quindi dovrebbero essere grati per il privilegio di aver avuto il permesso di entrare nella casa di *Monsieur le Duc de Roxton*. E quando si vanteranno con i loro colleghi della loro fortuna di avere avuto *Madame la Duchesse* come passeggera, avranno clienti che faranno la fila per tutta la strada! E tutto per il privilegio di usare una portantina che vi ha trasportata! No. Risparmiate i vostri soldi, carissima. Il sovraintendente di Roxton ve ne sarà grato».

Antonia e Martin si scambiarono un'occhiata ma nessuno dei due commentò, mentre Martin faceva un inchino a Estée Vallentine. Se Antonia notò Estée che si irrigidiva e offendeva il padrino di suo figlio voltando la testa, finse il contrario, non volendo far agitare la cognata la prima ora dopo il suo arrivo alla villa.

Baciando suo figlio gli disse: «Il tuo paziente e comprensivo *parrain* ti porterà da Céleste.» Tendendo il figlio a Martin gli confidò a voce bassa. «Per favore, abbiate la forza di dimenticare il vostro senso dell'odorato, Martin. *Merci*».

Estée osservò Martin Ellicott che camminava lungo la Galleria, parlando con il suo figlioccio, circondato quasi subito da un branco di bambini che gli saltellavano allegramente accanto, chiacchierando nel modo più familiare. E quando più di un bambino allungò la mano per toccare le dita grassocce del nipotino, strinse le labbra e si impose di distogliere lo sguardo.

Antonia vide la sua espressione e disse dolcemente: «Sono eccitati, come sono i bambini, da tutto ciò che è nuovo e affascinante. Non solo hanno avuto la possibilità di sedere su una portantina, ma addirittura di fare una gara tra di loro. Si calmeranno presto. È quasi ora di pranzo e quando avranno mangiato faranno un sonnellino e tornerà la pace...» Sospirò felice e ridacchiò, «anche se solo per qualche ora! E poi dovremo vedere che cosa si può fare per dare sfogo alla loro vivacità mentre continua a piovere e non possono uscire all'aperto.»

«Mia cara, vi offro questo consiglio da persona che vi ama come una sorella» disse Estée con quel sorriso fisso e altezzoso che Antonia aveva imparato a conoscere così bene e che le fece cadere le spalle. «Fareste bene a non interessarvi così tanto ai bambini di quelli che ci servono. Meglio mantenere le distanze. Meglio ancora, limitate il vostro tempo nella nursery. Sono quelli che assistono vostro figlio che dovrebbero venire da voi, non viceversa.»

«*Monsieur le Duc* si scusa per non essere stato presente per salutarvi» cominciò a dire Antonia, tentando di cambiare argomento, per evitare di essere trascinata in una polemica.

«Non ce n'è bisogno» rispose Estée, ignorando le scuse. «Non si fa aspettare il genealogista di *Sa Majesté*.» E dato che la disturbava ancora la gestione della nursery di suo nipote, tornò a quella preoccupazione. «Avete considerato che quei bambini nella nursery potrebbero distrarre le bambinaie e occupare il loro tempo?»

«Sono i figli dei nostri servitori e delle nutrici di Julian. Queste donne sono lontane da casa...»

«E adesso sono lontani anche i loro figli. Non sarebbe meglio che stessero con i loro simili, dove potrebbero essere d'aiuto, a casa e nei campi...»

«*Pardon, Madame*, i bambini non dovrebbero mai essere separati dalle loro madri finché non sono abbastanza grandi per questa separazione.»

«Che strano concetto, mia cara, quando si pensa che ogni nobildonna a corte manda i suoi figli dalle balie fin dalla nascita...»

«Vostra madre non lo fece.»

Il sorriso di Estée divenne fisso. «Non lo fece per il semplice motivo che suo fratello le aveva proibito di andare a corte.»

«Oh? *Monseigneur*, mi dice che non aveva affidato nessuno di voi due alle cure di altri perché desiderava, come lo desiderava vostro padre, che rimaneste con loro. Ed è ciò che desideriamo anche per i nostri figli. E avere qui altri bambini» aggiunse con un sorriso luminoso anche se forzato, sperando di porre fine alla discussione, «dà a Julian dei compagni di gioco.»

Estée sbuffò incredula. «Mia cara, quando sarà grande abbastanza da apprezzare la differenza, sceglierà lui con chi passare il tempo e, credetemi, non saranno i figli delle balie!»

Antonia piegò di lato la testa e finse un momento di ottusità. «Differenza?»

«*Oh là là*, mia cara ragazza» disse Estée con una risatina incredula. «Non ho bisogno di rammentarvi che i nostri figli sono speciali e che, come tali, devono crescere tra i loro pari. Richiede che venga loro insegnata la differenza tra coloro che sono serviti e quelli che servono. In questo modo tutti i bambini, di nascita alta o vile, imparano qual è il loro posto in questo mondo.»

Antonia si strinse le mani in grembo. «*Madame*, Julian è un *bébé*. I suoi bisogni sono semplici: essere ben nutrito, tenuto al caldo e asciutto e, più di tutto, essere amato. Tutto il resto non è importante.»

«Chi può biasimarvi per queste ingenue affermazioni, *ma très chère belle-sœur*» rispose Estée con un sospiro condiscendente. «La vostra insolita educazione vi porta ad avere idee straordinarie. Non intendo criticarvi, e senza dubbio lo sapete anche voi, che, come figlio ed erede di *Monsieur le Duc de Roxton*, l'educazione di Julian dovrà essere notevolmente diversa dalla vostra.»

«Non solo lo so, ma sono anche decisa che sia protetto da questa consapevolezza mentre si trova nella nursery. Qui è un bebè, non diverso da qualunque altro bebè o ragazzino.» Antonia fece un sorriso complice, mostrando le fossette nelle guance. «Ma vi sbagliate se pensate che il modo in cui sarà allevato sarà molto diverso dal mio. Proprio come mio padre mi ha riempito d'amore e comprensione, *Monseigneur* e io faremo la stessa cosa con Julian...»

«Certo, ma...»

«*Madame*» continuò Antonia, interrompendo sua cognata perché per l'ultima volta voleva che capisse. «So molto bene che una volta che Julian lascerà la nursery, per tutta la vita gli ricorderanno non solo la sua nobiltà, ma anche che è il figlio di *Monsieur le Duc de Roxton*. Vivrà nell'ombra di suo padre e non potrà farne a meno. Voglio che sia fiero del suo sangue e di chi è, ma dev'essere anche felice e vivere la sua vita sapendo che è amato perché è il nostro primo figlio. Solo in quel modo troverà il coraggio di uscire alla luce ed essere chi è veramente destinato a essere, *oui*? *C'est tout ce qu'il y a à faire!*»

«Certo, *ma chère*» confermò Estée senza capire fino in fondo, e senza quindi resistere a dare voce a una fastidiosa incomprensione. «Ed è il motivo per cui mi chiedo se non sia meglio cominciare quelle lezioni fin dalla culla, circondandolo con coloro che comprendono l'ombra che getta suo padre invece di coloro che potrebbero ostacolarne il progresso. Sarà meglio pronto per il futuro. Un giorno sarà *Monsieur le Duc de Roxton*, erediterà una vasta fortuna e il potere e tutti si inchineranno a lui. È un futuro immutabile.»

«Un giorno. Ma non oggi né domani» dichiarò fermamente Antonia. E, frustrata perché non riusciva e far capire a sua cognata che amare ed essere amati erano la cosa che più le importava, l'emozione ebbe la meglio su di lei e sbottò, con le lacrime agli occhi: «Ma io intendo fare del mio meglio per non pensare al lontano futuro, al momento in cui si rivolgeranno a Julian come *Monsieur le Duc*. Perché quel futuro sarà senza *Monseigneur* e io non mi permetterò di contemplare questa eventualità… *mai*.»

Estée allungò la mano e strinse gentilmente quelle unite di Antonia. «Non c'è bisogno che ci pensiate oggi. Per favore, non agitatevi. Ma un giorno dovrete farlo, per il bene dei vostri figli. Perché, se succedesse qualcosa a Roxton e voi restaste…»

«No!» Antonia balzò in piedi. «No! Mi dispiace, *Madame*, ma no! Non parleremo più di questa eventualità. Capisco che avete questi pensieri lacrimosi per via di ciò che è accaduto a vostro padre. È stata una tragedia. Vostra madre ha vissuto il resto dei suoi giorni nella tristezza, con gli occhi che hanno pianto tante lacrime da non averne più. Ma *Monseigneur* non cadrà da cavallo. E i suoi figli conosceranno il loro padre e se mai piangerò, sarà solo di gioia. Ora beviamo il caffè. Ma nella stanza della colazione, ho qualcosa da mostrarvi che penso vi farà piacere.»

Estée prese il polso di Antonia prima che potesse voltarsi. Restò seduta e guardando la duchessa con un sorriso triste disse contrita: «Perdonatemi per aver rovinato il vostro divertimento mattutino…»

«Non l'avete fatto…»

«Sì, invece. E avete ragione. Rimugino troppo spesso sul passato infelice. Ancora di più, se possibile, ora che questa nuova vita sta crescendo dentro di me. È strano, non credete, che i miei pensieri siano occupati da quello che è stato anziché da quello che sarà?»

«È naturale. Il futuro è sconosciuto. Ogni donna, dal momento in cui scopre che diventerà madre, si preoccupa per ogni piccola cosa che ha a che fare con il bambino. Ma ciò che ci preoccupa di più è il parto. Mia madre è morta di parto, quindi i miei pensieri mentre ero incinta andavano spesso a quelle infelici circostanze.» Antonia strinse le dita di Estée e sorrise. «Ma andrà tutto bene, per voi e per il vostro piccolino. Lo so.»

Estée annuì e baciò il dorso della mano di Antonia. E una volta in piedi, la prese a braccetto e percorsero la nursery fino alla stanza dei lettini e delle culle, nuovamente nascosta dai paraventi. Da dietro uno dei paraventi uscì Martin Ellicott che aveva il suo figlioccio in braccio. Il bambino era appoggiato al suo collo e dormiva profondamente. Aspettò che lo raggiungessero.

Vedendolo con il nipote, a Estée tornò l'espressione acida. Si fermò in mezzo alla stanza e disse sottovoce: «È piuttosto assiduo nei suo compiti di *parrain*».

«E lo sarà anche Vallentine, quando Julian sarà abbastanza grande da usare *son épée*.»

«Non si tira di scherma nella nursery, mia cara, che non è posto per un uomo. E Lucian è un nobile e un maestro spadaccino nonché il più vecchio amico di mio fratello. Mentre quest'uomo è…»

«… è, anche lui, un grande amico di *Monseigneur* ed è il padrino di Julian» la interruppe gentilmente ma fermamente Antonia. «Questi due fatti sono, qual era la parola che avete usato

e che mi è piaciuta tantissimo… Ah, ricordo! *Immutabili*. Venite!»
continuò con un sorriso radioso, «Ci aspettano il caffè e la torta.»
E si affrettò a raggiungere Martin.

Estée la seguì con la bocca fermamente chiusa evitando di
dare ulteriori consigli, sapendo che era futile continuare. Sua
cognata era troppo gentile, troppo benevolente, troppo desiderosa
di avere una casa felice a ogni costo e la sua giovinezza le remava
contro. La duchessa non capiva che c'era chi si approfittava di lei,
specialmente l'ex valletto del duca.

Quando aveva parlato a suo fratello della gestione della
nursery e i suoi timori riguardo alla familiarità di Antonia con
servitori benintenzionati ed ex lacchè adulanti, Roxton aveva
respinto le sue preoccupazioni come irrilevanti. Ma ora, lì alla
villa e vedendo con i suoi occhi come andavano le cose, era decisa
a far rinsavire il duca e fargli vedere che sotto il controllo lassista
della duchessa il suo personale stava diventando ingovernabile.

Avrebbe preso in mano lei la situazione, frenato gli eccessi e la
familiarità e le cose sarebbero tornate al loro stato naturale, come
avevano funzionato sotto la sua guida. E avrebbe cominciato con
la persona che era convinta avesse un'influenza eccessiva sulla
duchessa. Se c'era qualcuno che gettava un'ombra sulla nursery di
suo nipote e manipolava sua cognata, quello era l'ex valletto del
fratello. Ed Estée intendeva fare in modo che l'impudente ruffiano
fosse rimesso al suo posto e che lì restasse.

MEZZ'ORA PRIMA DI essere chiamata a raggiungere la famiglia
per la cena, una delle sue donne fece entrare un visitatore nel
piccolo salotto oltre il *boudoir*. Seduta al centro di una *dormeuse*
rivestita di seta a righe, l'unico posto a sedere nella stanza, con le
sottane attentamente sistemate intorno a lei e agitando un ventaglio à *gouache*, Estée fece un cenno con la testa al visitatore.

Martin Ellicott entrò nella stanza e la cameriera di Estée sparì dietro la *portière*, a portata di orecchi, in modo da poter reagire immediatamente se chiamata.

Da solo con la sorella del duca, Martin non riusciva a immaginare di che cosa intendesse parlargli. Eppure, conoscendola bene, si preparò mentalmente per tutte le possibili accuse che avrebbe potuto lanciargli.

TRE

NELLE RARE circostanze in cui veniva convocato alla presenza della sorella del duca, Martin si accertava di tenere per sé sentimenti e pensieri. Manteneva un'espressione neutra e ricacciava in fondo l'aggressione ai suoi sensi.

Il primo senso a essere assalito era l'olfatto. L'aria era pungente del profumo dolciastro che *Madame* usava troppo liberamente. Poi veniva la vista, con gli occhi che si seccavano vedendo la quantità di cosmetici che, se applicati con una mano più leggera, sarebbero stati più adatti alla sua carnagione e avrebbero aumentato la sua bellezza anziché diminuirla. Il sapore metallico che sentiva in bocca si sviluppava per via del bisogno di tenere la bocca chiusa, qualunque maltrattamento verbale gli venisse riservato. Quanto al tatto, beh, quello veniva risparmiato perché non si sedeva mai alla presenza di *Madame* e teneva le mani giunte davanti a sé. Infine erano le sue orecchie a essere assalite, perché fischiavano a causa alle sue prediche petulanti, agli attacchi verbali e alle minacce. E quando *Madame* non riusciva a ottenere ciò che voleva, c'erano urla e lacrime di frustrazione, indirizzate al duca ma scaricate su di lui come messaggero di suo fratello.

Non sapeva che cosa aspettarsi con il cambiamento della sua posizione nella casa del duca. Ma sospettava che *Madame* non avesse preso bene la notizia e che lui sarebbe sempre rimasto un servo ai suoi occhi. Dopotutto, *Madame* non aveva esperienza del mondo oltre i profumati *boudoir* dei suoi amici e parenti aristocratici; perfino la borghesia era considerata un altro paese per i nobili francesi. Quindi le opinioni di *Madame* erano limitate dai suoi pregiudizi. Per loro non esisteva un ponte che potesse colmare l'enorme vuoto tra coloro che governavano e quelli che erano governati.

Quando si avvicinò alla *dormeuse*, si inchinò e aspettò che *Madame* gli rivolgesse la parola, come le era dovuto, desiderando con tutto il cuore, per il bene del duca e della duchessa e dell'armonia domestica, che *Madame* lo sorprendesse e gli dimostrasse che aveva torto.

Estée lo guardò dall'alto al basso, chiuse con un gesto melodrammatico il ventaglio e lo buttò sul cuscino. Quando scivolò sul tappeto, Martin lo raccolse e glielo tese, ma Estée non lo prese, gli indicò semplicemente con un cenno della testa di rimetterlo sul cuscino. Martin obbedì, lentamente e deliberatamente, poi fece un passo indietro restando in piedi davanti a lei. E anche se la sua espressione non tradiva i suoi pensieri, il fatto che non abbassasse lo sguardo ma la fissasse dritta negli occhi era un'indicazione sufficiente della sua mancanza di sottomissione, del fatto che non si considerava più un servo.

«Sapete chi c'è con *Monsieur le Duc*?» gli chiese Estée nel suo tono più condiscendente.

«Sì, *Madame*.» Quando lei fece un gesto impaziente, Martin aggiunse: «*Monsieur le Comte d'Hozier*, il genealogista di *Sa Majesté*.»

«Genealogista e custode dell'*Armorial général de France*. Sapete che cos'è?»

«Sì, *Madame*.»

Quando lei fece un altro gesto di esasperazione, Martin restò in silenzio, obbligandola a sbottare: «Beh!? Ditemi, che cos'è!»

«Un registro creato da Louis XIV dove sono registrati i nomi e gli stemmi di ogni famiglia nobile francese a cominciare dal regno, credo, di re Charles VI.»

Estée non aveva idea se Martin Ellicott avesse menzionato o meno il re giusto, perché non lo sapeva nemmeno lei, ma gli credette. Inoltre, ciò che importava era che sapesse di quel particolare registro in modo che lei potesse sottolineare ciò che voleva e rimetterlo al suo posto.

«I Salvan sono inclusi nell'*Armorial général de France*, e *Monsieur le Duc* e io siamo i nipoti del *Comte de Salvan*. Nostra madre era una Salvan...»

Quando ci fu un silenzio prolungato, Martin si chiese se dovesse rispondere. Fu troppo lento per lei, obbligandola a sottolineare l'ovvio.

«Lo sapevate?»

«Sono perfettamente al corrente di questi fatti, *Madame*.»

«Bene. Proprio come dovete sapere che...» Non riuscì a nascondere un sorriso di superiorità, «... nessuno dei vostri antenati si trova sulle pagine di quel registro.»

«Sì, *Madame*» dichiarò Martin guardandola negli occhi. «Sono al corrente anche di questo fatto.»

Madame osò fissarlo e se si sentiva a disagio, cercò di nasconderlo. Eppure Martin sapeva che giocherellava con i suoi vestiti quando era agitata. Lo stava facendo in quel momento, con uno dei fiocchi di seta del suo corpino. Ci furono cinque secondi di silenzio tra di loro e poi *Madame* sbuffò e alzò una mano.

«Eppure eccovi qui! Che vivete tra di noi, non più un servitore ma come se questo fosse il vostro posto. Come se foste uno di *noi*.»

«*Pardon, Madame*, ma non avrei mai la presunzione di pensare di essere uno di *voi*, cioè di nobile nascita, immagino intendiate dire.»

«Certo che è ciò che intendo dire! Che altro dovrei voler dire?»

«Quindi ho veramente capito che cosa intendevate dire.»

«Perché non siete più un valletto?»

«Sono sicuro che *Monsieur le Duc* vi abbia informato del cambiamento della mia situazione...»

«Certo! Sono sua sorella. Ma non significa che io capisca perché abbiate accettato la straordinaria offerta di *Monsieur le Duc*. In effetti, sono sbalordita che abbiate accettato.»

«Se devo essere sincero, sono incredulo anch'io.»

«Allora confermate che non avete il diritto di vivere come uno di noi?»

«*Madame*, riconosco che proprio come la maggioranza della popolazione sa per certo che vivrà, lavorerà e morirà nel posto dov'è nata, io sarò sempre il figlio di un maggiordomo e di una casalinga; che i miei antenati, da quando ne abbiamo traccia, hanno passato le loro vite al servizio dei loro padroni.»

«Quindi avreste dovuto rifiutare l'offerta di mio fratello e restare nel posto dove siete più a vostro agio e più utile, a fare ciò per cui siete nato e ciò che dovreste continuare a fare.»

«Se la vita fosse così semplice, *Madame*... Posso essere stato un valletto per la maggior parte della mia vita, ma il mio mestiere vi dice molto poco di me.»

«Di voi?» Estée sbatté gli occhi senza capire. «Che cosa c'è da sapere?»

Martin fece involontariamente un sorrisino, per nulla sorpreso che lei non capisse. Cercò di spiegarglielo.

«È la stessa cosa per quelli tanto fortunati da essere inclusi nell'*Armorial général de France*. Elenca tutti i nomi delle famiglie nobili francesi, certo, ma non ci dice niente di ogni individuo nato in quella particolare casata, se sia una brava persona oppure no; se sia un uomo d'onore o un bugiardo; uno spendaccione o un avaro...»

«L'*Armorial général de France* non ha nulla a che vedere con voi che lasciate il vostro posto per mascherarvi da gentiluomo di mezzi.»

Martin avrebbe voluto sospirare per la frustrazione, invece disse con calma: «*Madame*, volevo solo sottolineare che la condizione di un uomo, dove è nato e in quale famiglia, non dà indicazioni sul suo carattere o se sia buono o malvagio. Un fabbricante di candele può vivere una vita onorata e un nobiluomo può essere una canaglia. È solo la sua nascita fortunata che gli permette di reclamare il dominio su un altro...»

«Fortunata? Credete che sia la fortuna e non la volontà di Dio che determina in quale famiglia nasciamo? Non ci insegnano che Lui decide tutte le cose? Credete in Dio?»

«Sì, *Madame*, certamente. Forse sarebbe stato meglio dire *buona sorte*, invece di *fortuna*.»

«Sorte o fortuna, è lo stesso. Il caso non ha posto negli insegnamenti della Chiesa. Un fabbricante di candele lo è perché l'ha voluto Dio. E per vostra stessa ammissione, la vostra stirpe è di servitori, quindi è ciò che dovreste fare: servire.»

«È ciò che intendo continua a fare, *Madame*, ma in modo diverso.»

Estée si tirò indietro, perplessa. Gli indicò con un gesto di spiegarsi.

«Se, come dite voi, cose come la fortuna non esistono e tutto è determinato dalla volontà di Dio, allora la mia buona sorte, quella di essere elevato dallo stato di servitore, dev'essere stata ordinata da Lui...»

«Non distorcete le mie parole!»

«… tramite l'amore e la generosità di *Monsieur le Duc* e *Madame la Duchesse*.»

«Molto ben detto. Ma qualunque sia la vostra elevazione o la vostra ambizione, voi non siete, e non sarete mai, uno di noi, perché non lo siete per nascita. Ed è il motivo per cui non capisco perché dovreste perfino tentare di essere qualcosa di diverso!»

«Simpatizzo con voi, *Madame*. E capisco che deve essere veramente difficile per una persona del vostro rango capire ciò che vostro fratello ha fatto per me. Ma vi assicuro che la mia unica ambizione è di essere d'aiuto a *Monsieur le Duc* e *Madame la Duchesse*, in qualunque modo lo desiderino.» Fece un inchino e, portandosi una mano al cuore, disse gentilmente: «Sono e sarò sempre il servitore più fedele e devoto della casata ducale e della vostra famiglia».

Le sue parole e le sue maniere un po' placarono Estée. Si dimenò sulla *dormeuse* e, raccogliendo il ventaglio, lo aprì di scatto e lo sventolò. Arricciando le labbra, lo fissò negli occhi e quando Martin continuò a fissarla e con un sorriso non poté fare a meno di rimetterlo al suo posto.

«Avete sempre posseduto una lingua sciolta» disse imbronciata. «Mio fratello vi ha insegnato bene. Spero solo che la teniate saldamente dietro i denti, ora che non siete più il valletto di *Monsieur le Duc*, perché non è più responsabile per la vostra condotta, lo siete voi. Significa che non godete più della sua protezione. Capite che cosa significa per voi?»

«Sì, *Madame*. Potete stare certa che sarò circospetto in ogni occasione. Non sono tipo da farmi avanti…»

«È un po' troppo tardi per quello! Il vostro innalzamento è già oggetto di pettegolezzi tra i nostri parenti e amici. Fate attenzione. Se volete essere d'aiuto a mio fratello e a sua moglie, fareste meglio a non essere visto in loro compagnia quando sono lontani da casa. E quando abbiamo ospiti, dovreste ritirarvi dalle stanze pubbliche e restare invisibile. La vostra presenza non farebbe altro che mettere tutti a disagio. Come faranno i nostri amici o i familiari a sapere come rivolgersi a voi, o come trattarvi o che cosa dirvi? Per il loro bene, bisogna evitare tali spiacevolezze. Sono sicura che vorrete tranquillizzarmi in merito e che quindi vi impegnerete…»

«*Madame*, capisco che abbiate delle riserve» la interruppe Martin. «La mia elevazione è una circostanza molto insolita. Mi scuso se la mia presenza vi offende in qualche modo, ma per essere sincero, come mi comporto e come passo il tempo e con chi non sono affari vostri.» Si inchinò. «Ora dovete scusarmi. Non voglio arrivare in ritardo per la cena con la famiglia.»

«No! Fermatevi! Come osate!» gli ordinò Estée, quando Martin voltò sui tacchi senza essere congedato. «Non vi ho dato il permesso di andarvene e non ho finito…»

Martin si inchinò di nuovo e la guardò con un'espressione che le era fin troppo familiare: era la stessa che aveva suo fratello quando era irritato. Le causò lacrime di frustrazione che si raccolsero negli occhi azzurri.

«*Madame*, è solo il rispetto che ho per voi come sorella di *Monsieur le Duc* che mi ha fatto voltare. Permettetemi di essere educatamente franco: non sono in obbligo con voi né ho bisogno del vostro permesso per condurre la mia vita a modo mio.» Chinò la testa. «Vi auguro tutto il bene e spero sinceramente che potremo comportarci amichevolmente per il bene dell'armonia familiare.»

Estée arrossì fino a diventare scarlatta e, nonostante la gravidanza, si alzò agilmente dalla *dormeuse* proprio mentre si apriva la porta del corridoio. Entrò suo marito. Lei scoppiò immediatamente in lacrime.

«Ehi, amore mio, sono felice anch'io di vedervi» esclamò Vallentine, senza lasciarsi turbare dalle sue lacrime. Prendendola tra le braccia, fu costretto a baciarle la sommità delle trecce arrotolate perché Estée aveva nascosto la faccia contro il suo petto.

«Avete tutti i diritti di essere irritata per il mio ritardo. Avevo sperato di essere qui al vostro arrivo, ma poi è successa una cosa e chi dice *no* a vostro fratello, eh?» Vallentine cercò di fare un passo indietro per alzarle il mento e vederla meglio, ma lei restò aggrappata a lui. «Dovrò cambiarmi la giacca se continuerete a inondarla di lacrime! Venite, sediamoci un momento. Voglio sapere come state voi e il piccolino, eh! Perché siete ancora lì impalato a guardarci?» ringhiò quando sentì una presenza dietro di sé. «Via e rendetevi utile!»

«Chiedo scusa, milord. Mi stavo giusto congedando…»

«Che-che cosa?» Vallentine si voltò di colpo, sorpreso, portando Estée con sé. «Accidenti, siete voi!» Arrossì immediatamente. «Pensavo che foste un lacchè.»

«Non ha importanza, milord. I servitori si assomigliano tutti.»

«No. No! Non è quello che intendevo! Chiedo scusa. Non mi aspettavo di trovarvi qui…»

«Perché vi state scusando con *lui*?» chiese Estée, furibonda. Si staccò dall'abbraccio di suo marito per lasciarsi andare sulla *dormeuse*. «È la vostra moglie incinta che merita delle scuse! Non questo barbaro…»

Vallentine andò da lei. «Ora, aspettate un momento, Estée. Non potete insultare Ellicott. Non è più un lacchè.»

«Ah! Il mio marito assente torna in questo-questo *tugurio* e la sua preoccupazione principale è un lacchè, non la moglie incinta. Mi sento veramente maltrattata!»

«Calma. Giocate pulito» si lamentò Sua Signoria, gettandosi sulla *dormeuse* accanto a lei. Le prese la mano e procedette a baciarle ciascuna delle dita, dicendo con una voce suadente tra un bacio e l'altro. «Siete la mia unica preoccupazione, voi e il bebè. Veramente.»

In qualche modo rabbonita, Estée si voltò a guardarlo. «Davvero?»

«*Aye*. Ma non fatevi sentire da vostro fratello a chiamare

tugurio questa bella piccola villa. Potrà anche essere affollata e rumorosa, ma dobbiamo farcela andare bene, perché Antonia ne ha fatto casa sua e...»

«Mi chiedevo quanto tempo sarebbe passato prima che prendeste le *sue* difese...»

«Ora, Estée. Non cominciate...»

Martin si fiondò nel corridoio e chiuse la porta sulla coppia che discuteva.

Non fu una sorpresa per lui quando arrivarono tardi a cena. Quando scivolarono ai loro rispettivi posti, Vallentine era particolarmente cupo mentre la faccia chiazzata di *Madame* era attentamente nascosta sotto uno strato di cosmetici. Comunque, i risentimenti residui furono messi da parte quando, al momento del caffè, il duca e la duchessa fecero un annuncio sorprendente.

QUATTRO

S E ERANO CONSCI della tensione tra i Vallentine, i
commensali non lo diedero a vedere e continuarono la loro
conversazione come se niente fosse. Il tempo, il consumo di
diverse portate di carni, pesce e verdure servite con salse delicate e
le chiacchiere a tavola sugli argomenti più disparati, diedero modo
al pasto di essere piacevole. Infine i Vallentine si unirono alla
discussione come se tra di loro non fosse successo niente e tornò
la normalità, con la duchessa animata che scherzava con Sua
Signoria, Martin Ellicott che contribuiva educatamente, Estée che
agiva da arbitro e il duca taciturno come al solito.

Fu solo quando sparecchiarono i resti dei dolci, torte e crema
pasticcera e i commensali si furono accomodati in salotto con il
caffè, liquori vari e dolciumi che il duca prese finalmente il
controllo della conversazione.

Antonia era rannicchiata contro di lui su una *chaise longue*
mentre i Vallentine erano seduti su quella dal lato opposto. Estée
aveva un cuscino dietro la schiena per rendere più agevole la sua
gravidanza, e i piedi appoggiati a uno poggiapiedi imbottito. E su
una poltrona *bergère*, tra le due *chaise longue*, rivolta verso il

camino, c'era Martin Ellicott. Tutti stavano bevendo il caffè e sorseggiando i liquori, serviti dal maggiordomo e diversi camerieri.

Prima di dire loro il motivo della visita del genealogista del re, il duca chiese a Vallentine se avesse avuto successo nel compito che gli aveva assegnato alle prime luci.

«È tutto sistemato» confermò con sicurezza Sua Signoria. «La cerimonia è fissata per la fine della settimana, subordinata all'arrivo in tempo del consenso scritto di Touraine. Ma non prevedi obiezioni da parte sua all'unione, vero?»

«Una volta letta la mia lettera e l'offerta di *Monsieur* Haudry, sono sicuro che Alphonse invierà la sua approvazione con il corriere più veloce.»

Estée raddrizzò le orecchie quando sentì nominare il cugino, il duca di Touraine, e alle parole "cerimonia" e "unione" poté solo trarre una conclusione. Sorrise felice, con gli occhi che brillavano.

«Non ditemelo! Il cugino Alphonse ha finalmente deciso di sposarsi di nuovo!»

Il duca alzò lo sguardo dal brandy che stava facendo roteare nel bicchiere di cristallo. «Che strana idea. No. Si sposerà la figlia minore.»

«Era ora!» esclamò Estée. «Elisabeth-Louise deve avere vent'anni se non di più.»

«Un'età così avanzata» mormorò Antonia con un'occhiata di sottecchi a Vallentine e Martin.

«Oserei dire che vent'anni non sono troppi per un vedovo» ribatté *Madame*. «Maurice de Chesnay è fortunato che Touraine abbia accettato la sua offerta.»

Lord Vallentine fece una smorfia disgustata all'ipotesi di sua moglie. «Senza offesa, Roxton. So che De Chesnay è un buon amico, ma quella ragazza può ringraziare il cielo di non essere obbligata a sposare un tipo come lui!»

«Perché dite una cosa simile?» gli chiese sua moglie. «Sposando De Chesnay diventerebbe marchesa e avrebbe un posto a corte.»

«Altro motivo per non sposarlo!»

«La figlia minore di Touraine sposerà il cavaliere Montbelliard» si affrettò a dire il duca, prima che sua sorella potesse trovare qualcosa da dire contro le obiezioni che suo marito insisteva a fare contro il marchese de Chesnay. «Un'unione approvata non solo da suo padre, ma da sua nonna.»

«Davvero? Beh, questa è una sorpresa» disse Estée. «*Tante Philippe* è stata sicuramente molto discreta. Non ha assolutamente lasciato intendere che stesse prendendo in considerazione il matrimonio di sua nipote con il cavaliere.»

«Si sono innamorati, *Madame*» le disse Antonia. «Quindi saranno infinitamente più felici che se l'uno o l'altro fosse stato costretto a un matrimonio combinato.»

Vallentine alzò il suo bicchiere di brandy. «Merita un brindisi. Immaginate una ragazza di vent'anni maritata a un rospo rigonfio che ha due volte la sua età!»

«Che cosa state insinuando, Lucian?» gli chiese Estée. «De Chesnay potrà anche essere un barile e ammetto che ha le labbra di una grassa rana, ma qualunque ragazza di vent'anni lasciata a marcire in convento lo accetterebbe volentieri. In famiglia sussurravano preoccupati che Elisabeth-Louise forse non avrebbe trovato un marito, che c'era qualcosa che non andava in lei. Altro che una grassa rana, se un duca ottuagenario l'avesse chiesta in moglie, *Tante Philippe* lo avrebbe accettato senza batter ciglio.»

Il duca guardò di sottecchi Antonia e bevve le ultime gocce di brandy. «Ringraziamo il cielo che io non sia né gonfio a dismisura né una grassa rana» aggiunse con un sogghigno, «né... ehm... un ottuagenario. Anche se sono sicuramente un duca.»

Vallentine non mancava mai di abboccare all'amo che il duca gli faceva penzolare davanti.

«Ehi!» esclamò Sua Signoria, arrossendo. «Non intende-vamo… non puoi pensare che ci stessimo riferendo a… A *te*?»

«Perché Roxton dovrebbe pensare una cosa simile?» reagì con calore Estée. «De Chesnay potrà anche avere più o meno la stessa età di mio fratello, ma non si assomigliano per niente. Tanto varrebbe paragonare un rospo a una statua romana!»

Vallentine si appellò al suo vicino. «Aiutatemi, Ellicott. Voi capite che cosa intendevo dire, giusto?»

A Martin Ellicott fu risparmiato di dover rispondere perché stava deglutendo un sorso di caffè e perché intervenne la duchessa.

Disse con uno scintillio negli occhi e la fossetta in mostra: «Non costringete Martin a venire in vostro soccorso, Lucian. Inoltre» aggiunse rivolgendosi al duca in italiano, «non avete bisogno di ringraziare le stelle. Ma vi ringrazio per averle condivise con me.»

Roxton sorrise al suo volto alzato verso di lui e sollevò un sopracciglio. «Davvero?» mormorò in italiano seguendo il suo esempio. «Perché?»

Antonia sorrise sfacciatamente e sussurrò: «Ogni volta».

Roxton la fissò. «È così?»

Antonia ridacchiò quando lo vide perplesso e annuì, dicendo maliziosamente: «Si dice che tra le stelle esista il terzo cielo, sì?»

Sapendo che il terzo cielo era un altro nome per il Paradiso, il duca si rese conto di colpo che il suo commento sulle stelle celesti era un riferimento indiretto al fatto che entrambi godevano facendo l'amore. Ridacchiò, pizzicandole il mento e la baciò dolcemente. Prese tutti di sorpresa, non perché avessero capito di che cosa stesse parlando la coppia ducale, ma puramente perché il duca raramente si permetteva di essere indiscreto in compagnia, perfino con la famiglia. Antonia, più che felice della sua reazione, tornò a bere il caffè.

«Dovrò mandare qualcuno a Parigi a prendere un altro dei

miei vestiti» dichiarò Estée con un sospiro, riportando la conversazione sulle cose che comprendeva e che le interessavano. «Ciò che ho portato semplicemente non è adatto a un matrimonio Salvan.»

«Non c'è bisogno…»

«Ma… Roxton! Non capite. Il mio abito di corte ha occupato quasi tutto lo spazio nei bauli. A parte quello, tutto ciò che le mie donne sono riuscite a infilarvi sono abiti da casa, dato che non prevedevo che avrei avuto bisogno di altro o che saremmo rimasti qui per più di pochi giorni.»

«Avete fatto correttamente i bagagli. Non ce n'è bisogno.»

«Come fate a dire una cosa simile, quando adesso so che mia cugina si sposerà alla fine della settimana e non ho niente da indossare alla cerimonia!»

«Voi non parteciperete, amore mio» dichiarò con calma Vallentine.

Estée era incredula. «Non siate assurdo, Lucian! Certo che devo essere presente al matrimonio di nostra cugina. Il matrimonio della nipote di *Tante Philippe*, figlia del *Duc de Touraine*, con l'erede del conte di Salvan è una celebrazione cui deve partecipare tutta la famiglia. Ed è un'unione così importante che mi aspetto che sia presente anche la corte. I banchi saranno pieni di amici e parenti!»

«La cerimonia sarà intima» dichiarò il duca, passando il bicchiere a un cameriere lì vicino. «In effetti sarà così intima e privata che la coppia partirà per cominciare la sua nuova vita prima che si sparga la voce del matrimonio.»

«Ma…! Elisabeth-Louise non può sicuramente sposarsi in modo così indegno. Ha sangue Salvan e sposerà l'erede di Salvan…»

«Avrei pensato che quelle ragioni fossero sufficienti a dettare la nostra assenza» dichiarò il duca in un tono che diceva che non c'era altro da discutere.

«Se vi può far sentire meno delusa, *Madame*, posso contare i partecipanti sulle dita di una mano» disse Antonia per calmarla.

Estée guardò suo fratello, poi suo marito e poi la cognata, ancora perplessa. «Quanto intimo. Chi ci sarà?»

Antonia glielo disse. «La sorella di Elisabeth-Louise, Michelle Haudry come damigella, il suocero di *Madame* Haudry, il signor Haudry che accompagnerà la sposa all'altare e Martin, che parteciperà come osservatore di *Monseigneur*.»

«Montbelliard ha insistito con me perché sia il suo testimone» confessò Vallentine al duca, arrossendo imbarazzato. «Ma se preferisci che non…»

«Puoi fargli quell'onore con la mia benedizione, Lucian» rispose il duca. «Un secondo paio di occhi non farà male.» Diede un'occhiata a Martin Ellicott. «E potrete sostenervi a vicenda, una messa papale di matrimonio richiede resistenza.»

«Avete dato il permesso a mio marito di partecipare e a… *lui* di andare al vostro posto» disse Estée muovendo la testa nella direzione di Martin Ellicott. «Ma lo rifiutate a me, *vostra sorella*, che non solo è la cugina della ragazza, ma anche una papista! Dovrei essere io a rappresentare la famiglia. Dovrei…»

«No» disse seccamente il duca. Fece un respiro profondo e disse con pazienza: «Permettetemi di dirvelo chiaramente prima che la ferita al vostro orgoglio diventi più profonda. Diversamente da noi, Vallentine ed Ellicott non hanno una goccia di sangue Salvan tra tutti e due. Io non riconosco, né lo farò mai, il *Comte de Salvan*, o il fatto che abbia un erede, e non lo farete nemmeno voi. E se volete compagnia per la vostra infelicità, sappiate che nessuna delle nostre zie parteciperà alla cerimonia».

«Solo perché lo proibite anche a loro!» gli disse scontrosamente Estée e tirò su col naso. «Mi dispiace per Elisabeth-Louise. Avere un matrimonio così misero!»

«Non credo che le importerà minimamente, *Madame*» le assicurò Antonia. «Tutto ciò che conta per lei è che sposerà il cavaliere. Per lei nemmeno il pensiero che un giorno erediterà il titolo ha una grande importanza in questo momento.»

Estée ebbe un pensiero improvviso e lo riferì acrimoniosamente a suo fratello. «Possono anche essere obbligati ad avere un matrimonio intimo, su vostra istigazione, ma come vi proponete di impedire alla società di alzare un polverone quando si saprà che la figlia del *Duc de Touraine* e l'erede del *Comte de Salvan* si sono sposati? A corte tutti vorranno andare a trovarli per congratularsi.»

«Facciano pure, se vorranno prendersi la briga di arrivare ad Arles, dove la coppia si sistemerà per il prossimo futuro.»

«*Arles*! Ma…»

«Risiederanno in una tenuta non trascurabile» continuò il duca. «Il loro *château* dà sul Rodano ed è stato costruito all'inizio di questo secolo per l'arcivescovo di Arles. L'acquisto della proprietà per i nuovi sposi, mi dicono, alleggerirà il fardello finanziario della famiglia del prete. Quindi sono tutti soddisfatti.»

«Arles una volta faceva parte della provincia romana della *Gallia Narbonensis*» disse loro Antonia. «*Monsieur le Duc* mi ha promesso di portarmici un giorno, in modo da poter esplorare insieme le rovine della città romana. Non è così, *Monseigneur*?»

«Proprio così, *ma fée*.»

Estée guardò suo fratello e sua cognata, sconcertata. «Che cosa importerà agli sposi di un mucchio di rovine quando sono a migliaia di miglia dalla loro famiglia!»

«Certamente non migliaia» borbottò il duca.

«*Madame*, non è rispettoso chiamare i resti del più grande impero un mucchio di rovine, proprio come non è rispettoso quando Vallentine definisce la casa di Parigi di *Monsieur le Duc* un mucchio di vecchi mattoni.»

«Mi chiedevo quando avreste trovato l'occasione di ripeterlo» reagì Vallentine, senza rancore.

«Non tutti hanno il vostro smodato interesse nelle vecchie

rovine, carissima» dichiarò altezzosamente Estée. «In effetti non conosco altre donne che l'abbiano. Voi siete particolare e non è una brutta cosa, ma è qualcosa da ricordare quando parlate con gli altri. Loro non sono come voi...»

«Un'osservazione inutile che non vale la pena di ripetere» disse seccamente il duca.

«... e dubito fortemente che Elisabeth-Louise o Montbelliard, come la maggior parte della società, sia interessata a o sappia qualcosa dell'Impero romano» continuò Estée, senza quasi tirare il fiato.

«È un gran peccato, *Madame*» disse Antonia con un sospiro, dando un'occhiata prima al duca e poi a Martin, prima di aggiungere con un sorriso malizioso: «Essere circondati da tanta storia e non conoscerla dev'essere come sedere a un banchetto e mangiare senza sentire il sapore, *oui*?»

«Forse, *Madame la Duchesse*, la giovane coppia svilupperà un... uhm... gusto per la storia una volta che si sarà sistemata?» la consolò Martin.

«Ah-ah. Gusto. Brillante. Ho visto che cosa avete fatto!» dichiarò Vallentine con un sorriso sghembo e compiaciuto, agitando un dito verso Martin Ellicott. «E se non prenderanno gusto alla storia, immagino che potranno sempre coltivare quello per il vino e la lavanda.»

«Vino? Lavanda? *Rovine*? Che cosa importano?» Estée alzò le braccia, frustrata. «*Écoutez-moi*! Vi dico io che cosa andrà in rovina, il loro matrimonio, se non potranno vivere accanto alle loro famiglie. Secondo i miei calcoli, Arles dev'essere almeno a centotrenta leghe o più da Parigi. Tanto varrebbe essere in Svezia!»

«Centoquaranta per essere precisi» disse il duca. «Ancora una volta, la vostra attitudine per la matematica non manca di impressionarmi, anche se la vostra conoscenza della geografia lascia a desiderare. Ma non preoccupatevi troppo. Saranno accanto alla famiglia. La sorella di Montbelliard e suo marito risiedono alla periferia di Arles. Ah!» aggiunse, sospirando mentalmente di sollievo quando si voltò verso la porta sentendo un suono familiare che non mancava mai di fargli alzare gli angoli delle labbra in un sorriso. «Ecco il mie erede, pronto per il letto e con parecchio da dire a sua madre.»

CINQUE

ANTONIA ERA BALZATA fuori dalla *chaise longue* ed era andata verso la porta appena la bambinaia era entrata nella stanza con la piccola signoria in braccio, con due assistenti che la seguivano. Julian era vestito per la notte e avvolto in un morbido scialle di lana, gli occhi spalancati e vivaci. Non sembrava per nulla assonnato. Vedendo sua madre aprì la bocca in un sorriso sdentato e squittì di gioia. Il suono gioioso rallegrò immediatamente tutti facendoli sorridere. Antonia lo prese in braccio, dandogli il benvenuto con baci e chiacchierando con lui e riprese il suo posto sulla *chaise longue* con Julian in grembo. Sorrise al duca e chiese, eccitata: «Ora che tutta la famiglia è riunita, possiamo dare loro la nostra notizia?»

«*Mon Dieu!*» esclamò Estée, inorridita. «Siete di nuovo incinta.»

«No, *Madame*. Almeno non credo. Perché l'avete pensato?» le chiese Antonia perplessa.

Seguì un silenzio imbarazzato, finché Estée spiegò con una vocina sottile: «È la prima cosa a cui ho pensato che avrebbe richiesto che fosse presente tutta la famiglia. Perdonatemi». Agitò una mano, imbarazzata. «Non fate caso a quello che dico. Io ho i *bébé* in testa. Ve lo dirà Lucian.»

«È vero» ammise Sua Signoria. Diede una stretta affettuosa alla sua mano, chinandosi verso di lei e dicendo in tono rassicurante: «Ma non c'è niente di cui preoccuparvi, amore mio. Tutto perfettamente ragionevole nelle vostre condizioni. E c'è già un piccolino tra di noi, ecco. Ah!» puntò il bicchiere vuoto verso il duca. «Il tuo dito dev'essere molto gustoso, eh, Roxton».

Il bambino si era chinato in avanti tra le braccia di sua madre quando il duca gli aveva accarezzato la guancia rosea, aveva afferrato il dito del duca e si era immediatamente messo in bocca la nocca.

«Cécile dice che Julian sta già *mettendo i denti*» rivelò fiera Antonia.

«Non mi aspetto niente di meno dal mio erede» rispose Roxton, liberando dolcemente il dito. Asciugò la bava del figlio con il fazzoletto bordato di pizzo e guardò sua sorella. «Ho avuto il lampo di un ricordo in questo momento, di voi che facevate la stessa cosa con me quando eravate in grembo a nostra madre. Io, ehm, vi colpivo piano col dito e voi lo afferravate e non lo lasciavate andare.»

Antonia alzò gli occhi da dove stava cercando l'anello di corallo da dentizione, attaccato a una catenella d'oro, tra le pieghe dello scialle in cui era avvolto suo figlio, e disse con una risatina: «Immagino che allora non vi facesse piacere avere la bava su di voi.»

«No» ammise il duca, alzandosi e scuotendo le falde della redingote di seta nera. «Mi lamentavo amaramente con nostra madre. La sua reazione era di ridere… Scusatemi mentre prendo i documenti…»

Antonia trovò l'anello di corallo e, con un sorriso e gli occhi sgranati, lo mise in mano a suo figlio, portandoglielo alla bocca e dicendogli a che cosa serviva.

«Pensate che capisca quello che gli dite?» chiese Vallentine in tono serio.

«Naturalmente tutti i bambini capiscono la loro madre» rispose altezzosamente Antonia, aggiungendo scherzosa, «e dato che è così intelligente, Julian capisce anche quello che gli dice il suo papà in inglese.» Si rivolse a Martin con un gran sorriso. «Per favore, tenete il vostro figlioccio in modo che possa aiutare *Monseigneur* con l'annuncio.»

«Con grande piacere, *Madame la Duchesse*» rispose Martin, sistemandosi un cuscino in grembo per accogliere il figlioccio.

Con suo figlio al sicuro in braccio a Martin e l'anello di corallo nuovamente nel piccolo pugno, Antonia andò da Vallentine, dove si tolse le scarpine e tese una mano. «Per favore aiutatemi a salire sul poggiapiedi.»

Sua Signoria non esitò a ubbidirle. Eppure, non convinto che sarebbe rimasta in equilibrio, nonostante il poggiapiedi non fosse più alto di quindici centimetri, restò al suo fianco finché il duca non tornò dalla sua scrivania, poi riprese il suo posto sulla *dormeuse*, aspettando come gli altri, ansiosi e senza la minima idea di che cosa potesse riguardare l'annuncio. Non forniva indizi nemmeno la pergamena arrotolata che il duca aveva preso dalla scrivania, con quello che, rotto, era però inequivocabilmente *le sceau du roi*, il sigillo del re.

Ma prima di rivolgersi alla famiglia, il duca si voltò verso Antonia con un involontario sorriso: nonostante avesse guadagnato in altezza, in piedi senza scarpe sul poggiapiedi, era ancora di tutta una testa più piccola di lui. «Volete che il nostro annuncio sia fatto da… ehm… una certa altezza, *ma vie?*»

«È solo consono, *Monseigneur*, che io onori *la mère de mon père* in questo modo. È grazie a mia nonna che adesso io sono arrivata a quest'altezza, *oui?*»

«Lei avrebbe approvato, e avrebbe approvato voi.»

Antonia giocherellò con uno dei bottoni d'argento del panciotto intessuto di fili d'argento del duca e confessò, con un'insolita solennità: «Renard, spero vivamente che domani renderò giustizia alla sua memoria».

«Non ne dubito minimamente» la rassicurò il duca, chinandosi sopra le sue dita. Continuando a tenerle la mano, si voltò per rivolgersi alla famiglia che cercava di trattenere la curiosità e l'impazienza. «Come senza dubbio sapete, questa mattina ho ricevuto la visita del genealogista del re. Ciò che non sapete e posso rivelarvi adesso, è che *Monsieur* Hozier ha portato con sé la notizia che questo documento…» sollevò la pergamena, «conferma che la nobiltà francese di *Madame la Duchesse* risale al numero richiesto di generazioni, in modo da poter essere formalmente presentata alle Loro Maestà. Sono certo che vi steste chiedendo come una duchessa inglese potesse essere ufficialmente presentata alla corte francese, senza una delegazione diplomatica dalla corte di St. James…»

«Il pensiero non ci è mai passato per la mente!» lo interruppe Vallentine. «Non è così, Estée?» quando sua moglie sbuffò, ammise in fretta, borbottando: «Beh, non a me…»

«Il motivo è che non vi siete mai sforzato di imparare ciò che ho tentato di spiegarvi un centinaio di volte riguardo all'etichetta di corte» ribatté Estée con una risata. «I vostri occhi diventano vitrei e poi cominciate a sbadigliare. Ma come posso biasimarvi?» aggiunse facendo spallucce, rassegnata. «Non ci siete nato. Quelli di noi che ci sono nati, sanno fin dalla culla che cosa ci si aspetta da noi.»

Vallentine si mise diritto e alzò la testa. «Sappiate che ho imparato più di quanto abbia mai voluto saperne da quando sono venuto qua. Ellicott e io siamo stati obbligati a recitare quelle parti, in modo che *Madame la Duchesse* potesse provare e riprovare la sua presentazione.»

«È vero, *Madame*» la assicurò Antonia. «Mi hanno aiutato moltissimo, recitando a turno la parte delle Loro Maestà, entrambi sono superbi come Louis...»

«Che cosa vi avevo detto!» la interruppe Vallentine con un deciso cenno della testa.

«... ma devo ancora decidere chi dei due è la migliore regina di Francia.»

«*Madame la Duchesse*, mi arrendo all'eccellente riverenza di Sua Signoria» dichiarò Martin.

«Grazie, Ellicott» rispose Sua Signoria, con il mento un po' più in alto.

Estée diede una gomitata nelle costole a suo marito e sibilò: «Lucian! Siete sordo? Sta dicendo che siete la regina migliore!»

«Lo so! Lo so!» le rispose sibilando Vallentine. Nonostante il rossore, che lo sconfessava, disse a voce un po' più alta: «Posso fare la riverenza migliore, ma Ellicott ha sicuramente il miglior movimento di polso. Sa bene come muovere un ventaglio!»

«Grazie, milord.»

«Sono lieto che siate entrambi d'accordo» mormorò il duca, trattenendosi. «Altrimenti potremmo richiedere una dimostrazione delle vostre, ehm, considerevoli abilità per sistemare la faccenda.»

Antonia ridacchiò. «Non ci sarebbe gara, *Monsieur le Duc*. Vincerebbe Martin...»

«Ehi, non è giusto!» si lamentò vivacemente Sua Signoria. «Come piego io il ginocchio batterebbe sempre il lavoro di polso di Ellicott!» Quando risero tutti, borbottò: «Non ci trovo niente di divertente...»

«Il vostro spirito competitivo mi fa sempre disperare, carissimo marito» disse sua moglie con un sospiro irritato. «Ora restate zitto e permettete a mio fratello di fare il suo annuncio con la dignità che merita Antonia in piedi su un poggiapiedi.»

«*Monseigneur*, Vallentine non interromperà di nuovo...»

«Ehi!» Rendendosi immediatamente conto del suo errore, per aver interrotto di nuovo, Sua Signoria si scusò in fretta prima di fingere di abbottonarsi le labbra.

«Farò del mio meglio per dare a questa occasione la solennità che merita» disse il duca. «Ma dato che nostro figlio ha cominciato ad agitarsi, forse perché è impaziente che suo padre faccia conoscere sua madre ai suoi famigliari con il suo titolo francese, io... ehm... mi affretterò.» Continuando a tenere la mano di Antonia, fece un passo di lato in modo che lei avesse lo spazio sufficiente per fare la riverenza, cosa che fece alle sue parole successive. «Ho il grande piacere di presentarvi la *Comtesse de Roucy*, che ha ricevuto oggi il riconoscimento ufficiale della sua elevazione da *Sa Majesté* e *Monsieur* Hozier ha aggiunto il suo nome all'*Armorial général de France*...»

«*Oh là là*! *Incroyable*! Che notizia meravigliosa!» esclamò Estée eccitata, battendo le mani.

«*Madame la Comtesse* eredita il titolo per diritto proprio tramite la nonna paterna Adélaïde-Mathilde, *Comtesse de Roucy*» spiegò il duca, come se non lo avessero interrotto. «E come sua nonna prima di lei, è stata ufficialmente riconosciuta come discendente diretta di *Aelis de Roucy*, moglie di Renaud de Vermandois, *Comte de Roucy*, una dinastia che risale fino a prima della Battaglia di Hastings...»

«Millesessantasei?» esclamò Vallentine, e poi soffiò forte gonfiando le guance. «Perbacco, è un pedigree impressionante.»

«Vorrei essere in grado di balzare in piedi, abbracciarvi e farvi una riverenza!» aggiunse Estée, inviando parecchi baci nella direzione di Antonia, prima di chiedere a suo fratello, con gli occhi lucidi: «Intendete presentare Antonia a corte non come *Madame la Duchesse de Roxton*, ma come *Madame la Comtesse de Roucy*?» Quando il duca chinò la testa con un sorriso sornione, Estée gli puntò addosso il dito. «*Oh là là*! Siete molto furbo, caro fratello.»

«Ma certo, *Madame*» confermò orgogliosamente Antonia. «E

voglio rassicurare tutti voi, anche se so che lo sapete, che sarò sempre e innanzitutto *Madame la Duchesse de Roxton*.»

«Bene! Lieto di saperlo» dichiarò Vallentine. «Anche se un titolo francese non è da disprezzare, e onora vostra nonna, nessuno dovrebbe mai dimenticare che siete la duchessa di Roxton. E una duchessa ha la precedenza su una contessa in qualunque giorno della settimana.»

«Sarei d'accordo con voi, Lucian, se fossimo sul suolo inglese. Ma qui in Francia e in particolare a corte, una contessa francese supera in grado una duchessa inglese *ogni* giorno della settimana» dichiarò Estée schioccando la lingua. «Ed è il motivo per cui mio fratello si è dato un gran da fare per assicurarsi che l'antico lignaggio francese di Antonia e il suo titolo fossero ufficialmente riconosciuti *prima* che apparisse a corte, in modo che, quando sarà presentata al re e alla regina, sarà per diritto proprio. Nessuno potrà osare mettere in dubbio la sua posizione. Non è così Roxton?» Quando suo fratello fece nuovamente un cenno affermativo, Estée lanciò un altro bacio alla coppia ducale. «Bravo Roxton! Brava, *ma chère!*»

«Grazie *Madame*. È un enorme piacere per me essere in grado di onorare in questo modo mia nonna e la mia famiglia.»

«Ma vi ho sentito correttamente Roxton? Antonia eredita il titolo di De Roucy tramite sua nonna?» chiese Estée, perplessa. «Se è così è una sorpresa.»

«È certamente insolito» rispose il duca. «Ma i titoli ereditabili per via materna non sono, ehm, così *poco comuni*.»

«È perfetto che *Madame la Duchesse* abbia ereditato il titolo di sua nonna in questo modo» aggiunse Martin Ellicott, avventurandosi a contribuire alla conversazione e inclinando la testa verso Antonia con il sorriso dolce. «Perché anche lei non è comune.»

«Ciò che è *comune* sono le interruzioni inutili» sbottò Estée, sventolando il ventaglio, agitata.

«*Merci*, Martin. Lo dice anche *Monseigneur*» rispose Antonia con un sorriso gentile, ignorando il brusco inciso di sua cognata e aggiungendo eccitata e senza fiato, rivolta alla stanza: «Ma essere una *Comtesse* francese non è la cosa più sorprendente di tutte. Resterete sicuramente a bocca aperta!»

SEI

I Vallentine inconsciamente si chinarono in avanti, ansiosi di sentire l'annuncio di Antonia e lei non li deluse dall'alto del suo poggiapiedi-piedestallo.

«Il titolo di *Comtesse de Roucy* comporta un incarico ufficiale a corte. È vero, *Monsieur* Hozier l'ha confermato a *Monseigneur*.»

«*Mon Dieu! C'est incroyable!*» esclamò Estée. E anche se capì immediatamente l'importanza di quella rivelazione, non riuscì quasi a crederci quindi chiese nuovamente conferma a suo fratello. «Roxton? La *Comtesse de Roucy* ha un incarico ufficiale a corte?»

«Era quello che stavo per dirvi, sì.»

«Ah! Mi dispiace, *Monsieur le Duc*» si scusò Antonia con un sospiro di delusione, rendendosi conto di ciò che aveva inconsapevolmente fatto. Gli baciò il dorso della mano. «Volevate fare voi l'annuncio e invece ho rovinato la vostra grandissima sorpresa.»

«Assolutamente no, *ma vie*. Ma forse vi piacerebbe che spiegassi la piena portata della vostra eredità alla famiglia, così come l'ha confermata *Monsieur* Hozier?»

«*Merci, Monsieur le Duc*» disse Antonia e confidò agli altri: «*Monsieur* Hozier ha insistito a incontrare *Monseigneur* senza di me perché non ritiene che le donne siano in grado di capire nient'altro che le frivolezze. *Y croyez-vous?*»

«Ovviamente non ha mai conosciuto voi» disse Vallentine assolutamente serio. «Un'occhiata oltre le vostre spalle al testo in cui avete sempre il naso lo avrebbe convinto del contrario.»

«È quello che penso anch'io» rispose Antonia con la stessa solennità. «*Monsieur le Duc* era pronto a insistere sulla mia presenza, ma gli ho detto che non ce n'era bisogno perché avevo un appuntamento importante nella nursery e non volevo deludere...»

«Importante? *Là! Voilà qui est absurde!*» la interruppe Estée con un verso di derisione, aggiungendo ironicamente: «*Monsieur* Hozier sarebbe d'accordo che una gara di portantine per il divertimento dei servitori è *molto* più importante di un'udienza con il genealogista di *Sa Majesté.*»

«Sì, *Madame*, è così» dichiarò Antonia, offesa. «Non era solo per divertimento, come vi ho detto. Julian aveva paura a viaggiare nella mia portantina e adesso, dopo le gare, con l'incoraggiamento della sua *maman* e sì, dei nostri servitori, non ha più paura. Il problema è risolto e adesso potrà viaggiare con me senza lamentarsi nella portantina che *Monsieur le Duc* mi ha regalato per il mio compleanno. *Voilà.*»

«Perbacco! Avrei voluto essere lì per unirmi al divertimento!» disse Vallentine con piacere, ignaro della tensione che ora lo circondava. Guardò Martin Ellicott. «Scommetto che eravate coinvolto in questa bravata!»

«Sì, milord. Io...»

«Ma certo!» sbuffò Estée. «*Lui* incoraggia ogni volta le assurdità di Antonia! Lo fate *tutti*!»

«Ehi, ora non potete...» cominciò a dire Sua Signoria e, con suo grande sollievo, fu interrotto.

«Adesso potrò anche essere una contessa francese oltre a una duchessa inglese» dichiarò Antonia con dignità, ignorando il tono di scherno di sua cognata, «ma c'è qualcuno per cui sarò sempre e solo *sa mère*, ed è la cosa che mi piace più di tutto. Scusatemi.»

Mettendole le mani in vita, il duca la sollevò dal poggiapiedi e la rimise a terra, in modo che potesse occuparsi del suo bambino, che stava piagnucolando e agitandosi sul cuscino in grembo al suo padrino, tanto che la prima bambinaia era uscita dall'ombra e aspettava accanto alla poltrona di Martin. Prendendo in braccio con un sorriso il suo bambino, Antonia lo voltò perché guardasse la famiglia e augurò a tutti la buonanotte per lui. Poi sparì nell'ombra per consegnare il figlio alle sue bambinaie per la notte.

Roxton restò accanto al poggiapiedi, fissando pensieroso il punto dov'era sparita, con il piagnucolio di suo figlio che era diventato un pianto fragoroso nell'ombra, in quello che sembrava un battito di ciglia.

«*Monsieur le Duc*, la piccola signoria deve sentire profondamente la separazione da sua madre mentre sente dolore per la dentizione» lo rassicurò Martin. «E senza dubbio aumenta la difficoltà di *Madame la Duchesse* a farlo calmare...»

«Difficoltà? Se non è questa difficoltà sarà un'altra» commentò Estée in tono pungente. «Non mi meraviglia che urli come fa, quando Antonia ha scelto di allattarlo, tanto che adesso lui non chiede altro che il suo seno, che ha portato a un attaccamento indesiderato e innaturale...»

«E *voi*, come fate a saperlo?» fu la reazione caustica del duca, che si voltò di colpo a guardare sua sorella. «Quando avrete partorito potrete dilungarvi sulla cura e l'alimentazione dei bambini, non prima. Martin! Mio figlio non ha il suo scialle. Siate così gentile da riportarlo a sua madre...»

A denti stretti, aspettò che Martin raccogliesse lo scialle e svanisse nell'oscurità prima di riprendere il suo posto sulla *chaise longue*. Da solo con sua sorella e suo cognato e sicuro che non li avrebbero sentiti, fece spiacevolmente capire a sua sorella quali erano i suoi pensieri.

«Accusate Antonia di fare assurdità... Niente del genere. È equilibrata. Cercate di capire la differenza. Quanto al vostro velato insulto a Martin, non è degno di voi deridere qualcuno che dà solo incoraggiamenti a *Madame la Duchesse* e lo fa con gentilezza e intelligenza.» Abbassò lo sguardo sul ginocchio e ne tolse un invisibile pelucco, tutto per dare a sua sorella un momento per ricomporsi, dato che il labbro di Estée aveva cominciato a tremare. Alzando nuovamente gli occhi scuri su di lei, disse meno duramente, ma non con meno forza. «I bisogni e i desideri di mio figlio avranno sempre la precedenza, e non importa chi richiede il nostro tempo e la nostra attenzione, che sia *Monsieur* Hozier o *Sa Majesté*. Oh, e la prossima volta, anche se so che non ci sarà, in cui rimprovererete inutilmente *Madame la Duchesse* o rivolgerete un commento meschino a Martin, non esiterò a rimettervi pubblicamente al vostro posto. E non solo lo farò davanti a vostro marito, come sto facendo adesso, ma mi assicurerò che in quell'occasione sia a portata d'orecchi un vasto pubblico composto dai nostri parenti e servitori. Vi ho avvisata a Parigi, Estée. Questo è l'ultimo avvertimento. No! Non scusatevi con me. Ma mi aspetto che vi scusiate con Antonia e con Martin.» Fece un sorriso sghembo. «Non stasera. Ma entro la fine della settimana... Ah! Non lo sento, *mignonne*» disse in un tono completamente diverso quando Antonia riapparve dall'ombra. «Si è finalmente calmato?»

Antonia sospirò pesantemente e allargò le sottane imbottite per riprendere il suo posto accanto a lui sulla *chaise longue*. Quando il duca tese la mano, Antonia mise la sua nella stretta calda e si sentì meglio a quel tocco.

«Renard, è molto difficile. Non gli piace mai separarsi da me la notte. Pensa di venire nella nostra stanza e quando si rende conto che non è così, la situazione diventa molto sgradevole. Mi si spezza il cuore quando il suo piccolo mento comincia a tremare e devo voltarmi prima che anche i miei occhi si riempiano di lacrime.» Sospirò di nuovo. «Ma so che dev'essere fatto e lo faccio. Ma vi dico, non diventa per niente più facile!»

«È comprensibile» rispose il duca, dando una piccola stretta alle sue dita. «Perché dovrebbe aver voglia di lasciarvi? Ma se volete una tranquilla notte di sonno, allora dobbiamo insistere in questo regime. Altrimenti…»

«Avete ragione, ovviamente, e lo faremo.» Si ricompose, aggiungendo allegramente e coinvolgendo gli altri nella conversazione: «Inoltre un minuto dopo avermi lasciato, è nuovamente *un bébé* felice e sono io, la sua povera mamma, quella che si affligge. Quindi non è così brutto come immagino.»

Curiosa, Estée chiese umilmente: «Come fate a saperlo, *ma chérie?*»

«Mando Gabrielle nella nursery dopo averlo lasciato» confessò Antonia. Spalancò gli occhi e si chinò in avanti, confidando: «E sapete che cosa mi dice Gabrielle? Julian smette *immédiatement* di piangere appena smette di vedermi. Con le bambinaie è di nuovo felice. *Incroyable.*»

«Che piccolo ammaliatore! Predico che spezzerà molti cuori quando sarà grande!»

«Ma certamente, *Madame*» dichiarò Antonia come se fosse ovvio. «È il figlio di *Monsieur le Duc.*»

Vallentine tossì nel pugno. «Per quanto mi piaccia parlare delle capacità di mio nipote di affascinare le signore, anche a questa tenera età, sta diventando tardi e *questo* ammaliatore ha una domanda sulla presentazione di domani…»

Antonia ridacchiò ed Estée fece un verso dietro il ventaglio.

«Noi vi vogliamo bene, Lucian» dichiarò sua moglie. L'ingenua presunzione di suo marito la fece sentire tanto meglio dopo il rimprovero di suo fratello che quasi non riuscì a non ridere. «Ammaliatore? Per favore, non fate dichiarazioni così assurde! Inoltre c'è una regola non scritta tra i parenti che ci può essere un solo ammaliatore per famiglia, e quel titolo è stato reclamato da mio nipote... a vita.»

«*Madame la Comtesse* e *Madame la Duchesse* sono entrambe sinceramente d'accordo con voi, *Madame*» disse Antonia con uno sguardo malizioso a Sua Signoria che fece ridere tutti.

«Oh! Adesso non prendere l'abitudine di lanciarmi contro *entrambi* i vostri titoli o abbatterete tutte le mie difese!»

«La tua domanda, Lucian?» chiese il duca con un sorrisino e alzando un sopracciglio, lieto che il suo migliore amico avesse deliberatamente cercato di alleggerire l'atmosfera con il suo vuoto vantarsi.

«Ah! Sì! La mia domanda... Nessuno di noi avrebbe previsto dodici mesi fa, quando hai salvato *Madame la Duchesse* dal palazzo, che saremmo stati lì di nuovo domani a guardarla fare la sua riverenza a Louis come *Comtesse de Roucy*» disse Sua Signoria scuotendo la testa, «ma quello che mi ha sconcertato e, a essere sincero, mi fa venire il mal di testa se ci penso, è che hai sempre detto che Versailles è un nido di vipere. Non hai mai permesso a Estée di avvicinarsi a quel posto. Eppure, e non intendo denigrare in alcun modo il vostro nuovo titolo, ragazza» disse a parte ad Antonia prima di rivolgersi di nuovo al duca, «... domani andremo a vedere Antonia entrare proprio in quel nido di vipere e beh! Accidenti. Dimmelo tu!»

«Che cosa ti devo dire, Lucian?» rispose Roxton, prendendo in giro l'amico. «Quella non era una domanda, ma un discorso con una richiesta annessa.» Quando Vallentine alzò le mani frustrato e ricadde sui cuscini, il duca cedette. «Non desidero che ti pulsi il cervello più di quanto lo faccia ora. Ma dato che Martin ci ha raggiunti di nuovo proprio quando è arrivato il caffè appena fatto, intendo fare gli onori e quindi puoi fare la tua domanda a uno che è in grado, come me, di darti la risposta che cerchi. In effetti, probabilmente riceverai una risposta più soddisfacente.» Guardò Antonia. «Con il permesso di *Madame la Duchesse*.»

Nonostante la natura enigmatica della sua risposta, il duca non ebbe bisogno di spiegarsi con lei. Antonia capì al volo. Guardarono entrambi il carrello del caffè dove Martin stava educatamente aspettando una pausa nella conversazione per riprendere il suo posto. Fissò la coppia ducale e deglutì. Anche lui aveva capito. Lord e lady Vallentine erano ancora confusi. Ci volle poco perché li illuminassero.

SETTE

«MILORD, permettetemi di fornirvi prima una spiegazione sulla necessità della cerimonia di domani» disse Martin Ellicott, nel tranquillo silenzio che segue di solito il versare, mescolare e assaporare il caffè appena fatto. «Che, spero, renderà inutile fare la vostra domanda.»

«Mi sembra giusto» rispose Vallentine, masticando un macaron intero. «Le domande mi fanno venire un mal di testa infernale. Preferisco le risposte.»

Con tutti che bevevano il caffè e dopo aver fatto circolare per la seconda volta un vassoio di macaron e delicati pasticcini, non ci furono più scuse per Martin di tardare. Bevve un altro sorso per schiarirsi la gola e poi mise da parte la tazza. Con i gomiti appoggiati ai braccioli della poltrona, le dita intrecciate e la schiena diritta, appariva composto come al solito.

In effetti il suo stomaco era pieno di farfalle che svolazzavano, tale era la sua ansia. Veniva spinto al centro del palcoscenico, lui, che era sempre stato sullo sfondo, sempre invisibile. Ma sapeva perché il duca aveva scelto di far parlare lui. Era nel tentativo di cementare il suo posto in seno alla famiglia e, cosa più importante, ottenere la riluttante accettazione di Estée Vallentine. E anche se era grato per l'opportunità e non desiderava deludere la coppia ducale, era filosofico riguardo alle possibilità di essere accettato, seppure con riluttanza, dalla sorella del duca. Ma se il profeta Geremia credeva che un leopardo potesse cambiare le sue macchie, forse c'era speranza anche per lei...

Diede un'occhiata alla duchessa e la trovò che gli sorrideva oltre il bordo della tazza. Invece di aumentare il suo nervosismo, Martin scoprì che con il suo silenzioso incoraggiamento le farfalle avevano smesso di svolazzare. Non l'avrebbe mai delusa, nemmeno in mille anni. Fece un silenzioso e profondo respiro e pregò di essere all'altezza delle sue aspettative.

«Perdonatemi se dico una cosa risaputa, ma sanno tutti che si deve essere stati formalmente presentati a corte per essere invitati alle piccole cene intime di sua maestà» disse Martin dopo essersi discretamente schiarito la voce. «Eppure cenare con il re non è la motivazione primaria di *Monsieur le Duc*. Presentare *Madame la Duchesse* di fronte al mondo intero con il suo titolo francese sarà il capitolo finale e chiuderà il libro sul *Comte de Salvan* e quelli dei suoi parenti prossimi che avevano cospirato per obbligare *Madame la Duchesse* a un'unione indesiderata con lui...»

«Non c'è bisogno di essere reticenti» intervenne il duca. «I parenti a cui si sta riferendo Martin sono le nostre vecchie zie» disse ai Vallentine. «Specificamente *Tante Philippe*. Per favore, continuate, non vi interromperò più.»

Martin fece un cenno d'assenso. «Si è creduto a lungo che il *Comte de Salvan* sposando *Madame la Duchesse* puntasse ad avere accesso alla sua considerevole dote, lasciatale dal nonno, alleviando così i problemi pecuniari più pressanti della famiglia Salvan. Non c'è dubbio che questo fosse uno dei loro obiettivi comuni, ma ciò cui miravano era un premio molto più abbagliante. C'è una cosa che i Salvan bramano più del denaro, una cosa che avevano perso quando gli furono tolti i loro incarichi a corte come punizione perché la madre di *Monsieur le Duc* si era sposata in segreto con lord Alston, ed è il prestigio che dà il potere. L'unico modo di ottenerlo è occupare una posizione ufficiale a corte...»

«Lui lo sapeva!» sbottò Vallentine, passando lo sguardo da Martin al duca e poi guardando Antonia. Non era una domanda, ma una dichiarazione. Furioso, puntò il dito su Martin per ribadire il concetto. «Quel maledetto verme di Salvan! Sapeva che *Madame la Duchesse* avrebbe ereditato non solo i soldi di suo nonno, ma il titolo della nonna e sapeva che comportava una posizione a corte! Che faccia di bronzo!»

«Sì, milord. Sembra che sia proprio così» rispose tranquillo Martin. «*Monsieur le Duc* ipotizza che il cavaliere Moran avesse parlato del titolo di sua madre al conte di Strathsay che a sua volta l'aveva riferito al *Comte de Salvan*. Quella rivelazione aveva fatto decidere al conte di prendere il posto di suo figlio nell'accordo matrimoniale contratto con il nonno di *Madame la Duchesse*...»

«Il cavaliere Moran era il padre di *Madame la Duchesse*» dichiarò Estée senza che ce ne fosse bisogno.

«Scommetto che Salvan ha estorto questo interessante particolare al vecchio sul suo letto di morte» aggiunse Vallentine con un ringhio. «Maledetta... Maledetta *serpe*.»

«Avresti dovuto infilzarlo quando ne hai avuto l'occasione, Roxton» disse Estée al duca, tamponandosi gli occhi umidi e tirando su col naso. «Mi sento male quando ripenso a quel periodo orrendo. Non so perché dobbiamo rivivere...»

«Per favore, non vi agitate, *Madame*» la interruppe Antonia. «Non ne dovremo più parlare dopo stasera. Ma noi, *Monsieur le Duc* e io, pensiamo che sia importante che la nostra famiglia sia al corrente del motivo dietro alla mia presentazione a *Sa Majesté*.»

«Antonia ha ragione, amore mio. Non c'è bisogno che vi agitiate» aggiunse Vallentine in tono rassicurante. «Lasciamo che Ellicott finisca di raccontare e poi potremo andare a letto, eh?»

Martin esitò, sconcertato dall'interruzione e si chiese se fosse stato un tentativo deliberato della sorella del duca di fargli perdere il filo del discorso. Non lo aveva guardato una sola volta mentre parlava e aveva fissato il ventaglio o qualunque altra cosa nella stanza, mostrandogli l'adorabile profilo. Ma non aveva tempo di preoccuparsi dei pregiudizi di *Madame*, doveva continuare la sua storia; *Monsieur le Duc* faceva affidamento su di lui. Eppure, proprio quando era riuscito a raccogliere le idee, successe il miracolo, o quello che era per lui, perché era un'esperienza completamente nuova.

Madame voltò la testa e lo fissò apertamente negli occhi, senza la sua solita teatralità o un accenno di scherno. «Vi abbiamo interrotto, *Monsieur*... Ell... *Ellicott*» disse puntigliosamente. «In effetti credo di averlo fatto diverse volte questa sera; cosa per cui io... io... chiedo scusa. Per favore, continuate. Il vostro riassunto delle vili macchinazioni di mio cugino è veramente... veramente... *illuminante*.»

Se anche non ci fu un sospiro percepibile a queste scuse, certamente ce ne fu uno mentale e la tensione lasciò le spalle di tutti.

«Grazie, *Madame*» rispose rispettosamente Martin, trattenendo il sorriso che voleva esplodergli sul volto. Tossì nel pugno e continuò come se non l'avessero mai interrotto. «La posizione a corte annessa al titolo di *Comtesse de Roucy* è negli appartamenti della regina. E se il *Comte* avesse sposato *Mademoiselle* Moran, com'era allora, i Salvan avrebbero raggiunto il loro scopo di tornare all'interno della cerchia regale. Avrebbe permesso loro di promuovere le loro ambizioni e rafforzare la loro influenza sussurrando all'orecchio della regina e dei suoi consiglieri, per trovare un posto per la loro prole nell'amministrazione di corte e riempirsi le tasche con le tangenti...»

«Perdonate un'altra interruzione» disse *Madame*, «ma ciò che descrivete non è niente fuori dall'ordinario. È quello che fanno tutti i buoni cortigiani in quelle posizioni, trovare un posto per la loro famiglia e gli amici, e non è considerata una tangente, ma un pagamento accettabile quando uno fa qualcosa per aiutarne un altro.»

«È vero, *Madame*» ammise Martin. «Ma è anche vero che un marito non solo ha la giurisdizione sulla dote di sua moglie, ma su tutta la sua vita, inclusa la sua posizione a corte. *Monsieur le Duc* aveva ricevuto l'informazione che, una volta sposato, il *Comte de Salvan* avrebbe esiliato sua moglie a Limoges e *Madame la Marquise de Touraine-Brissac* avrebbe sostituito la *Comtesse de Roucy* a corte...»

«Oltraggioso!» dichiarò Vallentine. «Mi riprendo quello che ho detto, Salvan non è una serpe, è un verme!»

«Proprio così» disse il duca e con un cenno della testa a Martin, gli fece sapere che ora avrebbe continuato lui il resto del racconto. Quando Martin chiuse per un attimo gli occhi e si lasciò andare contro lo schienale per il sollievo, il duca sorrise tra sé e sé prima di dire ai Vallentine, con la mano di Antonia stretta nella sua sul ginocchio accavallato. «Basti dire che la presentazione di domani metterà per sempre fine alle ambizioni di Salvan. Con la *Comtesse de Roucy* che riceve l'approvazione regale di fronte a tutta la corte, la società saprà a chi deve la sua lealtà...»

«A te!» dichiarò Vallentine con un deciso cenno della testa.

«Sì, ehm, a me. È importante che la corte, ma in modo particolare i nostri parenti Salvan si rendano conto che non possono sconfiggermi, né forzarmi la mano o cospirare contro di me, altrimenti ci saranno conseguenze. Servirà anche da promemoria per quelli che pensano di poter manipolare mia moglie, che non possono farlo. Loro...» Si fermò, sbatté gli occhi e guardò Antonia come se avesse avuto un pensiero improvviso. Disse schivo: «Eccomi qui a mettervi le parole in bocca, *ma belle*. Scusatemi, tocca a voi dirlo».

Antonia fece spallucce. «Ma non mi dispiace per niente che lo facciate *voi*. Le vostre parole sono le mie, *Monseigneur*. Solo perché parlate sempre con me di tutto prima che ne parliamo ad altri.» Sorrise astutamente e si appoggiò a lui. «E non vi preoccupate, se non fossi d'accordo con voi ve lo direi *immédiatement*.»

Roxton ridacchiò e si chinò verso di lei. «Questa» mormorò, fissando il suo bel volto, «è la pura verità.»

«Mi dispiace interrompervi di nuovo» dichiarò Vallentine tossicchiando deliberatamente per interrompere il momento di intimità tra i duchi. «Ma ho una dozzina di altre domande da fare sulla nuova posizione a corte di *Madame la Comtesse*. Ha un titolo ufficiale? Quant'è vicina alla regina? Ci si aspetterà che la serva come un lacchè...»

«Lacchè?» si risentì immediatamente Estée. «Coloro che servono *Leurs Majestés* non sono lacchè, Lucian. Sono nobili che hanno l'onore di...»

«Onore? Ah. Essere asserviti non è un onore. È...» cominciò a dire Vallentine e fu interrotto.

«Basta così per stasera» ordinò il duca. «Estée ha bisogno di riposo. Tutti ne abbiamo bisogno. Domani sarà un giorno memorabile. Lucian, potrai avere le risposte alle tue domande al nostro ritorno dalla corte. Senza dubbio prima di allora avrai compilato una lista.»

«Ottima idea!» esclamò Sua Signoria, districando le lunghe gambe ed alzandosi dalla *chaise longue* quando gli altri si mossero. Le parole successive di Martin Ellicott lo fecero ricadere indietro e dovette allungare indietro una mano per evitare di cadere. «Eh? Cosa? Che cosa intendete dire?» chiese ad alta voce, come se fosse sordo. «Ripetetelo!»

«Chiedo scusa, milord. Ho detto che non vedo l'ora di avere la vostra singolare prospettiva sugli eventi della giornata al vostro ritorno a casa.»

«Ma avrete la vostra singolare... qualunque cosa sia, perché ci sarete anche voi» rispose Vallentine. Guardò la coppia ducale, sconcertato, e indicò Martin col pollice. «Verrà con noi domani, vero?»

Antonia mise la punta delle dita sulla manica di Martin e alzò gli occhi. «*Je ne comprends pas*? Dovete esserci domani. Non posso farlo senza di voi.»

Martin sentì di colpo la bocca secca. «*Madame la Duchesse*, pensavo… pensavo che forse sarebbe meglio se restassi qui.» Sorrise. «Posso passare il tempo con la piccola signoria e…»

«Stasera avete bevuto troppo, Ellicott, perché dite cose senza senso» aggiunse Vallentine. Guardò Martin socchiudendo gli occhi. «Voi e io, non abbiamo passato tutte quelle ore recitando la parte del re e della regina di Francia perché voi non prendiate parte allo spettacolo teatrale a cui ci stanno trascinando tutti… Senza offesa» si scusò con il duca. «Ma passare la giornata a bighellonare per le sale dorate di Versailles per me ha la stessa attrattiva di farmi cavare un dente…»

«Lucian!» sua moglie era offesa. «Siete il cognato di Antonia e mio marito. Quindi dovete partecipare.» Fece spallucce e cercò di sembrare disinteressata. «Ma non vedo perché Ellicott ci debba essere. Se sceglie di restare indietro sono affari suoi. Inoltre» disse in tono spensierato, «dovranno esserci tutte le nostre donne e alcune delle cameriere per assistere Antonia e me con gli abiti di corte e non so dove le metteremo tutte nelle carrozze…»

«Dannazione! Un altro paio di chiappe infilato su una panca non darà fastidio!» la interruppe impetuosamente Sua Signoria. «Diglielo, Roxton! Di' a Ellicott che ci deve essere anche lui!»

«Sono lusingato dal vostro sostegno, milord» rispose Martin, con le guance arrossate. «Ma *Madame* ha ragione. Dovrei rinunciare al mio posto per permettere a…»

«No, non ve la caverete così facilmente.» Vallentine era cocciuto. «Se non sarete costretto a partecipare, non lo sarò nemmeno io! Semplice.»

«Siete ridicolo» si lamentò Estée.

«No, *Madame*. Lucian è solo un amico fedele, e Martin sta cercando di essere stupidamente nobile.» Antonia fu enfatica. «Non mi interessa minimamente se riempiremo cento carrozze con il nostro seguito. Ma coloro che sono importanti per me, le persone cui voglio più bene, che voglio alla mia presentazione, sono in questa stanza. Tutti voi dovete essere lì con me.»

«*Madame la Duchesse* parla per entrambi. Quindi ecco la vostra risposta, Martin» dichiarò il duca. «Una delle tante… ehm… gioie di far parte della mia famiglia è essere in prima fila nelle funzioni a cui ritengo che debbano essere presenti tutti i suoi membri, che lo desiderino o no. Comunque, simpatizzo con la vostra reticenza. Senza dubbio deriva dall'essere uscito dall'ombra del servizio alla persona per entrare nella luce del servizio alla famiglia.»

Lasciò vagare lo sguardo e lo tenne fermo su sua sorella per un momento, prima di guardare apertamente negli occhi Martin, e con un accenno di sorriso. «Cercate di reprimere la vostra naturale reticenza in futuro; farà agitare Vallentine. E non c'è bisogno di preoccuparsi per le sistemazioni e le carrozze. I nostri parenti Salvan ci saluteranno *en force* a palazzo.» Fece il suo sorrisino sghembo. «Sarà… ehm… uno spettacolo di sicuro.» Tese la mano a sua moglie e disse alla sua famiglia. «*Faites de beaux rêves, mes chers.*»

OTTO

PROBABILMENTE il commento del duca sul fare una lista era stato scherzoso da parte sua, ma fu esattamente ciò che fece Vallentine nell'intimità delle loro stanze. Estée, con una frivola cuffietta da notte e i riccioli neri raccolti in una lunga treccia, era seduta a letto appoggiata a una montagna di cuscini per stare comoda. Mentre Vallentine, con una banyan di seta colorata buttata negligentemente sopra la camicia da notte e il berretto da notte con la nappa ficcato un po' storto sui capelli biondi tagliati corti, era accucciato davanti a uno scrittoio dalle gambe sottili accanto alla finestra con le tende chiuse, con le ginocchia che gli arrivavano alle orecchie e un foglio di carta, penna e calamaio trovati in uno dei cassetti.

Completata la lista, Sua Signoria salì sul letto e la lesse a voce alta a sua moglie, nella speranza che l'aiutasse ad addormentarsi. Non fu così. Non era solo l'eccitazione di andare a corte il giorno dopo, ma il bambino che si muoveva e la metteva a disagio che la tenevano sveglia. Per distrarla, Vallentine le suggerì di raccontargli tutti i suoi programmi per l'ammodernamento delle loro stanze nell'appartamento a loro riservato all'Hôtel Roxton.

Era l'ultima cosa che avrebbe voluto ascoltare ma, se avesse fatto addormentare dolcemente la sua cara moglie, allora era contento di farlo. Con sua somma sorpresa, Estée si ringalluzzì. Fu lui ad addormentarsi. La testa gli stava ricadendo sul cuscino e stava russando quando si svegliò di colpo per una gomitata nel fianco.

«Terra di Persia! È viola!» tuonò. Mezzo addormentato, fece una serie di versi prima di mettersi di colpo seduto, con il berretto da notte sopra un occhio. Tuonò ancora una volta: «Orribile, lei lo detesta!»

Estée squittì, un po' spaventata all'inizio ma più che altro felice e poi cominciò a ridacchiare.

Una delle sue donne scostò la *portière*, allarmata e infilò la testa nella stanza, pensando che ci fosse qualcosa che non andava.

La coppia era seduta sul letto, la sua padrona stava ridacchiando coprendosi la bocca con la mano mentre suo marito, stordito e sbattendo l'unico occhio visibile sembrava un fagiano spaventato. La cameriera spalancò gli occhi e sparì in fretta prima che la vedessero, con la *portière* che ricadeva al suo posto.

«Cosa… perché dovreste p-pensare che non mi p-piace il Terra di Persia?» balbettò Estée tra una risatina e l'altra. «A me piace il viola.»

«Eh? Di che cosa state parlando? Perché state ridendo? Persia *che cosa*? Che ora è? È mattino? Dov'è la mia cioccolata?»

«Ci sarà quando sarà mattino.»

«Non è ancora mattino?»

«Avete dormito per cinque minuti, non cinque ore, stupidone!»

«Dormivo? Non stavo dormendo, mi sono solo appisolato per un secondo…»

Estée strinse gli occhi. «Se non stavate dormendo, perché avete pensato che fosse mattino, *hein*?» quando Vallentine agitò una mano, indicando che non era importante, come se la sua logica non contasse, Estée sporse il labbro, aggiungendo imbronciata: «Un uomo sveglio non russa.»

«Russa? Io non russo! E non stavo dormendo» dichiarò Vallentine, togliendosi il berretto da notte dall'occhio e rimettendolo diritto. «Mi stavate dicendo degli affascinanti colori che avevate scelto per il vostro *boudoir*…»

«Smettetela, Lucian» disse Estée con un sospiro esagerato. «Ammettete che vi eravate addormentato! Ma non ha importanza» aggiunse facendo dietro front, «Quello che conta è… Avete scelto i colori per le *vostre* stanze?»

«Sì!» esclamò prontamente Vallentine. «Lasciate che ve li mostri.» Scese dal letto e fece qualche passo con le sole calze ai piedi quando ebbe una rivelazione. «Accidenti! Ho lasciato i campioni sulla scrivania di Roxton!»

«Allora andiamo a prenderli.»

«Manderò un lacchè…»

«No, non svegliateli.»

«Cosa?» Vallentine era sbalordito. Non aveva mai visto sua moglie mostrare un'indebita considerazione per i servitori. «State bene, *ma chérie*?»

«Bene come ci si può aspettare con questo vostro bambino che fa le capriole!» Gli indicò di andare dalla sua parte del letto. «Aiutatemi a scendere.»

«Lasciate che ci pensino i domestici del turno di notte a prendere quei campioni. È per quello che ci sono: per essere svegli quando ne abbiamo bisogno. E ne abbiamo bisogno adesso.» Ma le sue azioni erano in diretto contrasto con quello che stava dicendo perché nel frattempo la stava gentilmente sollevando dal letto e appoggiandola sul pavimento con le sole calze. Le tenne una mano dietro la schiena. «Non potete andare in giro nei corridoi bui nelle vostre condizioni. Sedetevi qui andrò io…»

«No. Ho bisogno di camminare così il bambino tornerà a dormire e poi potrò dormire anch'io.» Alzò gli occhi e sorrise mentre si metteva le pantofole. «Scenderemo in biblioteca insieme.»

«Bene. Ma aspetterete nel corridoio mentre io entrerò in fretta a prenderli. In questo modo non vedrete quello che ho scelto finché non saremo di nuovo qui comodi a letto. Niente discussioni!»

«Nessuna obiezione da parte mia! L'attesa rende tutto più eccitante.»

Vallentine le sorrise, sorpreso. «È così, vero? Non avrei mai pensato di dirlo per dei pezzetti di tessuto, ma sono ansioso anch'io di mostrarveli.»

LA COPPIA ARRIVÒ DAVANTI alle porte della biblioteca e scoprì due domestici stretti insieme, con un orecchio teso alla fessura lasciata da una delle ante che era stata aperta ed era rimasta leggermente socchiusa. Stavano ascoltando attentamente i suoni che venivano dall'interno, comunicandosi roteando gli occhi il divertimento condiviso per quello che stavano sentendo.

Vallentine spinse un candelabro verso di loro. «Ehi! Che cosa sta succedendo qui?»

Nessuno dei due domestici mosse un muscolo nonostante fossero immersi nella luce.

«Shh!» ordinò uno dei domestici, mentre l'altro agitava una mano nella direzione di Sua Signoria, cercando di allontanare l'intruso indesiderato.

Lady e lord Vallentine si guardarono sbattendo gli occhi, stupiti di ricevere una simile risposta. Ma prima che Estée potesse prendere in mano le cose ed esprimere il suo dispiacere, dalla stanza arrivò il brontolio di un botta e risposta incomprensibile, seguito da risate, strilli e una serie di tonfi come se stessero rovesciando i mobili mentre si inseguivano nella stanza.

Incuriosito, Sua Signoria si avvicinò per sentire meglio.

Offesa, *Madame* fece un passo indietro, infuriata.

I due domestici continuavano a tendere l'orecchio, così presi dal momento che non si erano accorti che la loro trasgressione era stata scoperta e non solo dalla nobile coppia.

Il portiere di notte apparve dall'oscurità e si mise tra i Vallentine e i domestici. Con una frase sibilata detta voltando la testa, in un battito di ciglia i due domestici che stavano origliando si trovarono retrocessi, sostituiti da altri due colleghi-domestici che si misero immediatamente sull'attenti, con la schiena contro la porta e gli occhi fissi in avanti. Il portiere riuscì anche a chiudere le porte senza fare il minimo rumore. E anche se questo attutì i suoni nella biblioteca non cancellò dalla memoria le risate e gli strilli e le corsette o il fatto che due domestici erano stati colti a spiare chiunque e qualunque cosa stesse succedendo nella biblioteca. Motivo per cui Estée si avvicinò al portiere e chiese una spiegazione.

«Io non sento niente, *Madame*» fu la tranquilla risposta del portiere.

«Oi!» sibilò infuriato Vallentine, puntando il dito nella direzione del servitore. «Voi potete anche non avere sentito niente, ma Sua Signoria e io non siamo sordi e non lo erano nemmeno i due bricconi che avete appena congedato!»

Estée strinse gli occhi fissando il portiere, che osò guardare diritto davanti a sé, senza battere ciglio. *Madame* si voltò verso suo marito e disse sussurrando furiosa: «Questo è ciò che succede quando si allenta il controllo sui servitori! Diventano arroganti e la disciplina è gettata via con l'acqua sporca! Vi avevo avvertito che sarebbe successo, ed ecco! È troppo giovane per controllare il personale di mio fratello...»

«No, non è così. Lo farà a modo suo, con l'aiuto di Roxton e questa gente righerà dritto, altrimenti... Vedrete amore mio.»

Estée sbuffò incredula. «Stiamo giusto vedendo quanto sono

obbedienti, no? Con loro che origliano alle fessure delle porte e fingono di essere sordi...» Agitò una mano verso il portiere, «proprio com'era sorda la controparte di questo tizio quando sono arrivata alla villa con i tonfi delle portantine che facevano a gara su e giù per la nursery. E adesso stanno recitando la parte dei sordi *e* dei muti riguardo a quello che sta succedendo lì dentro!»

Vallentine guardò i due domestici e il portiere, che rimanevano sull'attenti davanti alla porta della biblioteca, fissando il buio vuoto del corridoio. Ne trasse l'unica conclusione.

«Non avete intenzione di farci entrare, vero?» dichiarò, fissando il portiere con gli occhi socchiusi.

«*Monsieur*, è tardi...» cominciò a dire il portiere.

«Ah!» sibilò *Madame*. «Abbastanza tardi che pensavate che fossimo a letto e che non vi avremmo colti fuori controllo!»

Il portiere mostrò i primi segni di sentirsi oltraggiato, facendo un respiro profondo attraverso le larghe narici. «*Madame*, vi assicuro che il personale di *Monsieur le Duc* non è mai fuori controllo, giorno o notte.»

«Allora potete dirci che cosa sta succedendo lì dentro» gli ordinò Estée.

«Estée, penso che scoprirete che il motivo per cui non ci fanno entrare...» fece per dire Sua Signoria, ma fu interrotto anche lui.

«Non avete bisogno di dirmelo» continuò Estée, senza quasi tirare il fiato. «Il motivo è ovvio! Stanno proteggendo i loro simili che non stanno facendo niente di buono con una delle sguattere della cucina!»

Vallentine fu sbigottito. «Aspettate! Non potete lanciare accuse simili ai servitori di vostro fratello...»

Estée si voltò verso il marito e lo guardò con un sorrisetto. «Mi credete stupidamente ingenua riguardo a cosa succede nel mondo tanto che non posso capire che cosa significano quelle risate e gli strilli e le corsette! *No*, dico! So precisamente che cosa sta succedendo lì dentro!»

Vallentine tirò da parte sua moglie e abbassò la voce.

«Il motivo per cui il portiere sta sbarrando la porta non è perché qualcuno dei suoi colleghi si sta dando alla pazza gioia, amore mio. È vostro fratello…»

«Che cosa? Mio *fratello*?» Estée guardò il marito sbattendo gli occhi. «Come fate a saperlo?»

Vallentine cercò di essere evasivo. Aveva la faccia in fiamme. Fece spallucce. «Non è ovvio? È, è… Scherzoso…»

«*Scherzoso*?» Estée sbuffò per lo scetticismo. «Non siate assurdo, Lucian! Roxton non è mai stato scherzoso un solo giorno nella sua vita.»

Vallentine represse la voglia di sbuffare, ma inarcò un sopracciglio.

«Non è da solo, giusto?»

Estée continuava a fissarlo, confusa. Poi capì. Tirò il fiato, stringendo il braccio di suo marito. «Mio fratello, è lui con la sguattera… la mia povera dolce Antonia…»

«Per amor del cielo, Estée, non siate sciocca» ringhiò Vallentine, con la faccia sempre più rossa, lasciando perdere ogni reticenza per la sensibilità di sua moglie. «Certo che no! Maledizione! Si sta divertendo con sua *moglie*!»

«Oh? Oh! Oh! *Sono* sciocca. È ovvio! Perdonatemi. Come ho potuto avere un'idea così orribile…»

«Senza dubbio il vostro prete vi perdonerà, anche se non lo farà Roxton» borbottò suo marito. «Adesso torniamo a letto.» Le tese il gomito. «Domani sarà la giornata più lunga e noiosa della mia vita!»

«Perché non potevano divertirsi nelle loro stanze» brontolò Estée. «È un vero inconveniente!»

«Perché dovrete aspettare fino a domani mattina per vedere i colori che ho scelto?»

«Sì, Lucian…» gli confidò, con un'occhiata dietro la spalla verso la porta della biblioteca mentre la conduceva verso lo scalone. «Penso che dovremmo tenere per noi che mio fratello fa l'amore con sua moglie in biblioteca…»

«Nessuna obiezione da parte mia!»

«… perché nuocerebbe alla sua reputazione.»

«Eh? Perché?»

«Pensate! Il grande nobile satiro che fa l'amore con *sua moglie* e non con qualche bella sgualdrina? Pff! La società ne sarebbe scandalizzata.»

Vallentine trasalì, quasi non credendo alle distorte opinioni di sua moglie, poi scoppiò in una rauca risata, così forte che echeggiò nello scalone e svegliò metà della villa.

NOVE

GLI SCAFFALI della biblioteca erano in ombra. Le candele tremolavano nelle applique ai lati del ritratto sopra la mensola del camino, dove un ceppo nuovo mandava una luce dorata sulla coppia di cui si vedeva il profilo davanti al focolare.

Antonia era in ginocchio sulla *chaise longue* davanti a lui. Il duca era in ginocchio sul tappeto davanti a lei. Lei lo stava baciando, sfiorandogli appena il volto, dalla fronte fino alla gola nuda. Scherzosamente, evitava la sua bocca.

Era un gioco che facevano spesso.

Antonia si teneva in equilibrio allungando le braccia dietro di lei, con le mani unite a fare da contrappeso. Il duca teneva le braccia lungo i fianchi, il corpo immobile come freddo marmo. Era l'aprirsi e chiudersi delle dita che lo tradiva. Stava usando ogni briciolo di volontà per impedirsi di toccarla. Ma stava lottando. Era quello che voleva Antonia che continuò con la sua deliziosa tortura.

Poi Antonia si fermò e si sedette sui talloni. Lentamente, si tolse le ultime forcine. Le poche trecce che erano rimaste arrotolate intorno alla testa rimbalzarono sulle sue spalle e si sciolsero lungo la schiena. Ancora in ginocchio, raccolse la camicia da notte di cotone bianco, la tolse tirandola verso l'alto e poi la lasciò cadere sul pavimento, restando nuda tranne le calze di seta bianca, legate al ginocchio con spessi nastri di seta.

Il duca non permise agli occhi di lasciare il volto di Antonia. Nemmeno quando lei si pettinò i capelli con le dita, tirando i lunghi riccioli dorati sul seno e sulle cosce. Risoluto, il suo sguardo restò fisso sugli occhi un po' a mandorla della duchessa, con il mento diritto e la bocca chiusa.

E così il gioco continuò, ma a ogni secondo che passava il suo autocontrollo si avvicinava sempre più al baratro.

Chi avrebbe vinto?

Alzando la posta e con un sorriso ingannevolmente dolce, Antonia gli prese le dita e se le pose sui fianchi. Il duca non fece una piega, le sue dita si posarono sulla pelle calda senza che battesse ciglio. E per tutto il tempo, Antonia continuò a fissarlo negli occhi. E lo sguardo del duca non si spostò mai. Ma quando deglutì, e lei colse il movimento del pomo d'Adamo, capì che suo marito stava velocemente perdendo la sua determinazione.

Lo baciò di nuovo, questa volta sulla bocca, ma tanto leggermente che lui si chiese se l'avesse baciato veramente. Eppure non riuscì nemmeno questa volta a farlo cedere. Ciò che lo fece cedere fu respirare il delizioso profumo floreale della pelle calda quando lei si appoggiò a lui. Non riuscì a resistere. Crollò. Capitolò… completamente.

Tirandola forte contro il proprio torso nudo, le premette le labbra sulla bocca. Trionfante per la resa ardente, Antonia gli mise le braccia intorno al collo e restituì con fervore il bacio. La risata gutturale del duca e i risolini di Antonia svanirono mentre ricadevano uno contro l'altro tra i cuscini davanti al fuoco, nessuno dei due accorgendosi della fragorosa risata che era rimbombata oltre la porta nella notte silenziosa.

Lᴀ ᴄᴏᴘᴘɪᴀ si era svegliata all'alba; le tende di velluto erano state tirate e legate e dalla finestra si vedeva il parco reale, coperto da una nebbia fitta. E mentre Antonia si buttava in faccia un po' d'acqua dal catino di porcellana, Roxton prese il vassoio d'argento della colazione dalle mani di un cameriere e tornò a letto.

Mise il vassoio con un piatto di croissant caldi, la cioccolatiera d'argento, il frullino e le tazze di porcellana sul copriletto stropicciato e si mise a preparare la loro cioccolata calda. Quando lo raggiunse, salendo nuovamente sul letto, Antonia notò che sul vassoio c'era anche una lunga scatola piatta, avvolta nel velluto nero e legata con un largo nastro di seta. Il duca gliela porse.

«Qualcosina per ricordare il giorno della vostra presentazione a *Leurs Majestés*.»

«Mi fate troppi regali, ma vi ringrazio, *mon homme adoré*.» Voltò il pacchetto. «Non riesco a capire che cosa possa essere.»

Il duca sbatté il frullino e lo mise da parte, chiuse il coperchio della cioccolatiera e versò lentamente la bevanda schiumosa nelle due tazze.

«Bene. Allora sarà veramente una sorpresa.»

Senza ulteriori indugi, Antonia slegò il nastro e tolse il tessuto. Ciò che restò davanti a lei fu un sacchetto di velluto nero. Dall'interno tolse una sottile stecca a sezione triangolare di quercia lucentissima. Tutti i tre lati erano intarsiati con piccole figure d'avorio, cupidi con arco e frecce e coppie che si abbracciavano, e c'erano cuori e fiori intrecciati con foglie d'acanto. Incisi sulla punta c'erano due piccoli cuori uniti; uno conteneva l'iniziale A e l'altro una R.

Dalla forma Antonia capì immediatamente di che cosa si trattasse, era un *busk*, una stecca da busto, il più intimo degli articoli intimi da donna, che infilato nella tasca frontale al centro del corsetto lo manteneva a posto e dava la forma giusta al seno. Sapeva anche, da quanto si diceva, che una stecca simile regalata da un amante alla sua donna era considerato il più personale e più sensuale dei *souvenir*, dato il simbolismo della sua posizione tra i seni.

«Prima che ve lo domandiate, non ho mai regalato una di queste a un'altra…»

«Ah, Renard, non avete bisogno di rassicurarmi. Ma la rende ancora più speciale per me. È bellissima e perfetta perché, quando la porterò sarete vicinissimo al mio cuore.»

Il duca si chinò in avanti e le baciò la fronte. «Era quello il mio intento, *mignonne*» mormorò ammiccando. Le porse la tazza di cioccolata, aggiungendo con un sorriso: «Spero che la stecca servirà a rendere questa giornata meno gravosa per voi, sapendo che se anche non potrò essere al vostro fianco mentre fate la vostra riverenza alle Loro Maestà, ma dovrò restare a guardare con tutti gli altri, sarò, in effetti, proprio lì con voi.»

Antonia sorseggiò la sua cioccolata, fissando la stecca e tracciando con un dito l'intarsio d'avorio di una coppia abbracciata. «Siete sempre così premuroso e il più romantico dei mariti…»

Il duca alzò un sopracciglio. «Ne avete più di uno?»

«Stupidone!» Antonia mise da parte la tazza e afferrò la stecca, la baciò e poi la premette sul davanti della camicia da notte di cotone, sorridendogli maliziosamente. «E mentre io starò facendo la mia riverenza e mostrando il giusto rispetto alle Loro Maestà, voi potrete pensare a questa stecca e avere pensieri sconvenienti su dove preferireste essere!»

«Certamente mai *sconvenienti*.»

«Oh?» Antonia fece una smorfia. «Ma io ho continuamente pensieri sconvenienti riguardo a voi… e nei momenti meno opportuni.»

Il duca rise forte.

Le fece piacere e si finse sorpresa, trasalendo come se avesse appena pensato a qualcosa e disse ansimando: «E se... E se avessi uno di quei pensieri scandalosi mentre sto facendo la mia riverenza?»

«Allora vi consiglio di tenerlo per voi finché potrete condividerlo con me e potrò realizzarlo.»

Antonia si sdraiò sui cuscini e si stiracchiò come un gatto, piegando un ginocchio coperto di seta e disse maliziosamente: «E se stessi avendo un pensiero sconveniente proprio in questo momento?»

Il duca le prese la stecca dalle dita e la usò per accarezzarla dolcemente e poi alzarle il mento.

«Non sarà una sorpresa sapere che preferirei restare a letto con voi, soddisfacendo i vostri desideri sconvenienti... ma...» Si chinò verso di lei e la baciò, questa volta sulla bocca, poi lasciò cadere la stecca tra le lenzuola stropicciate, «... non possiamo deludere Lucian, che non vede l'ora di girarsi i pollici davanti ai reali.»

Antonia ridacchiò e gli restituì il bacio. «Così desideroso di partecipare che predico che sarà l'ultimo a scendere e che le carrozze dovranno aspettare i suoi comodi per partire!» Sospirò, fingendosi delusa. «Io farò del mio meglio per... come dite...? *Comportarmi bene* fino a questa sera. Per il bene di Lucian, ovviamente...» Balzò fuori dal letto e indossò la banyan di seta prima di raccogliere la stecca e puntarla verso il duca. «Ma vi avverto, Renard, intendo rubare un bacio in carrozza. Voi vestito di nero e giaietto...» rabbrividì di piacere per un attimo, «...siete *plus qu'irrésistible*, quindi non potrò fare a meno di baciarvi.»

Il duca le rivolse un profondo inchino. «Grazie per l'avvertimento. Cercherò di sopportarlo meglio che potrò.»

Antonia andò dalla sua parte del letto e si gettò tra le sue braccia. Alzando gli occhi gli disse dolcemente: «Mi avete detto che per vestirmi per questa grande occasione ci vorrà più tempo che per la cerimonia stessa, quindi *Madame la Duchesse* userà quel tempo per continuare il suo studio delle Storie di Livio. Ma spera veramente che *Monsieur le Duc* visiterà il suo *boudoir*, per assicurarsi che non sia avvizzita per la fatica.»

«Lo farò e porterò nostro figlio a vedere la sua *maman* e come va lo stancante lavoro di mettersi un abito da corte.»

«Mi fa molto piacere ed è una cosa che aspetto.» Fece un passo di lato, come se avesse intenzione di andare via, poi lo sorprese veramente chiedendogli, senza più scherzare: «Renard, scrivete a lady Paget tutte le settimane, vero?»

«Sì» rispose tranquillo il duca, chiedendosi se il regalo della stecca era il motivo per cui Antonia aveva scelto quel momento per parlare dell'argomento del suo regolare scambio di lettere con una ex-amante, con la quale era rimasto in termini eccellenti.

Antonia sapeva sia della loro corrispondenza sia del fatto che il duca considerava Kate Paget una cara amica. Le leggeva perfino passaggi particolarmente divertenti delle lettere di Kate. Quindi attese altre spiegazioni, con le mani nelle tasche della banyan di seta e il volto che non tradiva i suoi pensieri. Ma non poteva nascondere niente ad Antonia. Lei vide l'ombra di perplessità negli occhi scuri e la fece sorridere.

«Non è per via del vostro regalo, *mon chéri*» lo rassicurò gentilmente. «Volevo farvi ieri questa domanda, ma con l'arrivo di *Madame* non ho trovato il momento adatto. Ovviamente so che scrivete a lady Paget, Kate, e non era quella la mia domanda. Ciò che vorrei sapere è se a Kate farebbe piacere ricevere una lettera da me.»

«Sarebbe euforica.»

«Davvero? Kate mi piace molto e mi ha rattristato che ci siamo lasciate in malo modo. È stata colpa mia. A quel tempo ero ancora molto insicura di-di... *noi*.»

«Lei non vi biasima.» Il duca sembrò imbarazzato. «Incolpa me, per non aver dichiarato le mie intenzioni e non avervi sposato prima. E so che preferirebbe sentire da voi di nostro figlio. Si lamenta della mia mancanza di... ehm, profondità, quando si tratta di Julian. Mi dice nel suo modo schietto, sorprendentemente molto simile al vostro, che mi manca il vasto vocabolario di una madre quando si tratta di crescere un bambino.»

Antonia ridacchiò. «Voi scrivete che nostro figlio sta bene e prospera ed è tutto! Che dev'essere molto insoddisfacente per le vostre corrispondenti.»

«Che altro importa?» chiese retoricamente il duca e fece una smorfia quando Antonia alzò gli occhi al cielo, aggiungendo gentilmente: «Ma vi ringrazio per avermi tolto un compito che stava diventando gravoso. Kate sarà al settimo cielo apprendendo tutto di nostro figlio da vostra mano».

«Sarà un piacere, *Monseigneur*.» Gli pose una mano sul petto e alzò gli occhi su di lui. «C'è qualcosa che vi turba... ha a che vedere con il fatto di essere stato svegliato all'alba, vero?»

Il duca non nascose la sua sorpresa alla sua perspicacia. «Avevo sperato di non disturbarvi.»

Antonia gli sorrise dolcemente. «Mi sveglio sempre quando mi lasciate.» Cercò di sembrare disinteressata. «È tutto come dovrebbe essere...?»

«Sarà così. Un corriere dall'Inghilterra, con una lettera di Shrewsbury...»

«*Monsieur le Chef des services secrets?*»

«Sì. L'ho letta. Ma non c'è niente che non possa aspettare fino dopo la vostra presentazione.»

Antonia non insistette, dato che il duca non le offrì altre spiegazioni e lei non voleva che qualcosa rovinasse quella giornata. Voleva solo completare la cerimonia con il minimo disturbo. Comunque non le impedì di chiedersi che cosa avesse portato il capo dello spionaggio inglese a mandare un corriere oltre Manica a Versailles e svegliare suo marito all'alba.

Fu un bene quindi che dal momento in cui entrò nel suo

boudoir per essere assalita dalle sue cameriere, dal parrucchiere e dalle sue donne non avesse un solo momento per rimuginarci sopra. E quando nel tardo pomeriggio ne emerse trasformata, tanto quasi da non riconoscersi, non fu sorpresa quando lord Vallentine esclamò, nel foyer silenzioso: «Bene! Bene! Chi è questa leggiadra Pandora venuta in mezzo a noi, eh?»

DIECI

ONTRARIAMENTE a quanto la sua famiglia presumeva in privato riguardo all'ostilità di Sua Signoria a far parte del pubblico per una presentazione francese a corte, lord Vallentine fu il secondo, non l'ultimo ad arrivare nel foyer mentre le carrozze si allineavano sotto la *porte cochère* per il breve tragitto fino al palazzo. Martin Ellicott fu il primo a scendere e non fu una sorpresa per Sua Signoria, che lo raggiunse sotto il lampadario.

«Il portiere mi dice che la gente ha cominciato a raccogliersi nelle strade lungo il tragitto» gli disse Martin. «Tutto per poter dare un'occhiata a *Madame la Duchesse*, oppure, come dovrei dire, oggi, *Madame la Comtesse de Roucy*.»

«È comprensibile» rispose Sua Signoria con un sorriso sornione. «Non capita tutti i giorni che chiunque di noi sia testimone di un simile spettacolo, giusto? Ma con tutti noi, inclusi i cavalli che tirano le carrozze, addobbati di nero, sarà più facile che ci scambino per una processione funebre.» Si chinò verso Martin. «Ma non dite alle Loro Grazie che l'ho detto. Dobbiamo mantenerci allegri per il bene della duchessa e quello del duca, anche se ci sentiamo tutt'altro che estasiati alla prospettiva di essere fissati a bocca aperta per tutto il percorso fino al salotto di Louis e ritorno.»

Martin diede un'occhiata di sottecchi alla capigliatura raccolta e incipriata di Sua Signoria: due grossi riccioli sopra ogni orecchio e un enorme fiocco di satin nero alla nuca, così inamidato che sporgeva fino a metà delle spalle, tanto che ritenne molto adatta la frase *fissati a bocca aperta*. Trattenne un sorriso.

«Avete ragione, ovviamente, milord...»

«Vallentine» sibilò Sua Signoria ammiccando.

«Chiedo scusa, mil...»

«No, niente del genere quando siamo *a casa*. E non c'è bisogno che sembriate un fagiano spaventato!»

«Non sono completamente sicuro di capirvi, mil...»

Vallentine afferrò Martin per la manica e lo tirò lontano dalle orecchie sempre sorde del portiere e dei domestici e verso un lungo specchio dalla cornice dorata. Qui finse di guardare il proprio riflesso. Alzò il mento squadrato e sistemò la spuma di pizzo bianco che ricadeva dall'apertura del panciotto di lana ricamata, continuando a parlare a Martin a bassa voce.

«Ascoltate, Ellicott, ho pensato a fondo a tutta questa storia del *milord* questa mattina mentre il mio valletto si stava dando da fare con me» confessò, «e ho deciso che non potete continuare a chiamarmi *vostra signoria* e *milord* ora che fate parte della famiglia... *specialmente* quando siamo solo noi. Far parte della famiglia comporta certi privilegi, come sapete. Uno di quelli è chiamare un tizio per nome.

«Non mi sentite chiamare Roxton *Vostra Grazia*, no? Ovviamente no! Non l'ho mai fatto. Beh, non da Eton, quando ci siamo azzuffati, mi ha quasi soffocato e ordinato di chiamarlo *Monsieur le Duc*. E allora non era nemmeno un duca!» Sbuffò e si voltò per guardare Martin. «L'ho chiamato una maledetta rana francese e abbiamo fatto una sacrosantissima lotta nel fango con i pugni che volavano da tutte le parti. Ma non c'è più stata una cattiva parola da...»

«... Perché vi aveva picchiato a sangue?»

«Beh, uhm, sì! Ma non importa. Io non lo chiamo *Vostra Grazia* e voi non chiamatemi *milord*, non quando è presente solo la famiglia. È Vallentine...»

«Ma, come dite voi stesso, conoscete Sua Grazia da quando eravate a Eton e io-io... No, non potrei mai! No, milord!»

«Che cosa ci vorrebbe? Che vi dia un fracco di botte?»

Martin sorrise suo malgrado dicendo in un tono più conciliante: «Non sarebbe corretto per me rivolgermi a voi in un modo che non sia consono a uno della mia condizione». Deglutì. «E che cosa direbbe *Madame*...?»

«*Condizione*? Di che cosa state blaterando? Avete messo troppa pomata sui capelli e adesso vi sta penetrando nel cervello? Lo dirò e che resti tra di noi, non sono affari della moglie come noi ci chiamiamo l'un l'altro; è roba da uomini. Capito? Quindi fate come vi dico e niente discussioni!»

«Altrimenti ci sarà un fracco di botte per me...?»

Vallentine batté sul braccio di Martin. «Lieto che ci siamo capiti!» e andò a raggiungere la piccola folla che si era riunita ai piedi della scala. C'era sua moglie, con le sue donne attorno e anche parecchi dell'entourage del duca e della duchessa. Stavano tutti guardando la scala, verso la processione che stava lentamente scendendo verso il foyer.

Prima veniva il duca, nella sua nera magnificenza, dalle lucide scarpe di pelle con le fibbie ricoperte di velluto nero e calze in tinta fino a un paio di aderenti calzoni di velluto. Sia il panciotto sia la giacca erano tagliati dallo stesso tessuto lussuosamente morbido, con bottoni di ebano e sia il davanti che i grandi risvolti sui polsini della giacca erano ricoperti di perline di giaietto. Una spuma di finissimo pizzo di Bruxelles alla gola e ai polsi, dove ricadeva sul dorso delle mani e un grande fiocco nero alla nuca completavano l'insieme. Ad aumentare la perfezione c'erano un paio di guanti neri di velluto, un tricorno di velluto portato sotto il braccio e la spada nel fodero d'argento lavorato.

Sceso l'ultimo gradino, si voltò e si unì a tutti gli altri per ammirare la sua duchessa nel suo vestito *deuil de la cour*, da lutto di corte, di velluto nero adornato di migliaia di perline di giaietto inserite nei ricami a volute e fiori. Con aderenti mezze maniche coperte di strati su strati del pizzo più fine e più spumoso, una sottana larghissima appoggiata sui *pannier* di filo metallico rivestito di seta, Antonia scendeva lentamente ogni gradino, assicurandosi di non finire a testa in giù dalla scala.

Ma non c'era bisogno che si preoccupasse eccessivamente perché non solo aveva le sue donne davanti e dietro, ma anche di fianco. Due cameriere avevano alzato e ripiegato i *pannier* sui fianchi, raccogliendo con attenzione gli strati di tessuto delicato, con una parte della sottana drappeggiata su un braccio.

Con il mento parallelo ai piedi, Antonia si chiese se avrebbe mai ripreso a respirare normalmente. Ma non era la rigidità del corpino con le stecche che le faceva mancare il fiato, era l'ansia. Era l'enormità del compito che l'aspettava, che fino a quel momento era rimasto nel futuro, e il fatto che sarebbe stata il centro dell'attenzione delle centinaia di persone che avrebbero affollato i corridoi del palazzo, dal turista curioso fino alle Loro Maestà.

Adesso era oggetto di curiosità, perfino per se stessa. Perché era diventata completamente un'altra nell'aspetto dal momento in cui il parrucchiere aveva ricoperto di cipria le trecce arrotolate e le era stato applicato il rosso brillante richiesto alle dame di corte sulle guance e sulle labbra, il trucco ancora più vibrante e appariscente, vestita com'era tutta di nero.

Come se la pesante applicazione del trucco non fosse sufficiente a farla sentire a disagio, c'era l'ampia scollatura ovale del corpino ricamato, talmente scollato sul seno pieno da rasentare l'indecenza. Ma il duca le aveva assicurato che anche quello era un requisito dell'abbigliamento di corte, e che doveva ignorarlo perché, una volta arrivata a palazzo, sarebbe stata circondata da donne vestite allo stesso modo e si sarebbe sentita più a suo agio.

Antonia non aveva menzionato di essere vissuta per un certo tempo a palazzo con suo nonno e che era ben conscia di come si vestissero e si comportassero le dame, ma che lei, che era sempre stata alla periferia della vita e degli eventi di corte, non aveva mai avuto tutti gli occhi su di sé, fino a quel momento. E non aveva mai indossato un abito di corte.

Ma qualcos'altro la preoccupava nella bassa scollatura e il duca sapeva di che cosa si trattava. Sorridendo comprensivo, il duca si baciò la punta di un lungo dito prima di posarla lievemente sulla cicatrice increspata sotto la clavicola, attento a lasciare indisturbata la cipria che la copriva. Nonostante l'applicazione di quella polvere, non era possibile nascondere quello sfregio alla sua pelle di porcellana.

«Non permettete che vi preoccupi, *ma fée*. Certo, è un duro *aide-mémoir* della perfidia di Salvan, ma per me è molto più di quello. È il promemoria di ciò che ho quasi perso e di ciò che è più importante nella mia vita: voi.»

Ora al sicuro in fondo alle scale e in piedi nel foyer, le cameriere rimisero a posto i *pannier*, scossero le sottogonne e l'ampia sottana e le sistemarono con soddisfazione di tutti. Le sue donne avrebbero accompagnato la loro padrona al palazzo, e le cameriere che avevano aiutato a vestirla si fecero da parte per permettere al duca di salutare sua moglie.

Ma prima di prenderle la mano, Roxton chinò la testa e le fece un inchino, con il tricorno in mano, così profondo che il pizzo ai polsi sfiorò le piastrelle di marmo bianche e nere. E mentre si inchinava davanti a lei, lo fecero tutti gli altri nel foyer, dal portiere alla sorella del duca. L'unica rimasta in piedi in un mare di nero fu Antonia. Sopraffatta dall'emozione davanti a una simile venerazione, le tremarono le mani e il petto si alzò e abbassò affannosamente. Tutto ciò che riuscì a fare per evitare di scoppiare in lacrime fu stringere le labbra dipinte e aggrapparsi alle bacchette chiuse del ventaglio pieghevole.

Toccò a lord Vallentine alleggerire l'atmosfera.

«Bene! Bene! Chi è questa leggiadra Pandora venuta tra di noi, eh?» esclamò Sua Signoria, raddrizzandosi dopo il profondo inchino. Ebbe un pensiero improvviso e diede una gomitata nel fianco a Martin, aggiungendo a voce abbastanza alta da farsi sentire: «È così che chiamano le bamboline che mostrano i vestiti alla moda, vero? Una Pandora?»

«Sì, mil… Vallentine» rispose Martin sussurrando. «È così.»

Sua Signoria alzò gli occhi al soffitto di stucco e fece un sospiro di sollievo così forte che riverberò per tutto il foyer. Poi diede a Martin un'altra gomitata amichevole, aggiungendo con una schiacciatina d'occhio: «Non è stato così difficile da dire, vero?»

«No, Vallentine. No» ribatté Martin, sorridendo suo malgrado. «Anche se temo che mi abbiate incrinato una costola.»

«Eh?»

Madame si affrettò verso il marito, per nulla lieta di vederlo in confidenza con Martin Ellicott, e gli batté sul braccio con il ventaglio.

«Lucian! È il meglio che sapete fare, paragonare Antonia a una Pandora? Vergogna! Stupidaggini!» Ruotò nelle sue ampie sottane di corte, facendo spostare in fretta diversi domestici per evitarla, e disse alla duchessa, mandandole un bacio: «Siete *magnifique, ma chère*. Sarete l'invidia di ogni dama di corte. Sono ansiosa di vedere la faccia di *Sa Majesté* quando farete la riverenza davanti a lui. *Vous êtes si belle!*»

Il duca si fece da parte per permetterle di avvicinarsi e quando riprese a respirare più liberamente e a riprendere il controllo, Antonia rispose allegramente: «Grazie, *Madame*. Ma Vallentine ha ragione a chiamarmi Pandora perché sono dipinta e rigida come una bambola! E *Monseigneur* non è stato per niente contento di vedere la cipria sui miei capelli e il rosso sulle guance. Ma ha detto che era un male necessario e quindi non mi lamento come vorrei, perché oggi è una giornata eccitante per tutti noi!»

«Proprio così, *ma belle*» confermò il duca e segnalò che spalancassero il portone. «Dimenticherete presto la pittura e la cipria e anche il peso del vestito una volta arrivati a corte, quando avrete raggiunto il resto delle… ehm… Pandora.»

Antonia sorrise e confidò alla sua famiglia: «E pensare che l'ultima volta in cui sono partita da Versailles ero altrettanto dipinta… ma in un modo completamente diverso!» Sorrise maliziosamente al duca, che stava scambiando un'occhiata complice con Martin Ellicott, aggiungendo: «E adesso torno come una *Comtesse, comme si de rien n'était. Monsieur le Duc de Richelieu* oggi avrà la sorpresa della sua vita!»

«E non solo lui» borbottò Roxton, scortandola fuori verso la fila di carrozze in attesa, con il resto della famiglia e del loro *entourage* che li seguivano, desiderosi di andare finalmente a palazzo. Stava pensando ai loro parenti Salvan e, arrivato alla scalinata, non fu deluso da come furono ricevuti e dalle loro reazioni.

UNDICI

«NON C'È BISOGNO di salutare tutti quelli a cui passiamo davanti, *ma petite chérie.*»

Antonia continuò ad agitare il fazzoletto bordato di pizzo dal finestrino della carrozza verso la gente, giovane e vecchia, che si era fermata lungo il percorso, con gli occhi spalancati e le bocche aperte mentre il convoglio delle carrozze del duca passava in una lenta processione lungo l'*avenue de Paris*, scortata da postiglioni in livrea montati sui destrieri dal passo elegante, con copricapi rigidi e piumati.

I pedoni avevano smesso di compiere i loro doveri quotidiani appena i postiglioni erano apparsi fuori dalle mura della villa, andando verso la *rue des Réservoirs*. E quando l'ultima delle carrozze entrò nell'ampia *avenue de Paris*, anche quelli che si stavano affrettando e si occupavano del loro lavoro, si unirono ai turisti con gli occhi sbarrati e alle donne coi bambini per fare congetture sull'identità degli illustri occupanti della fila di carrozze.

Erano tutti d'accordo che si dovesse trattare di un dignitario straniero, un principe o un ambasciatore almeno, venuto a rendere omaggio a *Sa Majesté*, appena tornato a palazzo per le imminenti festività natalizie. Chi altri avrebbe avuto l'audacia di fermare il flusso del traffico? Quelli a cavallo erano stati obbligati a cercare una strada alternativa per arrivare alla loro destinazione, mentre le carrozze, le portantine e i viaggiatori stipati nelle diligenze *carabas*, furono obbligati a spostarsi verso il bordo della strada per permettere alla processione di passare senza intralcio.

«Dato che ci hanno fatto la cortesia di fermarsi al freddo, devo rispondere» dichiarò tranquilla Antonia. «Particolarmente quando i bambini agitano le mani con tanto entusiasmo. È segno di buone maniere? *Oui?*»

«Cortesia o curiosità? Non importa, crederemo alla prima.» Roxton sorrise a un pensiero privato. «Peccato che sia inverno altrimenti avrei fatto spargere petali di fiori lungo la strada per dare alla nostra processione l'importanza...»

«... di un trionfo romano?!» esclamò Antonia, con gli occhi verdi che brillavano a quell'idea e un sorriso oltre la spalla del duca. «*Ce serait époustouflant!*»

«Mozzafiato? Sì, perfetto.»

Antonia appoggiò di nuovo le spalle al rivestimento di morbido velluto. «Penso che non siate deluso che sia inverno per il fatto in sé» disse dolcemente, aggiungendo con quel suo modo di capirlo che non mancava mai di sorprenderlo, «ma siete deluso che non abbiamo petali di rosa. Se la nostra carrozza fosse arrivata coperta di fiori avrebbe aumentato il disagio che i nostri parenti Salvan già provano davanti *au geste grandiose* che stiamo facendo. Che serve, come me l'avevate descritto... ah, sì, a rimetterli al loro posto.»

Il duca le prese la mano guantata e disse con una levità forzata che smentiva il duro scintillio degli occhi neri: «Vorranno avere un posticino caldo per nascondersi dopo gli eventi di oggi. Ho dato ordine di viaggiare il più lentamente possibile pur facendo girare le ruote in modo che, quando arriveremo ai cancelli e le zie e i cugini Salvan saranno lì a salutarci all'aria invernale, ci sarà anche una folla che saluterà festosa il nostro arrivo».

«Saluterà festosa?»

«Proprio così. Per voi avrei voluto i petali di rosa, *ma belle*, ma per la gente ho pensato a qualcosa di più pratico e benvenuto.»

«Il denaro sarebbe più pratico.»

«Lo sarebbe, se volessimo scatenare una sommossa. Ma ho anticipato i vostri desideri e così, per onorare la vostra presentazione, ho regalato agli spettatori curiosi qualcosa di più sostanzioso. Ho mandato avanti degli uomini in tutte le taverne sulla strada con denaro a sufficienza per fornire a tutti indistintamente la birra, coi complimenti della *Comtesse de Roucy*. La gente di città brinderà alla vostra salute e canterà le vostre lodi per i giorni a venire.»

«Oh! *Monseigneur*! Grazie! Siete troppo generoso!»

«Non sono per niente generoso. Lo siete voi. Lo faccio per voi e solo per voi.» Le lasciò andare le dita e incrociò le mani guantate sul ginocchio, sollevando un sopracciglio. «Sono» disse con la sua parlata lenta, «quello che sussurreranno presto alle mie spalle, se non lo stanno già facendo, e non importa, è vero... un marito *indulgente*.»

Antonia si chinò verso di lui come meglio poteva con i *pannier* aperti, circondata da strati di sottane di velluto nero ricamato. «Questi sussurri vi disturbano?»

Il duca cercò di apparire severo, anche se la sua bocca tremò con un sorriso che non riuscì a reprimere.

«C'è stato di peggio che hanno sussurrato al mio riguardo, ed era tutto vero.» Ebbe un pensiero improvviso. «Vi turbano?»

«I sussurri? O il fatto che siate un marito indulgente? Per nulla. Se i primi sono veri e non falsità e non vi disturbano, perché dovrebbero turbare me? Quanto alla seconda alternativa?» Antonia sorrise con la fossetta in mostra. «Mi fa felice che mi viziate.»

Le guance ben rasate del duca si soffusero di colore. «Tutto ciò che conta è la vostra felicità.»

«Come la vostra per me. E vi amo ancora di più, se possibile, per averlo detto, *mon mari bien-aimé*.»

«Al diavolo i sussurri» mormorò il duca e si chinò a baciarla.

Il loro bacio fu leggero come una piuma, gli occhi semichiusi mentre si godevano quel momento. Avrebbero potuto restare in quel modo un po' più a lungo se non fosse stato per il rumore di una soffiata di naso che li fece ritornare composti e indirizzò la loro attenzione verso l'unico altro occupante della grande carrozza, la cameriera personale di Antonia, Gabrielle, seduta davanti a loro. La duchessa le chiese se non stesse bene.

Gabrielle tirò di nuovo su col naso, si asciugò in fretta gli occhi e si strinse il naso con il fazzoletto. Scosse la testa senza alzarla, con gli occhi fissi sul fazzoletto.

«No, *Madame la Duchesse*! Mi scuso se vi ho disturbato» mormorò. «Sto benissimo in effetti. In effetti, sto *così* bene che piango di gioia. Non fate caso a me.»

Quando il duca fece una smorfia, per nulla convinto, Antonia ridacchiò portandosi la mano alla bocca e disse in inglese, una lingua che la sua cameriera non aveva ancora imparato: «È vero. È sopraffatta dalla generosità di Vostra Grazia».

«Speriamo che le mie zie francesi siano… ehm… *afflitte* allo stesso modo.»

Antonia piegò la testa, incuriosita. «Come potrebbero non esserlo, visto che avete pagato i loro debiti?»

Roxton sostenne lo sguardo di Antonia, dicendo senza scomporsi: «Sapete bene quanto me, amore mio, che tutti a Versailles hanno un prezzo, in particolare quelli con cui si è imparentati. L'intesa è sempre stata che avrei pagato i debiti più pressanti di *Tante Victoire* se vi avesse fatto da sponsor per questa presentazione. Generosità e obblighi sono intercambiabili».

«Non per me, Vostra Grazia» disse enfaticamente Antonia. «O

per *Madame*, o Vallentine o Martin. Non voglio che pensiate che avete bisogno di fare qualcosa per me per senso del dovere. Sarebbe un peso insopportabile.»

«Sì, ma voi non siete e non sarete mai un peso per me.» Si sistemò il grande risvolto delle maniche della giacca, senza che ce ne fosse bisogno, dicendo con un sospiro: «Gli obblighi di famiglia, in sé, sono affari tediosi. Una goccia di sangue è tutto ciò che serve per sfruttare un legame e non mi riferisco solo al denaro». Quando Antonia si chinò più vicina, incuriosita, aggiunse gentilmente: «Lealtà, sentimenti, perfino l'amore sono spesso usati come armi per manipolare e raggiungere il risultato desiderato».

Antonia ci pensò per un momento, poi disse con un dolce sorriso comprensivo: «*Monsieur le chef des services secrets* si è unito a noi in carrozza, *oui?*»

Il duca perse il cipiglio e si appoggiò allo schienale con una risata.

«Sì! Immagino di sì. Avete proprio ragione. La lettera di Shrewsbury in effetti occupa i miei pensieri» confessò, poi aggiunse più allegramente: «ma non c'è posto qui per il mio vecchio compagno di scuola. Le mie scuse per avervi distratto da quest'occasione epocale.»

«Non ce n'è bisogno, Vostra Grazia. La distrazione mi ha fatto smettere di preoccuparmi tanto per ciò che verrà.»

«Non dovete preoccuparvi, amore mio» la rassicurò gentilmente il duca, continuando in inglese. «La corte di Louis è un palcoscenico e i suoi cortigiani sono gli attori. Il successo dipende da come uno recita bene per il pubblico. Ho piena fiducia che reciterete bene la vostra parte. Il fatto che siate in grado di imitare alla perfezione e riusciate a replicare la cadenza particolare della corte sarà applaudito e apprezzato, è un'abilità che l'amante di Louis non ha ancora perfezionato. Voi dovrete divertirvi. Io mi divertirò, osservandovi.» Indicò il finestrino con una mano languida e tornò alla lingua natia. «Per favore, non permettete a

Monsieur le Duc di occupare il tempo di *Madame la Comtesse*. I curiosi e i cortesi richiedono la vostra attenzione.»

Si scambiarono uno sguardo amorevole e poi Antonia riprese ad agitare la mano dal finestrino mentre il duca si mise comodo e chiuse gli occhi apprezzando gli ultimi momenti di tranquillità prima di essere gettati in prima fila negli intrighi e nelle formalità della corte francese.

DODICI

GUARDANDO FUORI dal finestrino mentre la carrozza rallentava, lord Vallentine fu sorpreso di scoprire una grande folla raccolta nella *Place d'Armes*. E poi rimase allibito quando i grandi cancelli centrali furono spalancati permettendo al gruppo di postiglioni del duca di condurre il loro convoglio di carrozze all'interno della recinzione e oltre i ciottoli coperti di neve, diritti fino alla grande scalinata del cortile reale.

«Ehi! Ci hanno lasciato passare attraverso i cancelli principali!» esclamò, dando un'occhiata stupita a sua moglie.

«Come? Quelli centrali?» rispose *Madame*, altrettanto sorpresa. Allungò il collo per guardare fuori dal finestrino. Frustrata perché non riusciva a muoversi con i grandi *pannier*, gli agitò una mano davanti. «Guardate di nuovo! Guardate! Siete sicuro? Vi sbagliate di sicuro e sono i cancelli *laterali* quelli che ci hanno aperto.»

Vallentine fece ciò che gli chiedeva la moglie, anche se non ce n'era bisogno.

«No, niente cancello laterale. E sì, certo che sono sicuro! I postiglioni di Roxton sono andati diritti verso i cancelli dorati, proprio in mezzo, come se si fossero aspettati che li spalancassero. E le guardie hanno fatto esattamente quello. Pensavo che solo Louis e i suoi consanguinei avessero un permesso speciale per accedere al cortile reale attraverso quei cancelli.»

«Questo permesso speciale ha un nome, Lucian. Si chiama *les honneurs du Louvre*» spiegò Estée, con la testa un po' più alta, rendendosi conto che tramite suo fratello, era stata una dei pochi privilegiati a ricevere un simile onore. «È riservato solo al re e alla sua famiglia. Raramente ad altri vengono aperti i cancelli centrali, solo in circostanze speciali e solo per i visitatori più importanti.» Fece spallucce, come se fosse indifferente. «Ho sentito solo di principi di sangue e ambasciatori che abbiano ricevuto un tale privilegio. Ma non dovrebbe sorprenderci. Con mio fratello tutto è possibile. Quindi, quando scenderemo dalla carrozza, accetteremo quest'onore come qualunque altra cosa, come se fosse un evento comune. Roxton non si aspetterebbe niente di diverso da noi.»

Vallentine sbuffò il suo scetticismo davanti al tono noncurante di sua moglie. Sapeva che stava mentalmente saltando di gioia al pensiero che i suoi pari sarebbero stati invidiosi di questo singolare onore fatto alla sua famiglia. Ma assunse un tono conciliante. «*Aye*, non preoccupatevi. Mi comporterò come si deve.»

«Grazie» rispose Estée con un sorriso che divenne immediatamente un cipiglio. Fece un sospiro rassegnato. «Non pensavo che i miei cugini Salvan potessero cadere ancora più in basso nella stima di *Sa Majesté*, ma con Roxton che ha ricevuto *les honneurs du Louvre* e la presentazione di Antonia come *Comtesse*… non vedo come possano riprendersi. *C'est trop tard*. Ci ha pensato mio fratello.»

«Ah! Avete ragione!» rispose Vallentine con una risata, ascoltandola solo a metà.

Stava nuovamente fissando fuori dal finestrino, distratto dal traffico di carrozze e portantine, postiglioni a cavallo e servitori in livrea che si abbassavano e passavano tra le ruote delle carrozze e le cavalcature, quando qualcosa attrasse la sua attenzione. Ed era il motivo per cui stava ascoltando la conversazione di sua moglie con un orecchio solo.

Aveva sentito la parola *cadere* e rispose con una risata: «I vostri cugini Salvan non solo stanno cadendo, ma anche inciampando l'uno sull'altro. Non riescono ad arrivare alla scalinata abbastanza in fretta per salutarci! O Roxton non ha detto loro che saremmo arrivati dal cancello principale o sono stati abbastanza arroganti da ignorare le direttive di aspettare alla scalinata e non ai cancelli, perché loro, ovviamente, ne sapevano di più! Ah!» Ebbe un pensiero improvviso e voltò la testa per guardare sua moglie. «Per essere sincero, non avevo creduto che Louis avrebbe concesso a Roxton *les honneurs du Louvre...*»

«Ditemi che cosa vedete! Sapete che non riesco ad arrivare al finestrino!»

«Eh? Ah! Scusatemi, amore mio. Lieto di obbedirvi.» Si voltò di nuovo verso il finestrino e per via del freddo pungente resistette al desiderio di abbassare il vetro e sporgere la testa. «La maggior parte della miscellanea dei Salvan stava aspettando che scendessimo dalle carrozze ai cancelli. E adesso che li abbiamo superati hanno dovuto rialzare le sottane e tenere stretti i tricorni per correre verso la scalinata più in fretta che possono. Posso dirvi che stanno fornendo alla folla l'intrattenimento del giorno!»

«Intrattenimento?» chiese Estée, allarmata.

«*Aye*! Nella loro fretta di arrivare qui, hanno dimenticato che i ciottoli sono ghiacciati. Gli zoccoli che proteggono le scarpe di alcuni dei vostri cugini e cugine sono scivolati e loro sono finiti col sedere per terra!»

«Oddio! Oddio!»

«I lacchè stanno facendo del loro meglio per risollevarli dalla fanghiglia gelata. Ma non li aiuta il fatto che sia altrettanto scivolosa per quelli che sono accorsi...»

«*Mon Dieu*, le mie povere zie» mormorò Estée.

«Non c'è bisogno che vi preoccupiate per loro, amore mio. Tutte le vostre zie sono ancora in piedi. Nessuna di loro era in grado di correre da nessuna parte con i cerchi così ampi, né l'avrebbero fatto, e *Tante Victoire* ha seguito le direttive di vostro fratello perché sta aspettando in cima alla scalinata con la sua cabala di donne. Se potete credermi, sul viso ha il sorriso più grande che le abbia mai visto!»

«Ha ogni motivo per essere felice. *Tante Philippe* mi dice che mio fratello ha pagato gli enormi debiti di *Tante Victoire* purché facesse da sponsor alla presentazione di Antonia di oggi. E credo a *Tante Philippe* perché ci sarebbe voluto un incentivo simile affinché *Tante Victoire* tornasse a visitare la corte. Aveva giurato di non farlo finché la Pompadour fosse stata la *maîtresse-en-titre de Sa Majesté*.»

«Una pillola amara, o dovrei dire un grosso pesce, da mandar giù, dato che il cognome della Pompadour era Poisson, pesce, eh?» le fece notare Sua Signoria, malizioso, prima di voltarsi verso la portiera aperta della carrozza dove un domestico aspettava che scendesse.

Nuovamente sul terreno solido, sistemate la spada e la fascia e con il tricorno al sicuro sotto il braccio, lasciò sua moglie alle sue donne e raggiunse il duca.

CON L'OCCHIALINO sopra un occhio, Roxton osservava l'attività frenetica che accompagnava l'arrivo degli onorati ospiti a palazzo. All'osservatore casuale quell'affettazione oculare gli dava un'aria tranquilla e senza fretta. Eppure un'occhiata alle labbra tirate ed era evidente l'intensità del suo scopo. Era deciso a che niente e nessuno rovinasse la presentazione ufficiale di sua moglie alla corte francese ed era all'erta per quell'eventualità.

Martin Ellicott era al fianco del duca. Ma il suo sguardo non era sui passeggeri che scendevano dalla dozzina di carrozze; era sul Maestro di Casa del duca e stava ammirando l'abilità di quell'uomo nel coordinare gli eventi con tutto l'aplomb di un direttore di circo. Ogni servitore, dal postiglione all'ultima cameriera era conscio del suo ruolo nell'assicurare il successo di questa importantissima presentazione reale.

Dei lacchè si affrettavano a spargere paglia sui ciottoli gelati e sui gradini mentre altri srotolavano tappeti persiani e seguivano i loro colleghi per appoggiarli sopra la paglia. In questo modo gli orli delle sottane delle dame sarebbero rimasti asciutti e sarebbero state in grado di salire comodamente i gradini, senza il timore di cadere.

Sei dei postiglioni erano smontati e si erano messi tra l'entourage del duca e la folla di curiosi, tenendo tutti a distanza. Le donne di Antonia e parecchie cameriere si erano riunite davanti alla portiera della carrozza, per aiutare la duchessa a scendere e fare gli aggiustamenti dell'ultimo minuto al grandioso vestito e alla pettinatura, prima di ricadere indietro e formare parte dell'entourage che avrebbe accompagnato all'interno la loro padrona.

Soddisfatta che la duchessa fosse pronta a salire i gradini, Gabrielle congedò le cameriere con un cenno, poi prese il posto dietro alle parenti che avevano ricevuto l'onore di recitare il ruolo di dame di compagnia della moglie del loro cugino. Una volta all'interno, avrebbe tolto ad Antonia il mantello foderato di pelliccia, prendendosene cura, rivelando finalmente al mondo per la prima volta la magnificenza e lo splendore dell'abito di corte della duchessa.

A guardare questi preparativi dalla cima delle scale c'erano i parenti Salvan del duca che formavano un comitato di benvenuto arrogante e dalla faccia acida. Alcuni erano in disordine e respiravano affannosamente per essersi dovuti precipitare dall'altra parte dei cancelli, mentre coloro che avevano seguito le direttive di

Roxton di andare loro incontro nel cortile interno avevano l'espressione soddisfatta. Tutti avevano in comune il risentimento; mentre aspettavano i comodi del loro parente inglese, erano attenti a nascondere il livore ribollente sotto una parvenza di obbedienza filiale. Motivo del breve sorriso di soddisfazione del duca, perché capiva benissimo i loro sentimenti privati e godeva del loro disagio.

Dopo un'ultima occhiata al gruppo acido, lasciò cadere l'occhialino sul suo nastro nero e si voltò a parlare con Martin e Vallentine, che li aveva appena raggiunti, dicendo in inglese: «Martin, restate con lei, nel caso abbia bisogno di voi».

«Certamente, Vostra Grazia.»

«Eh? Non la scorterai dentro?» chiese Vallentine.

«No. È qui che *Tante Victoire* e i nostri parenti Salvan faranno la loro parte, noi andremo avanti per rimuovere ogni ostacolo dal suo percorso.»

Vallentine trasalì, immediatamente all'erta, con una mano sull'elsa decorata della sua corta spada d'argento. Si guardò attorno, verso il rumoroso e congestionato cortile dove le carrozze andavano e venivano. «Ti aspetti problemi… *qui*?»

«Me li aspetto sempre. In questo modo sono sempre preparato.»

«Ma certamente non con Louis che riceve gli ospiti?»

«Puoi stare tranquillo, Lucian, e lasciar andare la spada. Se ci saranno problemi non verranno dalla punta di uno stocco, ma dalla punta di una lingua.»

Vallentine lasciò cadere la mano e sbuffò. «Uffa, avrei dovuto pensarci. Una donna! Pensi che la Duras-Valfons si stia preparando a causare problemi?»

«Perlomeno una scenata, sì.» Il duca fece un sorrisino sghembo. «È ciò di cui mi ha avvertito suo marito…»

«Eh? Suo-suo… marito?» esclamò Vallentine. «Rick… Te l'ha

detto Ricky? Ahahah! Beh, certo che l'ha fatto. Sa bene a chi riservare la sua lealtà! Buon per lui!»

Il duca chinò la testa, confermando e aggiungendo, con lo sguardo rivolto ai suoi parenti Salvan: «Prima di visitare lo studio di Louis ci fermeremo per un attimo alla *Galérie des Glaces*. Lì il capitano delle *Gardes de la Porte* si farà riconoscere da te. Dovrai godere della magnifica prospettiva dalle finestre, da dove terrai d'occhio i movimenti. Se ci fosse un tentativo di intervenire, hai il mio permesso di... ehm, pungere chiunque sia. Gli uomini del capitano hanno l'ordine di impedire alla plebaglia di entrare nella galleria, tenendo al contempo i loro nobili padroni a una giusta distanza finché darò il segnale.»

«Vuoi un pubblico?»

«Sì. Il pubblico giusto.»

«Quindi ti aspetti problemi da parte di quell'arpia!»

«No, se le tarpo prima le ali. Intendo far finire oggi questa assurdità e prima della presentazione di Antonia a *Sa Majesté*.»

Il duca fece per salire le scale ma fu obbligato a fermarsi quando chiamarono imperiosamente il suo nome. Era sua sorella, con i larghi *pannier* che ondeggiavano da un lato all'altro mentre si affrettava ad andare da lui, urtando i lacchè a destra e a manca, decisa a evitare ciò che considerava una catastrofe sociale. Afferrò le falde di velluto della sua giacca, sibilando per non farsi sentire: «Roxton! Avete visto chi è la dama di compagnia di vostra moglie? *Madame* Haudry! Sì, la nostra cugina caduta in disgrazia! Dovete fare qualcosa prima che le nostre zie mettano in ridicolo questa giornata prima ancora che cominci!»

TREDICI

IL DUCA diede un'occhiata accigliata sopra la capigliatura di sua sorella, verso l'entourage di donne che si stava affaccendando intorno alla duchessa. Michelle Haudry era in effetti una di loro. Guardò gli occhi azzurri di Estée, spalancati per l'indignazione, senza rivelare niente dei suoi pensieri. Ma la sua reazione la stupì.

«È qui su mia richiesta, non la loro.»

«La vostra? Perché, come? Ma… Ma, non capisco.»

«Non c'è niente da capire… per ora.»

Estée era incredula. «È stata bandita dalla famiglia e le è stato proibito di frequentare la corte per aver sposato un umile borghese. È quello che so. Non ha più diritto di Jean-Honoré di essere qui!»

«Piano, amore mio» l'avvertì Vallentine. «Non tiriamo in ballo il nome di quella serpe proprio oggi…»

«Zitto, Lucian! Non sapete di che cosa sto parlando! È il massimo dell'eresia di corte che una borghese bandita mostri la sua faccia a *Sa Majesté*!» Fissò suo fratello e fece il broncio. «L'avete invitata come parte di un qualche subdolo piano per mettere ulteriormente in imbarazzo i nostri cugini Salvan, ma non voglio averci niente a che fare...»

«Non ne farete parte. Non sono affari vostri» la interruppe seccamente il duca.

«Bene» rispose Estée e in qualche modo placata aggiunse, con un voltafaccia: «La cugina Michelle può aver sposato il figlio di un esattore delle tasse, ma nessuno può negare il suo diritto come figlia di un duca. Diversamente dall'ultima puttana del re, che non solo è una borghese ma che viene da una famiglia di... *pescivendoli*.»

Il duca sorrise, cosa che la sconvolgeva sempre.

«Grazie, la vostra osservazione caustica e futile giustifica il mio... ehm, come l'avete chiamato... Ah sì!, *subdolo piano*, per fare di Michelle Haudry una delle dame di mia moglie.» Perse il sorriso. «Ma che sia l'ultima volta che vi sento fare commenti simili sulla Pompadour, per evitare che vengano sussurrati nel suo piccolo orecchio.»

Estée fece un verso e alzò una spalla. «Che cosa m'importa se sente ciò che dico. È la verità.»

«Dovrebbe importarvi. Come importa a me. Quindi farete ciò che vi dico. State attenta, Estée. Quest'amante non sparirà tanto presto.» Fece un inchino cortese. «In quanto mia sorella, permettetemi di offrirvi una scelta. Prendete il vostro posto accanto a *Madame* Haudry come dama di compagnia e restate muta, o potete tornare alla villa. Per me è assolutamente indifferente. Vieni, mio caro» ordinò al suo migliore amico e salì i gradini con il passo leggero.

Vallentine lo osservò andare e guardò sua moglie solo quando lei lo chiamò. Gli occhi umidi lo misero immediatamente a disagio e arrossì. Ma non le offrì parole di conforto. Facendo spallucce davanti all'inevitabile, seguì obbediente il duca.

IL PALAZZO ERA PREVEDIBILMENTE AFFOLLATO e rumoroso. Dai chioschi allineati intorno al cortile, dove i negozianti vendevano costosissimi souvenir e guide della reggia, affittavano tricorni e offrivano da mangiare e bere a prezzi esorbitanti con tutto l'entusiasmo di un giorno di fiera, agli scrivani occupati nei tenebrosi angoli dei corridoi con inchiostro e penna, a scrivere petizioni per gli illetterati e i disperati. Lacchè, camerieri e servitori vari sfrecciavano tra quella folla senza volto, portando cose per i loro padroni, tutto il necessario per rendere il più gradevole possibile la loro visita, si trattasse di un poggiapiedi su cui sedersi o un pitale dove orinare.

A ogni svolta e in ogni alcova c'era una Guardia Svizzera. Una ronda pattugliava i terreni e le stanze più grandi, tutti con l'occhio pronto per affrontare eventuali problemi. Stavano anche all'erta per eventuali visitatori vestiti in modo inappropriato che cercassero di entrare nel palazzo del re. Cappello e spada erano obbligatori per gli uomini, qualunque fosse lo stato dei loro vestiti e per quanti fossero i rammendi a una manica o logora una calza.

Ogni genere di persone, di qualunque classe sociale, poteva entrare nella casa del re, per dare un'occhiata alla famiglia reale durante la sua vita quotidiana. Con tutto e tutti drappeggiati a lutto, povertà e ricchezza erano entrambe mascherate. Era un sollievo per quelli che non potevano normalmente permettersi guarnizioni o tessuti costosi e gioielli, mentre quelli con fondi illimitati o che vi erano obbligati dalla loro posizione sociale e dal loro rango, trovavano modi ingegnosi per pubblicizzare il loro status con il costo, il taglio e la quantità di tessuto usata per loro sobri indumenti esterni.

Sudditi francesi e visitatori stranieri si muovevano spalla a spalla su e giù per le scale e attraverso i corridoi affollati degli appartamenti pubblici, mentre i nobili al servizio dei loro reali padroni facevano tutto il possibile per evitare quelle aree, usando passaggi nascosti o restando del tutto lontani dal palazzo fino a quando dovevano presentarsi per svolgere il loro dovere cerimoniale.

Ma quel giorno era diverso. Quel giorno la nobiltà si era raccolta nella *Galerie des Glaces* in piccoli gruppi mormoranti ad aspettare il grande spettacolo che coinvolgeva nientedimeno che il duca di Roxton. Il pettegolezzo appetitoso era arrivato dalle labbra dipinte del *Marquis de Chesnay*. Sempre al corrente delle ultime dicerie, de Chesnay aveva mormorato una storia riguardo al suo buon amico, il duca inglese, niente meno che all'orecchio del Primo gentiluomo della camera, il *Duc de Richelieu*.

Monsieur le Duc de Richelieu si era sempre illuso di essere alla pari di Roxton quando gareggiavano per i favori delle belle donne e l'affetto di *Sa Majesté*. Non all'altezza in entrambi i campi, Richelieu riusciva a malapena a contenere la sua amarezza. Così ciò che de Chesnay gli aveva sussurrato lo aveva fatto ribollire. Eppure era incredulo. Non riuscì a evitare di spargere la storia dappertutto, esclamando che non era possibile che fosse vera. Roxton avrebbe dovuto essere folle per tentare una cosa simile perché lo avrebbe sicuramente rovinato.

Era tutto ciò che serviva perché ogni nobile a palazzo si precipitasse nella *Galerie des Glaces* aspettandosi che succedesse qualcosa di enormemente scandaloso. Erano arrivati a frotte. Esattamente come aveva previsto Roxton.

Con i suoi servitori in livrea davanti a lui e il suo miglior amico al fianco, il duca procedette lungo i corridoi congestionati del palazzo, fazzoletto e tabacchiera tenuti in alto, pizzo nero che ricadeva dai polsi, i ricami di giaietto che scintillavano al sole invernale che entrava dalle finestre a tutta altezza. Non guardava né a destra né a sinistra e per i turisti la sua figura e il suo particolare atteggiamento lo designavano come un cortigiano, mentre la sua statura e l'ampiezza delle spalle lo proclamavano come un uomo più che capace di farsi strada tra la plebaglia, se fosse stato necessario. Così non fu. Senza fretta e senza preoccupazione, apparentemente ignaro delle occhiate di quelli che si appiattivano contro le pareti per togliersi dalla sua strada, il suo entourage faceva strada per lui come una nave da guerra nel mare in tempesta.

Fu solo quando il duca si fermò sotto uno dei lampadari brillantemente illuminati al centro della *Galerie des Glaces* che Vallentine si rese conto che era stata svuotata dai turisti, proprio come aveva predetto il suo amico. C'erano Guardie Svizzere a ogni estremità presso le porte mentre parecchi dei loro colleghi passeggiavano a coppie per tutta la lunghezza della galleria al sole che entrava dalle finestre. Al lato opposto, contro gli specchi a tutta altezza, c'erano gruppetti di nobili impomatati che parlavano tra di loro, apparentemente disinteressati a ciò che stava accadendo al centro della stanza. Eppure Vallentine era sicuro che tutti tenessero d'occhio gli eventi, anche se potevano sembrare indifferenti.

Poteva non avere idea delle intenzioni del duca, ma era completamente fiducioso che il suo amico avrebbe ottenuto lo scopo che si era prefisso. Era ansioso di vedere lo svolgimento in questo palcoscenico preparato allo scopo e andò verso le finestre per prendere posizione come richiesto.

Il capitano delle *Gardes de la Porte* si avvicinò subito a sua signoria. La sua espressione vacua disse a Vallentine che anche lui non aveva idea di che cosa sarebbe successo, opinione che si rafforzò quando questo capo della sicurezza interna del re gli confidò che, se le Guardie Svizzere avessero dovuto estrarre le spade, lui sarebbe stato onorato di avere un grande spadaccino come *Monsieur* Vallentine a combattere al suo fianco. Vallentine non ebbe il coraggio di dirgli che semmai ci fosse stata una zuffa in quell'ambiente glorioso sarebbe stata solo della varietà femminile, a pianti, strilli e calci.

MENTRE VALLENTINE e il capitano delle Guardie Svizzere stavano avendo questa breve conversazione, i domestici del duca si misero al lavoro al centro della sala. Srotolarono e stesero sul parquet un tappeto persiano, largo appena a sufficienza per tre *tabourets* di noce dorati con l'imbottitura rivestita di seta, messi vicini. Sullo sgabello centrale misero un vassoio d'argento con un decanter di brandy e quattro bicchieri di cristallo. Venivano da un *nécessaire* da viaggio che poi fu portato via da un servitore. Dopo aver sistemato tutto secondo le direttive del loro padrone, i domestici si inchinarono e sparirono tra i gruppetti di nobili.

Il duca di Roxton ora era da solo al centro della stanza, con la nobiltà che lo fissava a bocca aperta. Nessuno riusciva a credere alla sua audacia. Nessuno aveva mai pensato di fare ciò che stava facendo lui. Nessuno avrebbe osato farsi beffe delle regole. Aspettavano tutti di vedere che cosa sarebbe successo in seguito. Come minimo si aspettavano che gli Svizzeri si facessero avanti e mettessero fine a questa monumentale trasgressione sociale. Ma nessuno voleva essere il primo a parlare o a muoversi. Era tutto troppo allettante. Che cosa avrebbe fatto il duca inglese, e proprio quel giorno oltretutto! Quello della presentazione della sua duchessa.

Nella sala passò un brivido di trepidante attesa. Ciò che seguì fu roba da autodistruzione sociale. L'intera fratellanza di nobili francesi non avrebbe potuto essere più emozionata.

QUATTORDICI

S ENZA LA MINIMA preoccupazione e con la soddisfazione nascosta sotto la sua solita imperturbabilità, il duca scosse le rigide falde della giacca e si sedette su uno degli sgabelli imbottiti, ignorando nel contempo le esclamazioni del suo pubblico.

Restò lì, al centro della sala degli specchi, con la schiena perfettamente diritta e una gamba tesa in avanti, il piede nella scarpa di pelle nera dal tacco basso leggermente piegato verso l'esterno, il tutto per mostrare al meglio il polpaccio ben sviluppato. Poi tolse dal taschino la tabacchiera di oro e smalto e aspirò un pizzico di tabacco.

E poi aspettò.

NON CI VOLLE MOLTO PRIMA che arrivasse la *Comtesse* Duras-Valfons. Attraversò la sala con un sorriso compiaciuto, con due donne al seguito. Alta e slanciata, l'acconciatura dei suoi capelli biondi raccolti in trecce intricate accentuava la lunghezza del suo collo da cigno e le spalle nude e alabastrine. Indosso aveva il grande vestito di velluto nero d'obbligo, con le maniche ad aletta di seta moiré e il corpino scollato in modo così indecente sul petto appiattito che se i maniaci del protocollo avessero potuto aprire di più la bocca lo avrebbero sicuramente fatto.

Era a metà della sala e salutava qui e lì gli amici e i famigliari in piccoli gruppi dal lato opposto delle lunghe finestre quando le capitò di vedere il proprio riflesso negli specchi. La sua presunzione si accentuò, se possibile. Non era mai sembrata più bella o in buona salute.

Ma quando finalmente voltò lo sguardo verso il fondo della lunga sala, sulla fronte di solito liscia apparve una ruga indesiderata. Eppure si sforzò di continuare a sorridere.

Le apparve la visione sorprendente di una figura solitaria seduta su un *tabouret* sotto uno dei magnifici lampadari, una condotta così sbalorditiva che all'inizio non ci credette. Sbatté gli occhi. Era ancora lì! E poi si rese conto di chi era: il suo ex amante ducale. Le fece battere forte il cuore e diventare affannoso il respiro.

Un'occhiata intorno e si rese conto che tutti erano increduli quanto lei. Nessuno si sedeva nella casa del re, tranne i membri della famiglia reale e le duchesse a cui era stato dato il permesso. Nessuno aveva osato una tale sfacciata esibizione e in uno spazio così pubblico come la *Galerie des Glaces*. Eppure nessuna guardia, nemmeno il capitano degli Svizzeri che stava conversando con il migliore amico di Roxton, lord Vallentine, o qualcuno dei cortigiani dagli occhi sgranati osava rimproverare il duca inglese.

Si chiese a che gioco stesse giocando Roxton. E dato che le aveva chiesto di incontrarlo lì, la *Comtesse* si rese conto che lei ora faceva parte di un piano che aveva ideato lui. Il suo istinto fu di scappare ma sapeva che era impossibile tirarsi indietro, a meno di voler rischiare di essere messa in ridicolo da parte dei suoi pari. Camminò lentamente ma continuò verso di lui, con la testa tenuta un po' più alta di prima. Le sue due compagne l'abbandonarono in silenzio e in fretta, sparendo tra la folla per osservare gli eventi nell'anonimità della massa.

QUANDO LA CONTESSA fu a un metro da lui, il duca si alzò per farle un elegante inchino di benvenuto. Lei rispose con una rispettosa riverenza e un sorriso che aveva un accenno di sorpresa. Lui le rese il sorriso, facendole accelerare il polso e scaldare le guance pesantemente imbellettate. Qualunque fosse la sua preoccupazione, solo la vista di lui, in tutto il suo metro e novanta di sicurezza e arroganza maschile, le diede alla testa. E con quel sorriso, la contessa dimenticò ciò che li circondava e si avvicinò tanto da poter sussurrare intimamente.

Il loro pubblico si chinò istintivamente in avanti con gli occhi scintillanti e le orecchie ben aperte, fiduciosi che ciò che stavano per vedere tra quei due ex amanti sarebbe stato un argomento di cui parlare per i giorni, se non per le settimane a venire.

«*Monsieur le Duc.*»

«*Madame la Comtesse.*»

«Questa è... Questa è veramente una sorpresa.»

«Certamente no» rispose il duca. «Vi ho chiesto io di incontrarci qui. Ed eccovi qui.»

«Sono stata desolata quando non avete accettato il mio invito a raggiungermi a Fontainebleau» rispose imbronciata la contessa, prima di aggiungere nel suo modo più civettuolo: «Posso presumere che abbiate cambiato idea e che desideriate riprendere la nostra piacevole *liaison*?»

«Sapete bene che la nostra... ehm... piacevole *liaison* non è mai stata più di quello.» Il duca nascose un sorriso. «Mi dispiace deludervi, ma la verità è che non sarei qui se non me lo avesse chiesto mia moglie.»

Quella frase spezzò l'incantesimo.

La contessa fece un passo indietro, con la bocca stretta come se avesse assaggiato qualcosa di acido. «Vostra-vostra... *moglie*? Che cos'ha a che fare lei con questo incontro?»

Il duca sbatté gli occhi, fingendosi sorpreso.

«Oh, tutto.»

Fu una semplice dichiarazione detta a voce bassa e ferì fino all'osso la *Comtesse* perché sapeva che il duca stava dicendo la verità e parlando con il cuore.

La società poteva ridacchiare alle spalle ducali parlando del suo matrimonio per amore, ma in segreto bramavano tutti la stessa cosa che deridevano, lei inclusa. E lei si era illusa, sperando che con la nascita del figlio ed erede, il duca sarebbe tornato in sé e avrebbe ripreso il suo precedente lascivo stile di vita. Guardandolo ora, capì che non sarebbe mai successo. Non solo era profondamente innamorato di sua moglie, senza dubbio lo sarebbe rimasto per tutto il resto della vita. I donnaioli quando, si innamoravano, era perdutamente e per sempre.

Con quella triste constatazione arrivò anche il pensiero che non aveva idea del motivo di quell'incontro con il suo ex-amante. Che fosse in piedi davanti a lui non perché lui desiderasse vederla, ma su richiesta della sua duchessa la fece tornare conscia di quello che la circondava.

«Allora non capisco perché sono qui, in questo posto oltretutto» disse imbronciata, «tranne che perché vostra moglie vuole umiliarmi.»

«*Madame la Duchesse* non possiede un briciolo di astio. L'incontro potrà anche essere avvenuto su sua richiesta, ma il luogo e il suo svolgimento sono solamente scelte mie.»

«Certo! Io non la conosco ma...»

«Voi non la conoscete, ma io conosco voi.»

«Allora sapete che non avrei voluto che ci incontrassimo così!»

«No?» Il duca fece una smorfia. «Ma c'è tutta la corte, come a Fontainebleau. Quindi ho realizzato il vostro desiderio di uno spettacolo molto pubblico. È cambiata solo l'ambientazione.»

La contessa guardò gli amici e parenti raccolti lungo la parete di specchi, tutti che la fissavano in solenne ma ansioso silenzio. Distolse in fretta lo sguardo, posandolo sui *tabourets*, il vassoio d'argento con il decanter di cristallo e i bicchieri. Alzò la testa.

«Vi sbagliate di grosso se pensate che mi farò beffe della corte e mi siederò a bere con voi!»

«Non mi sbaglio né di poco né di tanto. Lo sgabello e il brandy non sono per voi.» Roxton infilò la tabacchiera nella grande tasca della giacca e arrivò al punto. «Il nostro incontro non riguarda voi o… ehm… *noi*, ma vostro figlio…»

«*Nostro* figlio.»

«Forza, Thérèse. È una menzogna. Voi lo sapete, io lo so. La duchessa lo sa. E lo sanno anche i miei cugini Salvan con i quali avete cospirato per affibbiarmi la paternità del bambino.»

La contessa fece spallucce. «Ho sempre avuto intenzione di avere un figlio da voi. Quindi per me lui è vostro.»

Il duca alzò gli occhi al soffitto dipinto e poi tornò a guardarla.

«È assurdo all'estremo.»

«Perché? Con la vostra reputazione di satiro avete senza dubbio generato negli anni un certo numero di bambini, quindi perché non anche il mio?»

«Se non fossi un gentiluomo, sottolineerei che la vostra reputazione non è meno macchiata della mia, e che quindi la discutibile paternità di vostro figlio non sarà una sorpresa per nessuno.» Sorrise freddamente. «Ma sono un gentiluomo e quindi non lo dirò. Ma c'è una faccenda sulla quale sono sicurissimo: non sono il padre di vostro figlio.» Si alzarono gli angoli della sua bocca. «Ed è questo che vi rode, giusto?»

La contessa fece il broncio, il colore che si incupiva alla gola indicava che la frecciata aveva trovato il bersaglio. Con sua somma amarezza, il duca diceva la verità, ma dato che il suo orgoglio era stato irreparabilmente danneggiato quando lui l'aveva abbandonata, non aveva intenzione di ammetterlo, mai.

«Se non avete intenzione di riconoscerlo, non capisco che cosa sia tutto questo interesse. Questo incontro tra di noi è inutile. Ma ha un significato per quelli che ci osservano, vero?» aggiunse maliziosamente: «Siamo a corte e facciamo parte della nobiltà. Più una cosa viene negata, più si crederà il contrario. Quindi vi prego, *Monsieur le Duc*, continuate a negare di essere il padre di mio figlio, per il suo bene. Potete avere la verità dalla vostra parte, ma a che cosa servirà quando io continuerò a perpetuare la mia bugia sussurrando, mentre nego pubblicamente che siete voi il padre? Un centinaio… no, un migliaio… di altri crederanno a me. La verità non conta. Mio figlio è vostro secondo l'opinione pubblica. *Voilà!*»

Il duca contò fino a cinque. Non poteva importargliene di meno di questa donna e di suo figlio. E aveva sempre risolto con un'alzata di spalle i pettegolezzi maliziosi su di sé e le sue relazioni. Fosse stato per lui non sarebbe stato lì. Ma Antonia teneva a quel bambino. Gli aveva chiesto se fosse colpa del bambino avere una madre calcolatrice e noncurante. No! Lui era innocente nel melodramma creato da sua madre e meritava un futuro nonostante lei.

E dato che Roxton avrebbe fatto di tutto per evitare di turbarla, era deciso a ottenere il risultato che lei desiderava: il figlio negletto della contessa avrebbe avuto un futuro. Poi avrebbero potuto mettersi alle spalle questo sgradevole (per lui) e penoso (per lei) episodio. Ma intendeva raggiungere il risultato desiderato a modo suo e al diavolo le conseguenze per la *Comtesse* Duras-Valfons. Represse la furia interiore e rispose con studiata indifferenza, dicendo tranquillamente: «Prego, continuate pure a dire la bugia se vi dà tutta questa vuota soddisfazione. Ma fate un grande disservizio a vostro figlio negandogli la sua legittimità…»

«Mi ricorda quando passeggiavamo alle Tuileries» lo interruppe la contessa, come se lui non avesse aperto bocca. Rise portandosi la mano alla bocca di qualche fantasia privata, guardando in lontananza da sopra la spalla del duca mentre continuava come conversando: «Maurice, mio fratello cominciò a gettarsi in voli pindarici riguardo il suo recente viaggio nelle province per far visita all'ultimo figlio. Ricordate? Era fiero come un pavone che il figlio avesse messo un altro dente! Voi non avreste potuto essere più annoiato. La vostra espressione di penoso disgusto era degna di un quadro! Noi donne cominciammo a ridacchiare, tanto che tutti quelli intorno ci credevano stordite». Perse il sorriso dicendo in tono suadente: «Chi avrebbe predetto che *Monsieur le Duc de Roxton* si sarebbe sposato, men che meno che professasse di preoccuparsi per il benessere di un bambino col quale nega ogni legame».

«Nessuno, sospetto.»

«Dicono tutti che il matrimonio vi ha rammollito il cervello.»

«Tutti quelli che non mi conoscono.»

«Sapete che cosa sussurrano alle vostre spalle…»

«Ci sono abbastanza ore nel giorno?»

La contessa rise, come se le avesse detto una bella battuta. Era una risata fragile e poco convincente e fece sì che molti tra la folla facessero un passo avanti, cercando di ascoltare la loro conversazione.

«Buffo! Sono sicura che potrete indovinare almeno uno degli ultimi pettegolezzi.»

«Non ne ho né la pazienza né la voglia, quindi vi prego di illuminarmi.»

«Che siete stato colpito nel fiore degli anni da una malattia contagiosa di solito riservata ai giovincelli e alle vergini nei conventi.» Quando il duca inarcò le sopracciglia e aspettò spiegazioni, la contessa disse con gusto: «Che siete stato contagiato dalla *maladie de l'amour.*»

«Malattia d'amore? Com'è banale. Mi aspettavo una qualunque altra malattia, molto più odiosa.»

«Ma Roxton! Essere messo in ridicolo per...»

«... Perché essere innamorati della propria moglie è un peccato mortale per quelli della corte? Sì, ma non importa. Non mi tiro indietro. E non ho nessuna voglia di guarire. È un male di famiglia, dato che ne soffriva anche mio padre. Ma stiamo divagando, il tempo passa e nessuno, men che meno io, vuole far tardi per la presentazione di mia moglie. Il che mi riporta allo scopo di questo incontro e il motivo del brandy... Sto aspettando di brindare alla salute di vostro figlio e alle sue prospettive.»

«Ah! Non siete un po' prematuro?» sbuffò la contessa. «Forse quando camminerà sarà più probabile che abbia delle prospettive e un futuro e allora potrete fare un brindisi. Non sprecate il vostro brandy per *un bébé.*»

«Dovrei essere d'accordo con voi» confessò il duca, mettendo da parte l'arroganza. «La maggior parte dei bambini nobili è fortunata se sopravvive abbastanza da festeggiare il suo quinto compleanno. È così che va il mondo. Ma non è un punto di vista che condivide *Madame la Duchesse.*» Sorrise dolcemente con un po' di colore che tingeva le sue guance ben rasate. «Lei vede il mondo in un modo diverso. Crede che un bambino abbia le migliori possibilità di sopravvivere, se riceve una quantità spropositata di cure e tutte le attenzioni fin dalla nascita...»

«Se un figlio vive o viene tolto presto è la volontà di Dio.» La contessa aggrottò la fronte liscia. «Non capisco perché le permettiate una visione così assurda del mondo.»

«Mi piace il suo mondo. È un posto... ehm... gioioso in cui vivere.»

«Buon Dio! Una tale assurdità dimostra che in effetti avete *la maladie de l'amour.* Negate la mia affermazione che siete il padre di mio figlio e permettete a vostra moglie di decidere sul suo futuro? *Balivernes*. No! Lui è mio e farò ciò che voglio...»

«Volevate abbandonarlo perché morisse di fame, nelle mani di una bambinaia ubriaca...?»

«Non sono stata io! Dovevo tornare ai miei doveri di corte. La cugina Philippe si è offerta di trovare dei campagnoli adatti per prendersi cura di lui. E io...»

«Se un cieco ne guida un altro, entrambi cadranno in un fosso» mormorò il duca, citando il discepolo Matteo. Sbuffò, comprensivo. «Sono sicuro che l'offerta di *Tante Philippe* sia coincisa con la vostra bugia che ero il padre del bambino. Non importa. È stata una pessima scelta. *Tante Philippe* può aver messo al mondo cinque figli ma quella è stata la fine dei suoi sforzi in loro favore. La sua ignoranza dei bisogni di un bambino è uguale alla vostra... Nemmeno colpa vostra, dato che quelli che fanno parte della corte sono tristemente negligenti e disinteressati alla loro prole.»

«Eppure eccoci qui, voi e io, a discutere proprio di quello!»

«Grazie al cielo non per molto» ribatté il duca e le passò accanto. «*Monsieur le Marquis! Monsieur le Baron!*» esclamò a voce alta, con un profondo inchino di benvenuto. «*Madame la Comtesse* e io siamo felicissimi che ci abbiate finalmente raggiunti!»

La contessa si voltò in fretta. Spalancò gli occhi e restò a bocca aperta. Davanti a lei e con tutta la fanfara di uno spettacolo da circo, stava arrivando il marito estraniato e con lui c'era l'inveterata malalingua di Maurice de Chesnay, il maggiore dei suoi fratelli. Barcollò all'indietro e crollò su uno dei *tabouret* che il duca aveva previdentemente fatto mettere proprio per quell'eventualità.

QUINDICI

Q UELLI NELLA *Galerie des Glaces* pensavano di aver visto tutto quando il duca inglese aveva infranto ogni protocollo sedendosi su un *tabouret* in mezzo alla vasta sala. E poi avevano goduto del succoso incontro tra gli ex-amanti quando la *Comtesse* Duras-Valfons l'aveva raggiunto. Osservando la conversazione privata, il loro pubblico aveva dovuto basarsi sulle espressioni e i gesti per giudicarne l'umore. Ma dato che il duca ere prevedibilmente educato ed enigmatico, avevano dovuto guardare lei e furono appagati quando apparve sull'orlo della scenata. Ma nessuno avrebbe mai pensato che arrivasse al punto di commettere la trasgressione cardinale di sedersi su un *tabouret*, uno sgabello riservato, senza eccezioni, alla famiglia reale e alle duchesse.

Ci fu un mormorio collettivo quando tutti restarono sbalorditi e la mente corse a ipotizzare il risultato per la *Comtesse* quando questa infrazione al rigido protocollo, messo in atto nientedimeno che dal Re Sole in persona, sarebbe arrivata alle orecchie del *Marquis de Dreux-Brézé, Grand maître des cérémonies de France*. Non era fuori questione l'esilio nelle province, come minimo sarebbe stata punita con il congedo obbligatorio dai suoi doveri. Per un cortigiano, la cui sopravvivenza sociale e familiare dipendeva dall'essere vicino a *Sa Majesté*, l'esilio equivaleva a essere mandato a vagare nel deserto.

E proprio mentre i cortigiani stavano mentalmente godendosi il delizioso banchetto della contessa che riceveva una *lettre de cachet* (con tutti gli sguardi e le bocche aperte fissi su di lei), il duca oltrepassò l'amante abbandonata per fare un inchino di benvenuto ai nuovi arrivati nella sala mortalmente silenziosa. Fece voltare di scatto le teste a una visione stupefacente. Non c'era dubbio che la golosità dello scandalo che stava per avvenire sarebbe stata oggetto delle conversazioni per i mesi a venire.

Accanto a una *vinaigrette*, una portantina a due ruote tirata da un servitore robusto ma dal volto arrossato, trotterellava il *Marquis de Chesnay*, sudato e respirando affannosamente per lo sforzo inconsueto. Il nobile non aveva mai fatto niente di più faticoso in vita sua. Eppure stava trotterellando al passo con il modo preferito di trasporto di suo cognato quando visitava il palazzo. Sapevano tutti che il giacobita barone Thesiger era incapace di spostarsi da una stanza all'altra in qualunque altro modo dato che era spropositatamente grasso.

La loro fretta era dovuta al fatto che erano in ritardo per questo *rendez-vous* prefissato e quindi erano nel panico. Nessuno faceva aspettare *Monsieur le Duc de Roxton* a meno che avesse una scusa eccezionale, come dissanguarsi per un colpo di spada. Solo allora il duca avrebbe scusato il crimine della mancanza di puntualità.

Fermandosi davanti al duca e alla contessa, il contingente di servitori che circondava De Chesnay e la *vinaigrette* si disperse. Alcuni si misero sull'attenti dietro al veicolo mentre parecchi altri dei servitori più robusti si adoperarono per separare il padrone dalla *vinaigrette*. Richiedeva che afferrassero il barone sotto i gomiti e con un oh-issa lo estraessero a forza dal sedile. Quando fu liberato e fu in piedi ondeggiante, un'altra coppia di servitori appoggiò le spalle contro la schiena del loro padrone per assicurarsi che non ricadesse e, una volta stabile, fecero tutti un passo indietro per riprendere fiato.

In qualunque altro momento, la sorpresa dell'arrivo di quei due nobiluomini sarebbe stata accolta da risatine, ma il pubblico stava ancora subendo il colpo dell'aver visto la contessa crollare sul *tabouret*, quindi rimasero paralizzati e muti. Quanto alla contessa, tutto ciò che riuscì a fare per evitare di dar voce alla sua furia per essere stata attirata con l'inganno alla presenza del vile marito, che aveva ignorato pubblicamente e denigrato in privato per anni, fu di mordersi il labbro inferiore e affondare le unghie della mano sinistra nel palmo della destra. Non aveva idea di come fosse riuscito Roxton a organizzare questa riunione pubblica, ma era certa di una cosa: il duca era il burattinaio e loro i suoi burattini.

Quando lord Vallentine e il capitano delle *Gardes de la porte* attraversarono la sala per unirsi al duca, Roxton disse all'amico: «Sii così gentile da versare a tutti un po' di brandy. Ci dev'essere un brindisi».

«Scusate il ritardo, *mon cher ami*» disse ansimando De Chesnay, ancora senza fiato e parzialmente chinato in avanti, con le mani sulle ginocchia aperte. Si avvicinò al duca camminando di lato come un granchio e mormorò: «Ci sono state delle difficoltà con la prima *vinaigrette*. Una delle ruote si è rotta e abbiamo dovuto trovarne un'altra...»

«Mentre lui era dentro?» lo interruppe il duca, alzando un sopracciglio e dando un'occhiata al barone, che era intento a tirare il panciotto sulla pancia. «Non importa. Ora siete qui entrambi.»

Il marchese stava per commentare quando gli capitò di dare un'occhiata a sua sorella. Vedendola come se fosse la prima volta, il suo volto impallidì. «Che-che... *Mon Dieu*» esclamò. «È seduta!»

«Sì» fu la risposta del duca. Una nota di soddisfazione gli fece alzare gli angoli della bocca quando aggiunse: «Ma risparmiatevi l'oltraggio in modo da portare a termine questo spettacolo teatrale il più in fretta possibile». Si voltò e con un sorriso che si attardava ancora sulle labbra, porse la mano guantata alla contessa: «*Madame*, se resterete seduta ancora a lungo vostro fratello non sarà il solo a pensare che vi hanno fatto duchessa. Per favore, unitevi a noi per un brindisi».

Meccanicamente, la contessa appoggiò le dita sul palmo della mano del duca e si alzò. «Un brindisi?» chiese incuriosita, distratta dal suo tocco. Guardò gli altri in piedi intorno al *tabouret* dove c'erano il vassoio d'argento con il decanter e i bicchieri di cristallo. Fu solo quando lord Vallentine le offrì il brandy che tolse con riluttanza le dita da quelle del duca e lo prese. «Qual è l'occasione?»

«Come, la nascita del figlio ed erede di *Monsieur le Baron*» rispose spassionatamente Roxton. E dato che De Chesnay, Vallentine e Thesiger ora avevano un bicchiere, alzò il proprio nella direzione del barone dicendo con la voce forte e chiara che era sicuro arrivasse fino al pubblico: «*Monsieur le Baron*, ci congratuliamo con voi per la nascita del vostro erede. Che possa avere una vita lunga e in salute.»

«Alla salute!» esclamò lord Vallentine e tracannò contento il suo brandy.

«A mio nipote!» aggiunse il *Marquis de Chesnay*, svuotando il contenuto del piccolo bicchiere prima di tenderlo a Sua Signoria per farselo riempire di nuovo. «Sono onorato di essere non solo suo zio ma anche il suo padrino.»

«Grazie, *Monsieur le Duc*» rispose diffidente il barone Thesiger, con le guance rosa e senza guardare sua moglie. «Grazie a tutti. L'arrivo di... mio figlio... era atteso da molto...»

«E ora che è finalmente arrivato» lo interruppe il duca in un tono secco e minaccioso, porgendo il suo bicchiere vuoto a Vallentine e tornando a fissare il barone, «lascerete in pace vostra moglie.»

«Vi ho dato la mia parola, *Monsieur le Duc.*»

«Ecco, Thérèse» disse il marchese, arricciando soddisfatto le labbra dipinte. «Avete finalmente ottenuto ciò che desideravate. Vi separerete da vostro marito…»

«In cambio di mio figlio non dovrò più condividere il suo letto?» chiese senza fiato la contessa.

«È per il meglio» la rassicurò De Chesnay, mal interpretando la sua preoccupazione. «Non avreste potuto tenerlo con voi. In questo modo lui avrà un padre e voi la vostra libertà. È un'offerta molto generosa. *Monsieur le Baron* non era obbligato a riconoscerlo…»

«Sì! Sì! Sì» lo interruppe sprezzante la contessa, con gli occhi che brillavano. Si rivolse al duca. «È opera vostra?»

«Non posso prendermene completamente il merito» confessò Roxton, che aveva capito meglio di suo fratello i sentimenti della contessa. Per lei, l'auto-conservazione veniva al primo posto. Sapeva che il benessere del bambino era l'ultima cosa che aveva in mente. «Era desiderio di *Madame la Duchesse* che vostro figlio avesse un futuro…»

«Oh, non quello!» disse sprezzante la contessa. «Liberarmi dai miei obblighi di moglie verso quel rospo!»

«Sarà di conforto a *Madame la Duchesse* sapere che la separazione da vostro figlio non ha mai suscitato… ehm… istinti materni» rispose il duca, divertito. «Dubito che sappiate se vostro figlio respira ancora o no. Statene certo, *Monsieur le Baron*» aggiunse voltandosi verso il vecchio amico di Eton e facendogli un inchino. «Vostro figlio gode di salute eccellente ed è in provincia, affidato alle cure di una nutrice esperta…»

«Un altro *desiderio* della vostra stupida piccola moglie, *Monsieur le Duc*?» sbuffò la contessa con una risata amara.

Il sorriso di Roxton fu abbagliante. «Anche se *Madame la Duchesse* è deliziosamente minuta, decisamente non è stupida.»

«Via, Thérèse!» esclamò il marchese alzando un polso coperto di pizzo con un melodrammatico gesto di impazienza. «Siete in debito con *Monsieur le Duc* per questa accettabilissima soluzione, per voi e per vostro figlio.»

«No, Maurice» lo corresse il duca. «Non mi interessano né l'una né l'altro. Se non fosse stato per *Madame la Duchesse* non mi sarei preoccupato di farmi coinvolgere.» Fece alla contessa e ai gentiluomini un breve inchino di saluto. «Scusatemi, mi aspettano altrove.»

«Era ora!» Borbottò Vallentine irritato, seguendo l'amico mentre percorreva tutta la *Galerie des Glaces*, con il capitano delle *Gardes de la porte* che si faceva avanti per ordinare ai servitori del duca di rimuovere *tabourets*, tappeto e vassoio. «Antonia si chiederà dove siamo e non ci perdonerà mai se siamo in ritardo.»

«Non la deluderemo» lo rassicurò il duca in inglese. «Sapeva di dover restare indietro e rallentare il cammino attraverso gli appartamenti di stato verso la camera del consiglio. Non è difficile, visto che le vecchie zie arrancheranno nei loro ingombranti abiti da corte che non indossano da anni. Per non parlare delle orde che cercheranno di dare un'occhiata ad Antonia nei suoi…»

Si fermò, distratto da suoni attutiti dietro di lui che stavano diventando più forti. Erano arrivati alle porte che conducevano fuori dalla *Galerie de Glaces* dove c'erano due guardie sull'attenti. Oltre le porte c'erano altri Svizzeri che impedivano ai curiosi di entrare nella sala. Qui il duca si voltò per guardare la lunga sala, con Vallentine al suo fianco. Ciò che vide sorprese Sua Signoria, ma non il duca.

Arrivando in tutta fretta nella galleria con il passo scivolato particolare della corte, c'era un muro di cortigiani che prendeva tutta la larghezza dagli specchi alle finestre, gli stessi nobiluomini e nobildonne che erano rimasti sbalorditi dalla scena del duca con la sua ex-amante, il marito e il fratello di lei. Appena il duca se n'era andato, avevano metaforicamente raccolto le mandibole dal pavimento, avevano ripreso il controllo, intenti a seguire il duca alla presentazione di sua moglie al re.

La reazione immediata di Vallentine fu di presumere che fossero ostili, dopotutto il suo miglior amico aveva appena infranto quasi tutte le regole della corte per cui vivevano quei fánatici. Quindi ciò che voleva fare era farsi avanti e avvisarli direttamente che non avrebbe accettato rappresaglie o insulti al suo amico, che dovevano comportarsi bene alla presentazione perché non avrebbe avuto reticenze a sfidare chiunque di loro. Ne aveva avuto abbastanza per un giorno dei pavoni saltellanti dal cervello grande come un pisello e quella giornata era appena cominciata. Ma quando fece un passo avanti, per fare da scudo al duca, con questo discorso sulla punta della lingua, Roxton gli strinse gentilmente il braccio.

«Permettimi, caro.»

L'avvertimento appassionato di Vallentine si disgregò prima che dicesse una parola. Accondiscese, lasciando che fosse il duca ad affrontare la folla che si era fermata in silenzio davanti a lui.

Ispezionando le facce incipriate e imbellettate dei nobili nei loro cupi abiti a lutto, Roxton restò sprezzante, con le mascelle serrate e senza battere ciglio. Aspettò che uno o più di loro lo denunciassero per la sua sbalorditiva infrazione dell'etichetta di corte, almeno che lo minacciassero con una *lettre de cachet*. Niente di quello lo preoccupava. Aveva raggiunto il suo scopo, Antonia sarebbe stata lieta del risultato e la sua felicità era tutto ciò che contava. Così, quando non arrivarono rimproveri immediati, perse la pazienza. La sua sola pressante preoccupazione era essere in orario per la presentazione di Antonia, quindi fece finire bruscamente quell'indesiderato momento di teatro con un grande gesto adatto all'occasione.

Fece un profondo inchino alla folla silenziosa, con la cascata di fine pizzo nero che sfiorava il pavimento lucido. Non si aspettava una reazione ma appena si raddrizzò dall'inchino, nientedimeno che il *Duc* de Bouillon, il *Grand Chambellan de France*, uscì dalla fila dei suoi colleghi per reciprocare il gesto. Prima che de Bouillon si raddrizzasse, uno dei suoi pari lo imitò, anche lui per omaggiare *Monsieur le Duc de Roxton*. E poi un altro. E poi una delle dame di compagnia della regina si fece avanti e fece una riverenza. Per non essere da meno, altre due dame fecero lo stesso. E poi ogni nobile si stava inchinando o facendo la riverenza all'unanimità davanti al duca inglese.

Senza dire un'altra parola e senza un gesto, Roxton voltò sui tacchi e lasciò la galleria degli specchi, con Vallentine alle calcagna. La folla si affrettò a seguirlo, sgomitando per passare dalle porte mentre lo inseguivano, anche loro ansiosi di essere testimoni della presentazione di *Madame la Duchesse de Roxton* come *Comtesse de Roucy*.

SEDICI

«E ccola!» sibilò Vallentine con soddisfazione e così forte che parecchi dei presenti nell'affollatissima sala del consiglio alzarono di colpo la testa per fissarlo irritati. Ma dato che Vallentine era cieco e sordo alle affettate sfumature del protocollo di corte, ignorò il rimprovero visivo, aggiungendo nella stessa voce forte in inglese: «Mi innervosisce essere qui. Ma lei ti renderà fiero, te lo garantisco!»

«Grazie, Lucian! Con questa garanzia posso stare tranquillo» ribatté Roxton, alzando l'occhialino. Voltò un occhio ingrandito sull'ex-valletto che si era discretamente allontanato da Antonia e dalle dame Salvan per unirsi a lui. «Presumo che la vostra processione attraverso le sale di stato sia avvenuta senza incidenti?»

«Sì, Vostra Grazia» gli assicurò Martin, rispondendo in inglese. «È stato un lento procedere attraverso le frotte di turisti, ma era protetta su tutti i lati e i vostri uomini si sono occupati in fretta di chiunque avesse un aspetto anche minimamente losco.» Osò sorridere. «E posso presumere che il vostro progetto abbia avuto successo...?»

«Successo?» Sua Signoria sbuffò. «Con una sala piena di cortigiani scodinzolanti che facevano l'inchino a Roxton? Direi che è stato un assoluto maledetto trionfo!»

«*Madame la Duchesse* ne sarà contenta.»

«Sicuramente, Martin» dichiarò il duca, con le guance lievemente rosee. «Adesso permettetemi di dedicare a lei tutta la mia attenzione.»

ANTONIA ERA A METÀ DELLA STANZA, incuneata tra la vecchia zia di Roxton, *Tante Victoire*, che le faceva da sponsor ed Estée Vallentine che era direttamente dietro di lei. Seguivano la processione Michelle Haudry e parecchie delle parenti Salvan. I maschi Salvan erano raggruppati appena dentro la porta e parlavano piano tra di loro, mentre il resto dei presenti socializzava e fingeva disinteresse, quando in realtà tutti gli occhi erano puntati sulla *Comtesse de Roucy*.

Louis era accanto al camino, imperturbabile eppure incapace di nascondere la sua stanchezza, obbligato com'era a partecipare a questo impegno reale, banale ma obbligatorio. Coloro che dovevano essere presentati si avvicinavano con i piccoli passi scivolati, com'era stato loro insegnato, combattendo contro il nervosismo e la nausea e pregando di non fare un errore che avrebbe garantito loro lo scherno e che i loro colleghi cortigiani avrebbero scimmiottato quel gesto.

Un ciambellano "nominava" un gentiluomo o una dama che poi scivolava alla presenza reale con la persona che faceva da sponsor per essere accettato con un commento innocuo dal loro monarca, al quale rispondevano con una risposta altrettanto blanda. E se era una dama a essere presentata, poi lei si ritirava, facendo tre riverenze mentre camminava all'indietro per allontanarsi dalla regale presenza. Se tutto andava bene e non c'erano scivoloni o inciampi, con le parole o i gesti, il cortigiano ora era "conosciuto" da *Sa Majesté* e si assicurava l'invidiabile privilegio di cenare con Louis e la sua favorita nella stanza da pranzo privata, se Louis si fosse sentito incline a fare l'invito. Ritirarsi dalla presenza reale rappresentava un sollievo immediato e tutte le persone coinvolte nella presentazione del nobile potevano respirare liberamente, dopo aver compiuto il loro dovere.

Quando nominarono la *Comtesse de Roucy*, nella sala cadde il silenzio; le teste si voltarono per fissare gli sguardi su Antonia. Quelli non al corrente del suo titolo francese guardarono i colleghi, leggermente confusi. Ma non volendo apparire all'oscuro mascherarono la loro sorpresa con l'indifferenza.

Con un respiro profondo e senza dimostrare emozione, Antonia avanzò, con le sue dame di compagnia a una rispettosa distanza, mentre faceva la sua profonda riverenza al re. Tutti, dal re al più infimo cortigiano erano consci che questa presentazione aveva un significato speciale. Antonia poteva essere riconosciuta come contessa per diritto proprio, ma come moglie di *Monsieur le Duc de Roxton*, ogni sgrammaticatura da parte sua si sarebbe riflettuta intensamente su di lui e sulla sua amicizia con Louis.

Quando Antonia si abbassò nella profonda riverenza, compiendo l'azione con un'eleganza naturale che nessuno poteva criticare, ci fu collettivamente un sospiro di sollievo dalla maggior parte dei presenti e una sbuffata di delusione da pochi, perché la *Comtesse de Roucy* era elegante quanto era bella.

Tutti gli sguardi si trasferirono sul duca per cogliere la sua reazione alla riverenza di sua moglie. Sua Signoria lo disse nel modo migliore, quando diede di gomito a Martin e si chinò verso di lui per sussurrare: «Guardatelo. È colmo d'orgoglio per lei, vero? E prima che lo diciate! Lo so! È giusto! E possiamo esseri fieri della parte che abbiamo avuto nel suo successo, vero?»

«È vero, milord» confermò Martin, guardando sorridente Antonia mentre si rialzava dalla sua riverenza, aggiungendo ironicamente: «Senza la nostra esperta guida chissà come sarebbe finita».

«Precisamente!»

Martin stava per aggiungere un commento quando fu talmente stupito da perdere il filo del discorso. Non fu l'unico a inspirare bruscamente per la sorpresa. Sentì Vallentine fare la stessa cosa e tutto perché il re decise di deviare dalla consuetudine.

«Siete veramente una fata, *Madame la Comtesse*» commentò Louis di Francia.

Mentre si raddrizzava dalla riverenza, Antonia alzò lo sguardo sul re, sorpresa. I bei lineamenti del re rimasero impassibili, ma lei colse l'accenno di umorismo nei suoi occhi azzurri. Sorrise mostrando la fossetta.

«E voi siete veramente regale, Vostra Maestà» rispose tranquillamente Antonia. «Fa piacere a entrambi che nessuno dei due deluda l'altro, *oui*?»

Non c'era nessuno abbastanza vicino da sentire questo scambio, ma tutti videro la reazione del re alla sua battuta. Arrossì, sbatté gli occhi e si portò una mano alla bocca, Martin ne era sicuro, per nascondere una risata.

Comunque, il ciambellano del re e i suoi aiutanti furono così sconcertati dalla reazione del loro regale padrone e da questa deviazione dal protocollo che non avevano idea di che cosa fare. Quando finalmente si ripresero dal loro stordimento, Antonia stava arretrando per allontanarsi dal re con le tre riverenze prescritte e il re aveva ripreso il controllo. Ma poi fermò il suo ciambellano prima che potesse chiamare il nobile seguente perché si facesse avanti, e trovando colui che cercava al margine della folla, fece un piccolo gesto chiedendo a Roxton di avvicinarsi.

Quando il duca e la duchessa si passarono accanto sul folto

tappeto, lui ammiccò e lei gli sorrise. E quando Louis salutò Roxton con la disinvolta familiarità che mostrava solo raramente, e solo con quelli veramente intimi, fu chiaro che qualunque fosse stato lo scambio tra *Sa Majesté* e la moglie del duca, Louis approvava. La coppia ducale si era unita a quella rara razza di cortigiani favoriti dal re, e quindi non poteva fare nulla di sbagliato ai suoi occhi, e questo significava che erano l'invidia di tutti. Restava da vedere come sarebbero stati accolti dalla nuova *maîtresse-en-titre*, *Madame de Pompadour*. La corte non dovette aspettare a lungo.

MENTRE ROXTON RAGGIUNGEVA il re accanto al camino, Antonia si voltò dopo aver completato l'ultima riverenza senza incidenti. Fatto il suo dovere e finita la presentazione al re, era ansiosa di raggiungere le sue dame di compagnia, sua cognata e i parenti Salvan riuniti dall'altra parte dell'affollata sala del consiglio. C'erano anche Vallentine e Martin Ellicott. Sembravano tutti sollevati quanto lei, pronti ad accompagnarla alle stanze della regina attraverso il *Salon de l'Oeil-de-Boeuf*, dove l'avrebbero presentata a sua maestà, Maria Leszczyńska.

Ma mentre Antonia andava a raggiungerli, parecchie dame si misero in mezzo. Pensando di aver accidentalmente incrociato il loro cammino, si scusò educatamente e si spostò di lato. Ma quelle si spostarono con lei e una di loro venne diritta verso di lei, obbligando Antonia a fare un passo indietro in modo da vedere chi fosse. Riconoscendo la donna, il suo istinto fu di arretrate, ma non lo fece, facendosi forza per quello che stava per accadere. A bloccare il suo cammino, con due amiche alle spalle, tra lei e la sua famiglia e in piena vista di Louis e Roxton, c'era la bella e statuaria *Comtesse* Duras-Valfons.

DICIASSETTE

«Avete qualcosa da dirmi, *Madame*?» chiese Antonia a voce bassa ma ferma alla *Comtesse* Duras-Valfons.

«*La*! Come siete diretta! Niente educata conversazione. *Lui* probabilmente lo troverà incantevole. *Io* penso che siate ingenua e rozza.»

«Ciò che voi pensate di me non ha importanza.»

«Mai fu detta parola più vera!» rispose la *Comtesse* con un gran sorriso. «Ma non potevo lasciarmi sfuggire l'opportunità di dirvi com'è stato cavalleresco *Monsieur le Duc* con me nella sala degli specchi davanti a tutti quelli che contano» si vantò. «Mi ha liberato da mio marito, il che dimostra quanto tenga ancora a me...»

«No, *Madame*» dichiarò Antonia senza rancore. «*Monsieur le Duc* non avrebbe fatto nessuno sforzo in vostro favore se non glielo avessi chiesto io. E questo in modo che vostro figlio avesse un padre.»

La *Comtesse* si irrigidì ma il suo sorriso restò fisso. Riuscì a dare un tono sensuale alla sua voce. «Mio figlio ha un padre: *Monsieur le Duc de Roxton*.»

Se sperava di intimidire Antonia con questa vanteria, rimase delusa. Antonia sospirò irritata e fu sorprendentemente franca.

«Dimenticate che state parlando con una donna che è anche una madre. Le cortigiane possono essere ignoranti quando si tratta di neonati, anche se sono madri, ma io passo ogni giorno con mio figlio e quindi conosco la differenza tra un bambino che è arrivato in questo mondo da qualche settimana e uno di molti mesi. Il vostro bambino non può essere il figlio di *Monsieur le Duc*, per quanto voi lo desideriate. Avete mentito a tutti, che è sbalorditivo e imperdonabile. Ma vostro figlio è ancora piccolo, quindi c'è ancora tempo perché abbia un futuro senza macchia. Quindi vi dico, *Madame*…»

«Mi-mi *dite?*» strepitò la *Comtesse*.

«… per il bene di vostro figlio, mettete da parte la vostra amarezza…»

«Amarezza. *Mon Dieu.*»

«… perché non siete più l'amante di *Monsieur le Duc*…»

«Come se mi importasse…»

«Vi importa, *Madame*, altrimenti non stareste inventando queste fantasie.»

«Voi… Voi… Presuntuosa *morveuse*, mocciosa» sbottò Duras-Valfons, scossa.

Nessuno le aveva mai parlato così brutalmente e da una ragazza che era a corte da mezza giornata. Vide rosso per la rabbia, un furore che si manifestò con la più strana delle risate. Cercò di controllare la furia, acutamente conscia di dov'era e che il re, che era notoriamente timido, non avrebbe apprezzato che lei attirasse l'attenzione su di sé, cosa che avrebbe disturbato la sua routine quotidiana. Sforzandosi di reprimere il suo ribollente risentimento, si chinò verso Antonia con un grande sorriso, con le mani che le prudevano dal desiderio di prenderla a schiaffi. Invece, sperò di spingerla a mettersi in imbarazzo. Il sorriso divenne malizioso e alzò la testa, con un'occhiata di sottecchi verso il camino.

«Scommetto che ignorate la vera natura del nobile che avete sposato. Tutti dicono che è caduto sotto l'incantesimo della vostra...» Fece una pausa, con lo sguardo abbassato a ispezionare il seno generoso di Antonia, «... *bellezza*. Ma ora, dopo avervi conosciuto, è chiaro che voleva una moglie debole di mente e giovane...»

«Pensate di me ciò che volete, *Madame*. Voi non mi conoscete. Ma vi sbagliate se credete che non conosca tutto quello che c'è da sapere del passato di *Monsieur le Duc*.»

«Allora non sarà una sorpresa per voi che lui sia, e lo sarà sempre, *un caprone lascivo e infedele*...»

«Ora siete voi a essere volgare» l'ammonì Antonia con le guance in fiamme sotto la pesante applicazione di belletto. Piegò la testa. «Forse sono stupida perché non capisco tutto questo risentimento nei suoi confronti. Qual è il suo crimine? Non è stato più che generoso *Monsieur le Duc* quando eravate la sua amante? Non vi soddisfaceva...?»

«*Cosa?* Io non... voi non...» esclamò la *Comtesse*, perdendo il filo dei pensieri quando la risposta al suo veleno fu di una sfrontata franchezza.

«È vero che sono giovane e inesperta, ma so qualcosa della corte e dei suoi modi, essendo vissuta qui per un certo periodo con mio nonno. Vi piacerebbe che fossi stupida, ma non lo sono. Inoltre vi aiuterebbe a superare la grande perdita del vostro amante più esperto se *Monsieur le Duc* mi avesse sposato per qualunque altro motivo tranne quello che vi mette più a disagio: che si è innamorato di me.» Antonia sorrise mostrando la fossetta e aggiunse semplicemente: «Ho l'amore e la devozione di mio marito come lui ha i miei. Ed è tutto ciò che conta veramente per noi due».

«Adesso chi sta fantasticando!» sbuffò la *Comtesse*. Ma il rossore che la pervase smentì la sua indifferenza. Scrollò le spalle, il sorriso di nuovo pieno di sicurezza, pensando di avere un asso nella manica quando disse: «Potete credere a tutte le favole che volete su vostro marito... che me ne importa? Quello di cui non vi libererete mai è mio figlio, prova tangibile della natura libidinosa di Roxton...»

«*Madame*, vi prego di non essere così crudele da usare vostro figlio, un innocente, come arma di vendetta» ribatté Antonia, guardando la *Comtesse* con gli occhi verdi umidi di tristezza. «Se sceglierete di corromperlo con bugie e false aspettative, dicendogli che *Monsieur le Duc* è suo padre, la sua vita sarà miserabile. Non lo merita... Nessun bambino lo merita, qualunque siano le circostanze della sua nascita. Robert ha tutta una vita davanti e il barone Thesiger lo ha riconosciuto. Per quanto voi siate infelice nel vostro matrimonio, non siete grata che vostro figlio abbia un futuro sicuro? Come madre non è ciò che volete più di tutto per lui?»

La *Comtesse* restò senza parole per la schiettezza emotiva di Antonia. Non riusciva proprio a credere che la moglie del duca stesse parlando a favore di un bambino che non era suo consanguineo e che metà dei cortigiani presenti credeva il figlio bastardo del duca. Ci vollero parecchi secondi alla *Comtesse* per raccogliere i pensieri, sforzandosi di sorridere e fingendo di essere divertita.

Guardò verso il camino. Il re e Roxton continuavano a conversare e, con lei statuaria e Roxton una testa più alto del resto dei cortigiani riuniti, lo colse a guardare nella sua direzione sopra la spalla del re. L'aveva fatto più volte durante lo scambio con sua moglie. Le diede la sicurezza di illudersi che forse il re lo avesse cercato per chiedergli il suo consiglio sulla sua idoneità come prossima amante reale. Dopo tutto, il primo gentiluomo della camera, il duca di Richelieu le aveva confidato che l'aveva raccomandata come sostituta di *Madame de Pompadour* che lui odiava con ogni fibra del suo essere ritenendola indegna di avere il titolo di amante principale del re. Era intenzionato a far sloggiare la borghese appena possibile.

Desiderosa di rendersi disponibile nel caso il re le avesse chiesto di unirsi a lui e al duca, era impaziente di porre fine alla sua conversazione con Antonia, una conversazione che aveva cominciato lei ma che la duchessa stava usando per metterla sempre più a disagio e quindi renderla irritabile.

«Mio figlio non è affar vostro» rispose impaziente la *Comtesse*, con uno sguardo distratto ancora puntato sul re. «Né ho il minimo interesse per la vostra opinione su come dovrebbe essere allevato. Voi, d'altro canto, dovreste accettare il mio consiglio e smettere di allattare vostro figlio. È volgare per una donna di nobile nascita fungere da mucca, meglio lasciare il compito ai bifolchi deboli di mente...»

«*Eh bien*» sospirò Antonia esasperata. «Non ho mai messo in discussione né vi ho insultato per ciò che fate con il vostro corpo né con chi, quindi non siate così scortese da mettere in discussione ciò che faccio con il mio! E adesso, ho perso abbastanza tempo cercando di farvi sentire ragioni, quindi, *Madame*, se volete scusarmi. Sono in ritardo per andare da sua maestà la regina...»

«Sapete perché *Sa Majesté* sta conferendo con *Monsieur le Duc*?» La interruppe la *Comtesse* come se Antonia non avesse parlato e con un sorriso di superiorità e uno scatto della pettinatura incipriata in direzione del re. «Ovviamente no! Lasciate che ve lo dica. Mi aspetto di essere installata come prossima amante del re. E quando lo sarò, uno dei miei primi decreti sarà di liberare il palazzo degli animali da stalla.» Ridacchiò alla sua stessa debole battuta e, per assicurarsi che Antonia avesse capito, aggiunse inutilmente: «Voi la mucca, e vostro marito, il caprone, non sarete più i benvenuti. Quindi sì, sono d'accordo con voi che avete sprecato il vostro tempo con la vostra presentazione».

«Ora chi è debole di mente» borbottò Antonia prima di aggiungere a voce più alta e con fervore: «*Madame*, siete destinata a essere delusa. *Sa Majesté* è innamorato di *Madame la Marquise de Pompadour* e lei di lui. Sono così innamorati che *vedono* solo l'un l'altro. Per favore, credetemi quando vi dico che so com'è!»

La *Comtesse* ridacchiò come una ragazzina, incredula. «*Amore? Vedere?* Siete veramente ingenua. Quella *sgualdrina* sarà sparita prima del nuovo anno. Ricordate le mie parole!»

«Vi assicuro, *Madame la Comtesse*, che non andrò da nessuna parte» dichiarò una voce dolce e ferma. Era la *Marquise de Pompadour*. «Oh, a meno che sia in compagnia di Sua Maestà. Ricordate le mie parole. E adesso, siete congedata, *Madame*. Sua Maestà la regina si starà chiedendo perché non state svolgendo i vostri compiti. Ah! *Madame la Comtesse de Roucy*!» esclamò senza riprendere fiato con un sorriso abbagliante ad Antonia. «Che meraviglia fare finalmente la vostra conoscenza. *Monsieur le Duc*, vostro marito, mi ha parlato tanto di voi...»

DICIOTTO

L E DUE DONNE si salutarono con l'obbligatoria cortese riverenza e poi un bacio leggero accanto a ciascuna delle guance, prima che *Madame de Pompadour* suggerisse di spostarsi verso un'alcova per conoscersi meglio, non desiderando distogliere l'attenzione dal re. Parecchi cortigiani si erano già voltati, ignorando il re e altri avrebbero seguito il loro esempio una volta capito con chi stava parlando. Ma Antonia fece un gesto indicando alla marchesa di aspettarla per un momento, facendo restare senza fiato le dame di compagnia della marchesa e i cortigiani più vicini.

Ma la marchesa non si mostrò irritata e acconsentì allontanandosi di un passo, come fecero le sue dame di compagnia e quelli vicini. Diede lo spazio ad Antonia di fare un mezzo giro con i suoi ampi *pannier* voltandosi verso il re e suo marito. Come volle la provvidenza, il piccolo gruppo di cortigiani che si era riunito intorno al re si era disperso, permettendo ad Antonia, che era la più bassa di statura nella sala, anche con i suoi tacchi di cinque centimetri, una visione chiara verso il caminetto.

Non diede nemmeno un'occhiata a Louis, intenta com'era a

rassicurare il duca, sapendo che era stato in ansia per lei dal momento in cui la *Comtesse* Duras-Valfons l'aveva intercettata. Per farlo, si portò la mano sul davanti del corpino ricamato con le perline, alla bassa scollatura dov'era inserita la stecca che le aveva regalato, annidata tra i seni, e sorrise guardandolo negli occhi, quelli scuri del duca fissi su di lei con un'intensità che dimostrava che aveva avuto ragione riguardo alla sua apprensione.

Anche se il duca esibì un comportamento indifferente, il gesto intimo di Antonia allentò immediatamente la tensione nei suoi muscoli, facendogli aprire il pugno stretto nella tasca. Le rese il sorriso privato, quello che riservava solo a lei, espresso con gli occhi e rialzando appena gli angoli della bocca. Era tutto ciò che serviva per trasmettere un significato.

Ristabilito l'equilibrio, il duca riprese a dedicare la sua attenzione a Louis mentre Antonia completava la rotazione per raggiungere nuovamente *Madame de Pompadour*. Lo scambio intimo tra la coppia era durato solo qualche momento. E mentre l'intera sala li stava guardando, nessuno avrebbe capito il discreto scambio, tranne forse Martin Ellicott che era in un posto perfetto per esserne testimone, in piedi com'era di fianco alla marchesa con Madame Haudry accanto a lui.

«*Monsieur le Duc* dice che è raro incontrare una donna la cui grande bellezza sia pari all'intelligenza che si riflette nei suoi occhi» disse Antonia in tono leggero alla marchesa con la sua solita franchezza, «ma che voi lo siete, *Madame*.»

«*Monsieur le Duc* è troppo gentile…»

«Oh no, *Madame*. Non lo direbbe se non lo credesse vero. Gli ho creduto quando me l'ha detto ma ora che finalmente ci siamo conosciute sono d'accordo con lui.» Sorrise con la fossetta e i suoi occhi verdi scintillarono. «Fa differenza, *oui?*»

La marchesa sbuffò una risata involontaria, immediatamente conquistata dalla piccola, vivace bellezza la cui franchezza era un cambio piacevole dopo la falsità e gli intrighi dei cortigiani che circondavano il re e il sottofondo di ostilità che la circondava nella sua posizione di *maîtresse-en-titre*. Decise subito che lei e Antonia sarebbero state buone amiche. Attenta al fatto che ogni sua parola era analizzata, la sua riposta fu misurata.

«Per quanto sia ansiosa di conoscerci meglio, so che *Sa Majesté la Reine* sta aspettando di incontrarvi. Avremo l'opportunità di familiarizzare alla tavola del re e forse un po' prima nel mio appartamento, se vorrete raggiungermi per un caffè?»

«Mi piacerebbe molto, *Madame*» rispose Antonia con calore genuino. «A *Monsieur le Duc* piacciono moltissimo le cene di *Sa Majesté*, quindi non vedo l'ora di unirmi a lui. Anche se non è usuale che le mogli accompagnino i mariti, quindi sono doppiamente onorata che *Sa Majesté* abbia fatto un'eccezione.»

«Non è usuale, è vero. Ma» aggiunse la marchesa, chinandosi verso Antonia per dirle all'orecchio ciò che non voleva si sentisse in giro: «*Monsieur le Duc*, vostro marito, si è scusato con il re, nel modo più educato possibile ovviamente, dicendo che gli dispiaceva informarlo che non sarebbe stato in grado di partecipare ad altre cene se non foste stata con lui».

Lungi dall'essere sorpresa, Antonia sospirò rassegnata. «È vero, *Madame*. Non ci piace separarci, per nessun motivo.» Fece una smorfia e disse, in tutta serietà: «Non so come facessimo prima di incontrarci, o come faremmo di nuovo l'uno senza l'altro. È come se fossimo sempre stati insieme. È quello che proviamo entrambi. Io ho sempre creduto nel fato».

«Nel fato?» ripeté *Madame de Pompadour* con un sorriso e un'occhiata verso il camino dove c'era il re. «Oh, sì, credo moltissimo nel fato. E non vedo l'ora di continuare la nostra conversazione, ma per ora dobbiamo dividerci, dato che la vostra famiglia sta aspettando per accompagnarvi da *Sa Majesté*…»

«*Oh là là*. Sto parlando a vanvera! Perdonatemi! Ah! Ecco Martin e *Madame* Haudry che sono venuti a prendermi» disse con un sorriso notando per la prima volta Martin e Michelle Haudry dietro la marchesa. E con loro c'erano due cugine Salvan che fungevano da dame di compagnia. «Prima di andarmene, permettetemi di presentarvi…»

«*MON DIEU!* Non riesco a credere che abbia potuto fare una cosa così oltraggiosa» disse Estée furiosa. «Presentare alla *maîtresse-en-titre* del re il valletto di Roxton. *Incroyable.* Che vergogna!»

«Ex-valletto, amore mio» la corresse Vallentine. «Inoltre nessuno qui distinguerebbe Ellicott da una pentola di rame, quindi dov'è la vergogna? E dato che solo *Madame la Duchesse* poteva cavarsela presentando una pentola di rame alla Pompadour, che c'è di male?»

«Sono d'accordo con voi, Vallentine» aggiunse *Tante Victoire*, cominciando a muoversi, con un cenno al clan dei Salvan di andare con lei. «Lei è il sole e Roxton la notte. Quanto alla Pompadour, lei ricava una falsa soddisfazione dallo status appena ottenuto, tanto che se la presentassero a uno spazzacamino, sarebbe un grande onore, *per lui*. L'ho sempre detto, gentaglia maleodorante, la borghesia. Ora muoviamoci! Philippe sta aspettando…»

«Certo intendete *Sa Majesté, tante*?» la corresse Estée.

La vecchia signora sbuffò il suo disprezzo. «Non essere stupida, nipote. La regina è pia e clemente e indescrivibilmente ottusa. Mia sorella non è nessuna di queste cose e, se si intralciano i suoi piani, Philippe diventa terribilmente vendicativa. Niente e nessuno la spaventa, nemmeno suo figlio, ed è un generale! Ah! Tranne ovviamente mio nipote, tuo fratello. Ed è il motivo per cui se non fossi lo sponsor avrei abbandonato sua moglie in favore di Philippe e sarei stata nell'appartamento della regina mezz'ora fa.»

Sua Signoria fraintese completamente la sua osservazione e si inalberò. «Ehi! *Madame la Duchesse* non possiede un grammo di spirito di vendetta nel mignolo e certamente non è spaventosa…»

«Lucian!» sua moglie sospirò, esasperata. «Non Antonia. *Roxton.*» Rabbrividì. «Sono lieta di essere sua sorella. E voi dovreste essere grato di essere suo cognato. Detesto pensare a come sarebbe se ce l'avesse con noi e *non* fossimo suoi parenti. È abbastanza spaventoso così com'è.»

«*Touché!*» ammise Vallentine con un sospiro.

Eppure, quando i duchi tornarono alla villa dopo la cena con Louis, re di Francia, Sua Signoria dovette scoprire, con sua somma sorpresa e sconforto, quanto poteva essere temibile il suo amico.

DICIANNOVE

L'OROLOGIO NELLA biblioteca suonava la mezz'ora dopo l'una di notte quando le due carrozze si fermarono in processione sotto la *porte-cochère* della villa. Il duca e la duchessa scesero dalla prima delle due, salutati, nel calore e nella luce del vestibolo, dal maggiordomo e da diversi domestici dagli occhi assonnati. La seconda carrozza seguì la prima nel cortile interno dove fu accolta alla luce delle torce da diversi servitori, che aiutarono a scaricare i bauli e i vari oggetti di cui avevano avuto bisogno i loro padroni per la loro visita a palazzo.

E mentre gli esausti servitori personali non vedevano l'ora di scendere dalla seconda carrozza e andare nei loro letti dopo una giornata che era cominciata all'alba del giorno prima, la coppia ducale era sveglissima e animata. Tolto il mantello di velluto, il manicotto di pelliccia e i guanti di pelle, Antonia aspettò che togliessero al duca la spada e la fascia per riporle, poi gli cadde tra le braccia. Alzò gli occhi fingendo di scusarsi.

«Ho mandato a letto Gabrielle, *Monsieur le Duc*. Mi dispiace ma avrò bisogno del vostro aiuto per svestirmi.»

Il duca ridacchiò. «Vedo quanto siete delusa di avere me come assistente.»

«Vi assicuro che sono veramente desolata di crearvi il disturbo.»

«E perché, *ma vie*, quando sono un esperto nel togliervi gli indumenti…»

«Sì, ma non voglio rovinare il vostro *ensemble*.» Gli sorrise dolcemente. «Sono sicura che ci sia abbastanza farina che si è rovesciata dentro il mio corpino dopo aver giocato a togliere il proiettile dalla farina da coprire entrambi!»

«Grazie per l'avvertimento.» Piegando un dito sotto il suo mento, il duca abbassò la bocca quanto possibile senza baciarla. «Quindi forse sarebbe meglio se mi svestissi prima di offrivi la mia assistenza.»

Incapace di resistere, Antonia lo baciò. «Oh, mi piace molto di più questa idea! Ma penso che dovrei aiutarvi prima che aiutiate me.»

Il duca sembrò riflettere sull'idea mentre si raddrizzava, poi scosse la testa. «No, *ma chérie*.»

«No? Ma perché? Io…»

«Sarebbe un tormento.»

«Oh? Perché pensate che non sia capace di svestirvi?» gli chiese Antonia, fingendosi offesa.

«Perché, *ma petite méchante*, sapete bene che *io* sono incapace di resistere *a voi*. Due bottoni slacciati, forse tre, del mio panciotto e sarei finito. Non riuscirei a togliermi abbastanza in fretta questi vestiti e rovinerei il panciotto.»

Antonia mise le mani piatte sul davanti del panciotto di seta nera ricamata e lo guardò da sotto le ciglia. «Sarò molto attenta e prometto che ci metterò tutto il tempo…»

Il duca esplose in una risata. «*Mon Dieu*, voi *volete* torturarmi.»

«… in modo da non rovinare il panciotto.»

«Grazie per la vostra considerazione, ma…»

«Sono premurosa, vero?» rispose vivacemente Antonia, giocherellando con un bottone rivestito di seta del panciotto. «Cominciamo?»

«Qui?» Il duca inarcò un sopracciglio e quando Antonia continuò a slacciare il bottone, aggiunse con un'occhiata verso la biblioteca: «O là?»

«Là» concordò Antonia e attraversò il pavimento di piastrelle di marmo bianche e nere andando verso la biblioteca, dove due domestici dal volto impassibile aprirono le porte, aspettarono che i duchi passassero e poi le richiusero senza battere ciglio. «Dietro le porte chiuse è meglio perché Estée dice che essendo la vostra duchessa devo mostrare più decoro e ritegno…»

«Dio non voglia!» disse il duca.

Antonia rise e gli gettò le braccia intorno al collo. «È quello che penso anch'io!» Si premette contro di lui. «Confesso che non volevo aspettare finché fossimo nella nostra stanza. È da quando vi ho visto questa mattina nel vostro abito nero che desidero togliervelo!»

«Mia povera cara» mormorò compassionevole il duca e, prendendola in braccio, la portò verso il camino nella stanza semibuia. «Sarà un vero piacere togliervi da quel tormento…»

«Eccovi tutti e due!» disse una voce amichevole. Era lord Vallentine. Era sdraiato sul divano, e aveva dormito a tratti, ma al suono delle voci si sedette di colpo. Aveva il berretto da notte di traverso, la banyan di seta stropicciata. Sbadigliò. «Tempismo eccellente. La cena sta arrivando. E non mi dispiace dirvi che sono affamato. Ci eravamo quasi arresi, pensando che non sareste arrivati a casa prima che cantasse il gallo!»

NON PASSÒ NEMMENO un minuto dalla dichiarazione di Sua Signoria che un contingente di domestici arrivò con il carrello del tè e vassoi d'argento carichi di affettati, frutta di stagione e un assortimento di pasticci e dolci. E mentre sistemavano gli argenti e le porcellane sul basso tavolo tra il camino, il divano e le poltrone, i duchi ebbero il tempo di riprendere il contegno, con il rossore del desiderio sulle loro guance nascosto dalla luce bassa.

Se Vallentine notò qualcosa di strano, non fece commenti. E dato che era impegnato a soddisfare la propria fame, lasciò il divano e si concentrò a riempirsi il piatto. La coppia lo raggiunse anche se entrambi rinunciarono a mangiare e scelsero di bere solo una tazza di caffè. A quel punto Sua Signoria fece un'osservazione.

«Immagino che abbiate avuto abbastanza da mangiare alla tavola di Louis» disse prima di sedersi su una delle poltrone davanti a loro, masticando una grossa fetta di pasticcio di fagiano. Aveva a malapena deglutito il primo boccone quando inforcò parecchie fette di prosciutto, aggiungendo: «Avevo appena assaggiato una goccia della crema di sedano del vostro chef che Estée è diventata verde e si è messa a letto...»

«Non sta bene?» chiese il duca con il cucchiaino d'argento fermo sopra la tazza di caffè.

«E il bambino...?» mormorò Antonia, con il fiato che si fermava in gola.

Vallentine ingoiò, scuotendo vigorosamente la testa. «No! No! Niente panico. Stanno entrambi bene. Il medico le ha prescritto un tonico e riposo a letto. La sua considerata opinione, anche se glielo avevo già detto io, è che un'intera giornata a corte, in piedi, sia stato troppo per lei, nelle sue delicate condizioni. Sono rimasto finché si è addormentata.» Fece un verso in fondo alla gola, ma pensò che fosse meglio non dire altro e tornò a concentrarsi sul suo piatto.

«Immagino che ci siano volute tutte le tue considerevoli abilità per riportarla a una condizione di calma» disse il duca, senza la minima compassione, sorseggiando il caffè. «E per allora avevi perso l'appetito.»

Vallentine alzò gli occhi sull'amico. «*Aye*, qualcosa di simile. Ma in sua difesa, trattare con gente come quelle cugine Salvan e specialmente con quelle acide zie è stancante e sufficiente a voler spingere me a mettermi a letto e restare sotto le coperte!»

«Allora ti farà piacere sapere che dopo aver partecipato al matrimonio di Montbelliard, c'è solo un'altra… ehm… faccenda per la quale sarà richiesta la tua assistenza e una volta conclusa, ti auguro vivamente di riuscire a evitare per sempre i Salvan, come la malattia contagiosa che sono.»

«Accetto la tua offerta! Quale affare?» aggiunse Vallentine, incuriosito. «Qualunque cosa sia avrai il mio aiuto, senza questioni.»

«Può aspettare. Risparmia quel poco di forza che hai per la cerimonia nuziale. Oggi riposeremo tutti.»

«Io intendo passare l'intera giornata dormendo, leggendo e nella vasca da bagno» annunciò Antonia. Diede un'occhiata di sottecchi al duca, dicendo dolcemente: «Sarete il benvenuto se vorrete unirvi a me, *Monseigneur*.»

«Sarei stato terribilmente deluso se non avessi ricevuto l'invito, *mignonne*.»

Antonia ridacchiò e posò un bacio sul dorso della mano del duca. «E questo mi rende felice!»

«Anche se forse nostro figlio protesterà se non estenderete l'invito a lui…?»

«Non preoccupatevi. Mi accerterò che le *nourrices* lo allattino prima di portarlo nel nostro appartamento. Così questa volta Julian potrà unirsi a *sa mère et son père* dopo il nostro bagno e non prima, in modo che non finisca per starci dentro.»

«Molto saggio» commentò il duca, reprimendo un sorriso.

Sua Signoria si sentì un ficcanaso davanti a questa conversazione intima e si soffocò con le briciole di un pasticcino, eppure riuscì a dire, nel tentativo di cambiare argomento: «Ehi! Non portate l'abito di corte!»

«Le tue capacità di osservazione non sono seconde a nessuno, Lucian» disse il duca, appoggiando la tazza sul piattino.

«Quei ridicoli *pannier* servivano solo per la mia presentazione» spiegò Antonia. «Così, dopo aver fatto la riverenza a *Sa Majesté*, ho sostituito il mio abbigliamento di corte con qualcosa di più adatto per la cena con il re. L'ho fatto nell'appartamento riservato al *Duc de Touraine*, che *Monseigneur* usava spesso per le sue scappatelle quando suo cugino era lontano con l'esercito. E dato che *Monsieur le Général Duc* è quasi sempre con l'esercito, quelle stanze restano libere.» Sorrise al duca. «I nostri bauli e i servitori avevano un posto dove restare mentre noi eravamo a cena con il re. Molto comodo per noi, vero, *Monseigneur*?»

«Ah. Quindi è questo il motivo per cui avevate una fila di carrozze per andare a palazzo» commentò Vallentine. «Così non c'è stato bisogno di tornare a casa per cambiarsi. Astuto!»

Antonia stava per raccontare a Vallentine un incidente divertente che era successo a cena con Louis di Francia ma fu distolta quando lo sguardo distratto del duca si soffermò sulla poltrona dalla parte opposta. La occupava Martin Ellicott, seduto con i pugni sulle ginocchia e gli occhi chiusi. Non fu quello che la sorprese, dato che aveva visto Martin appena Vallentine aveva reso nota la sua presenza nella biblioteca. Fu il fatto che il duca sembrava non essersi accorto che Martin non li stava ignorando, ma che, in effetti, stava dormendo.

«*Monseigneur*, non sapevate che Martin può dormire in quel modo?» gli chiese, incuriosita.

«Non lo sapevo.»

«Ha stupito anche me» aggiunse Vallentine, raccogliendo pezzetti di pollo e mettendoli sul suo piatto per poi prendere la forchetta. «Ha detto di aver imparato questo trucco da un exsoldato diventato servitore che ha conosciuto quando eravamo ospiti nel castello dei marchesi Del Monte...»

Roxton fu sinceramente stupito. «È successo più di dieci anni fa.»

«Oserei dire di sì» ripose Sua Signoria. «La tua memoria è molto superiore alla mia. Io non riesco a ricordare che cos'ho mangiato ieri.» E quando continuò a prepararsi una tazza di caffè, fu compito di Antonia fornire una spiegazione, una vera rivelazione per il duca.

«Martin mi ha confidato che essere in grado di riposare dovunque, in qualsiasi momento e in qualunque posizione era il modo in cui riusciva a dormire a sufficienza da svolgere i suoi compiti. Dice che aveva dovuto adattarsi in quei primi anni come vostro valletto, *Monseigneur*, quando voi e Vallentine stavate facendo il Grand Tour e godendovi la vita.»

«Oh, è vero» ribatté scherzoso il duca.

«Immagino che non vi abbia raccontato niente su quegli anni, eh, ragazza?» chiese Vallentine con un'espressione cupa.

«Martin non tradirebbe mai la fiducia di *Monsieur le Duc*» rispose Antonia, offesa. «Mi ha solo parlato di quest'abitudine riguardo al sonno quando gliel'ho chiesto. Ho saputo di questo trucco quando *Monsieur le Duc* mi ha mandato via e Martin mi ha scortato in Inghilterra da mia nonna. Io non riuscivo a dormire durante il viaggio e lui riusciva a dormire in qualunque momento.»

«Come si fa a svegliarlo da questo... ehm... trucco?» chiese il duca.

«Non me l'ha detto» confessò Sua Signoria. «Sarà mortificato perché dorme alla vostra presenza, se so qualcosa di quell'uomo!»

«Lo farò io» disse Antonia e saltò in piedi.

Andò da Martin e con la schiena rivolta verso il duca e Vallentine lo svegliò con la tecnica che le aveva mostrato. Glielo aveva confidato solo dopo che gli aveva promesso di non rivelare il segreto a nessuno. Martin si svegliò immediatamente e sbatté gli occhi. Quando la duchessa gli sorrise, si rese conto di colpo dov'era e chi lo aveva svegliato da un sonno profondo. Guardando oltre le sue spalle vide lord Vallentine spaparanzato nell'altra poltrona e sul sofà, che sorseggiava il caffè, c'era il duca che lo guardava fisso.

«*Madame la Duchesse*! *Monsieur le Duc*!» esclamò e tentò di alzarsi dalla poltrona. «Perdonatemi… Io…»

«Non è necessario» gli disse Antonia, premendogli una mano sulla spalla per tenerlo fermo. «Siete tra amici e *Monseigneur* e io siamo arrivati a casa tardi.» Sorrise. «Ma siamo lieti che ci abbiate aspettati.»

Quando Antonia voltò la testa e poi tornò a guardarlo con una scintilla nei begli occhi, uno sguardo che aveva imparato a conoscere bene, Martin si rilassò e le restituì il sorriso, chiedendosi che cosa avrebbe detto dopo. Non restò deluso.

«C'è la cena… oh! Ciò che ne resta, perché Vallentine ha mangiato abbastanza da riempire lo stomaco di un elefante…»

«Ehi!» si lamentò Sua Signoria, abboccando all'amo come al solito. «Sareste affamata anche voi come un elefante, se non aveste mangiato una briciola dalla colazione. Scommetto che Ellicott è altrettanto affamato.»

«Sono sicuro di sì» concordò il duca. «Ma diversamente da te, Lucian, Martin non solo ha imparato l'arte di addormentarsi a piacimento, ma sospetto che negli anni abbia anche allenato il suo stomaco a richiedere sostentamento solo quando era certo che io fossi… diversamente occupato o mi fossi ritirato per la notte e non avessi più bisogno dei suoi servizi.» Fissò il suo ex-valletto e dichiarò, senza traccia di sarcasmo: «Il vostro preponderante desiderio era di non essere di incomodo per me.»

«Sì, Vostra Grazia» confessò Martin imbarazzato. Diede un'occhiata agli altri e poi tornò a guardare il duca. «Ma sempre di mia spontanea volontà» aggiunse con sincerità, «non per un senso di dovere ma anche perché, per mia natura, sono una creatura disciplinata e ordinata.»

«Ne sono sicuro e sono eccezionalmente grato e un po' impressionato» dichiarò il duca, in un tono che non ammetteva discussioni.

«Martin è pieno di sorprese, vero?» osservò Antonia con un sorriso e allentò la tensione nella stanza aggiungendo maliziosamente: «Diversamente da Vallentine che non ne ha nessuna.»

«Ehi! Non è giusto! Ho i miei segreti!»

«Come faccio a saperlo» ribatté Antonia placidamente, «se sono segreti? Nominatene uno in modo che possa credervi.»

Sua Signoria la minacciò con un dito. «Non cadrò in quella trappola! Se lo facessi, non sarebbe più un segreto, no?»

Antonia si rivolse al duca. «Vallentine ha qualche segreto, *Monseigneur*?»

«Perché chiederlo a lui? Se ho un segreto, è mio…»

«Ma *Monsieur le Duc* sa tutto, quindi se l'avete, lui lo saprà.»

«Ah! È quello che pensate voi!»

«Sì, e anche lui.»

Vallentine si mordicchiò il labbro riflettendo, poi si sedette diritto e schioccò le dita, come se avesse improvvisamente ricordato qualcosa di vitale importanza. «Aha! Ne ho uno! E non è necessario che lo dica per dimostrarlo perché è un segreto che condividiamo.»

Senza cambiare espressione, Antonia disse con calma. «Vi sbagliate, *Monsieur*. Ripensateci.»

VENTI

C OME FORTUNA VOLLE (anche se Antonia pensò che l'avesse fatto apposta), il duca proprio in quel momento si voltò per consegnare tazza e piattino a un cameriere lì vicino, permettendole di dare un'occhiataccia a Sua Signoria, con gli occhi verdi sgranati, dicendogli senza parole che aveva commesso un evidente errore di giudizio con la sua dichiarazione.

Sapeva benissimo che il segreto a cui stava alludendo era la lettera di supplica che il *Comte de Salvan* le aveva mandato tramite sua nonna, che lei poi aveva dato alle fiamme in giardino dopo averla condivisa con lord Vallentine e avergli fatto promettere di non parlare al duca della sua esistenza.

La turbava aver nascosto la lettera al duca, ma non tanto da tenerla sveglia di notte, perché parlargliene avrebbe innescato una serie di eventi, non ultimo dei quali che il duca avrebbe tenuto fede alla sua minaccia e onorato la sua parola di uccidere Salvan. Non voleva che andasse in provincia per un duello con il conte, che non valeva né il tempo né l'energia del duca. Cosa ancora più importante, e se durante il viaggio gli fosse successo qualcosa o se avesse fatto un errore nel maneggiare la spada e fosse stato ferito o, peggio, ucciso? Ignorare Salvan e tenere per sé la lettera era il minore dei due mali e Vallentine era stato d'accordo con lei, dandole il coraggio necessario per continuare a mantenere il segreto tra loro due e nasconderlo al duca.

«Ora che ci penso, avete ragione, *Madame la Duchesse*» dichiarò Vallentine, come se ci avesse ripensato, aggiungendo con un sospiro e fingendo rassegnazione: «Date la colpa all'ora tarda. La mancanza di sonno mi ha scombussolato il cervello e me ne scuso».

«Ti stai scusando con *Madame la Duchesse* per aver vuotato il sacco» chiese il duca all'amico, voltandosi verso il camino e fissando Sua Signoria senza sbattere gli occhi, «o perché sinceramente non hai segreti da mantenere?»

«Non ho niente nel sacco, se è quello che stai chiedendo.»

«Mi fa piacere sentirlo. Ma no, non era quello che stavo chiedendo, vero?» disse il duca.

«No? Allora che cosa stavi chiedendo?»

«Se hai dei segreti.»

«Ho appena detto di non averne.»

«No, hai detto che non hai niente nel sacco.»

Vallentine fece una smorfia e alzò le spalle. Ma il palmo delle mani cominciò a sudare e stava mentalmente tremando. «Stessa cosa.»

Il duca fece una pausa, con lo sguardo fisso sull'amico. Infine disse: «Se dovessi di colpo ricordare che hai un segreto degno, ehm, di essere condiviso, ora sarebbe il momento perfetto per confessarlo».

Vallentine si agitò sul cuscino della poltrona e poi si chinò in avanti per mettere la tazza di caffè sul tavolo basso. Il suo sguardo non andò nemmeno una volta alla duchessa, ma restò fisso sul duca con un'espressione da cane bastonato, aprendo la bocca per fare un commento. Con suo grande sollievo fu salvato da una provvidenziale interruzione. Lo fece crollare sulla poltrona, passandosi una mano sulla faccia.

«Non so perché pensiate che Lucian potrebbe mantenere un segreto con voi, Roxton» dichiarò Estée con una sbuffata incredula, uscendo dall'ombra per unirsi alla famiglia accanto al camino. «Se non riesce a tenere un segreto con sua moglie, certo non riuscirebbe a mantenerne uno con mio fratello!»

«Ehi, amore mio! Che cosa ci fate fuori dal letto a quest'ora?» esclamò Vallentine con un involontario sospiro di sollievo, balzando in piedi in fretta per offrire il braccio a sua moglie.

Estée era arrivata nella biblioteca con due delle sue donne che la seguivano da vicino, una con un catino di porcellana e l'altra con i sali e un fazzoletto. In disordine per il sonno inquieto, aveva una cuffietta, la lunga, spessa treccia nera sopra la spalla, legata con un grosso nastro di seta, e sopra la camicia da notte c'era una lunga vestaglia a fiori abbottonata che faceva ben poco per nascondere la pancia che stava crescendo.

«Pensate che vostro figlio mi permetta di dormire per tutta la notte?» si lamentò e lasciò che Sua Signoria l'aiutasse a mettersi in poltrona. Vedendo i resti della cena sparsi sul tavolino, si premette il fazzoletto bordato di pizzo sul naso e la bocca prima di dire mentre tirava il fiato: «Per favore, fate togliere questo cibo prima che diventi verde!»

Lord Vallentine esitò, sapendo che Martin Ellicott non aveva ancora nemmeno assaggiato nessuno dei piatti, ma Martin mise educatamente da parte il piatto pulito e invece andò al carrello per versarsi una tazza di caffè. Il duca fece segno che sparecchiassero il tavolino e poi congedò i camerieri.

L'arrivo di *Madame* e l'attività che seguì permisero ad Antonia di riconquistare la calma, disturbata dal fatto che Vallentine fosse stato sul punto di vuotare il sacco sulla lettera di Salvan. Raggiunse il duca sul divano, togliendosi le pantofoline e tirandosi i piedi sotto le sottane. E quando il duca si appoggiò sul fianco un cuscino di tappezzeria, invitandola a rannicchiarsi, accettò volentieri la sua offerta. Eppure, se non si sbagliava, dietro il sorriso che aveva accompagnato l'offerta c'era una traccia di delusione. La fece sentire orribile e certa che in effetti il duca sapesse che Salvan le aveva scritto. Perché aveva pensato anche solo per un momento che non fosse così? Non si sentiva solo abietta, ma anche una piccola sciocca. Ma il commento successivo del duca la risvegliò dalla sua auto-castigazione e respinse in fondo alla sua mente la lettera di Salvan, almeno per un po'.

«Presumo che ci sia un motivo particolare perché ci stai guardando e sorridendo, Lucian?» chiese Roxton.

Sua Signoria non riuscì a cancellare il suo sciocco sorriso sentimentale.

«Se qualcuno mi avesse detto dieci anni fa... No! Due! Che saremmo stati qui comodi accanto al fuoco, entrambi sposati, entrambi con figli, beh, tu con un figlio e io, se Dio vorrà ne avrò uno, avrei detto che erano pronti per Bedlam! Ma eccoci qui!»

«Forse sono io che sono pronta per Bedlam» si lamentò Estée, «uscire da un letto caldo e scendere qui a quest'ora.»

«Perché lo avete fatto, amore mio? Se nostro figlio vi tiene sveglia, meglio passeggiare sul tappeto nella nostra stanza, al caldo, che rischiare le scale.»

«Se Roxton avesse le camere al pianterreno come i francesi, non avrei bisogno di fare le scale.»

«Scusate, *Madame*» ribatté Antonia. «Ma se le nostre camere fossero qui e non lassù, allora la biblioteca sarebbe di sopra e avreste dovuto salire e non scendere, quindi ci sarebbero comunque state le scale, *oui*?»

«Non si discute!» esclamò Vallentine con una risata.

Estée alzò le mani, irritata. «Non voglio discutere o parlare di camere o biblioteche o *scale*. E se avessi potuto aspettare fino al mattino sarei rimasta nella mia stanza. Ma sapevo che una volta arrivata l'ora di colazione non c'era la garanzia che nessuno di voi due sarebbe stato qui.» Il suo rimprovero fu rivolto al duca e ad Antonia. «Avete questa abitudine, nelle ore più strane e non riesco a individuare uno schema o una circostanza, di sparire nel vostro appartamento senza avvertire e noi, la vostra stessa famiglia, non abbiamo il permesso di vedervi per giorni! È un vero inconveniente.»

«Dev'essere così» rispose il duca, con poca partecipazione. «Ma dato che non intendiamo cambiare le nostre abitudini, dovrete sopportarci come meglio potete.»

«È vero, mia carissima cognata. Ci piace stare da soli. Ma se ci fosse una questione della quale *Monsieur le Duc* dovrebbe essere al corrente, i servitori la porterebbero immediatamente alla sua attenzione.» Voltò la testa sul cuscino per guardare il duca. «Non è così, *Monseigneur*?»

«Proprio così, *mignonne*» confermò il duca.

«Ma non capisco proprio perché dobbiate sparire…» fece per lamentarsi Estée, solo per essere interrotta da suo marito che le strinse la mano e le parlò all'orecchio.

«Quale coppia di sposini non vuole passare del tempo da sola, eh?»

Estée lo guardò sbattendo gli occhi, senza capire e poi guardò accigliata la coppia ducale. Quando non le offrirono nessuna spiegazione, sbottò: «Quello che fate quando siete in privato è affar vostro…»

«Esatto» dichiarò il duca.

«… ma ciò che fate in pubblico è affare di tutti» continuò *Madame* con un sorriso soddisfatto. «È quello che mi interessa, perché ho già ricevuto due lettere questa sera e non so a quale devo credere.»

«È quello che vi tiene sveglia?» chiese Sua Signoria, incredulo. «Pettegolezzi su vostro fratello?»

Estée alzò il mento. «Non sono pettegolezzi se è la verità.»

«Non sono affari loro» ribatté suo marito «e sono i vostri corrispondenti che li stanno diffondendo!»

«È per quello che ho bisogno di sapere se è la verità o meno in modo che possa scrivere la mia risposta prima che il pettegolezzo si sparga ulteriormente.»

«Permettetemi di azzardare un'ipotesi sull'identità di uno dei vostri corrispondenti» disse il duca. «Il mio caro… ehm… amico Armand, *Duc de Richelieu…*?»

Estée fu così sorpresa che riuscì solo ad annuire.

«Sono sicuro che fosse desideroso di darvi la sua versione degli eventi, nella speranza che sia quella che verrà ripetuta.»

«Posso raccontare a tutti loro della nostra cena con il re, *Monseigneur*?» chiese Antonia, mettendosi seduta con le mani in grembo.

«Certamente, *ma fée*. Sarà molto più piacevole rivivere la serata raccontata da voi.»

Ad Antonia scintillarono gli occhi. «Non credo che *Monsieur le Duc de Richelieu* sarà d'accordo con voi, *Monseigneur*. In effetti, sappiamo che non è così, *oui*?» Si voltò per rivolgersi ai Vallentine e Martin, dicendo sinceramente: «Dirò innanzitutto che *Monseigneur* aveva avvertito *Monsieur le Duc de Richelieu*, ma lui non ha voluto ascoltarlo e ha insistito a partecipare al gioco della farina e del proiettile con *Madame de Pompadour* e me.»

«Il gioco della farina?» Vallentine tese le orecchie. «Quel gioco con la pila di farina compressa in una forma di budino e un proiettile in cima, con tutti che cercano di scavare senza farlo cadere e si coprono di un mare di farina?»

«Proprio quello!»

«Ma non è un gioco che si fa a Natale?» chiese Vallentine.

«Dato che siamo quasi a Natale ho pensato che fosse un divertimento eccellente da insegnare a *Sa Majesté* e alla corte» spiegò Antonia. Sorrise al duca. «E *Monseigneur* era d'accordo con me.»

«*Mon Dieu!*» mormorò Estée, sbalordita. Guardò suo fratello. «Non le avrete permesso di fare quel gioco con il re?»

«Non con il re ma *per* il re» la corresse il duca.

«Armand non l'ha menzionato nella sua lettera» disse Estée. «Solo che c'è stata una cena e poi le carte.»

«*Monsieur le Duc de Richelieu* non vorrebbe altro che la sua partecipazione al gioco fosse… ehm… cancellata dalla memoria collettiva.»

«Ma noi non possiamo permettere che succeda, giusto, *Monseigneur?*» rispose Antonia con un sorriso radioso.

«No, non possiamo. Specialmente perché *Sa Majesté* ha dichiarato che la serata era stata una delle più piacevoli…»

«… perché il primo gentiluomo della camera aveva finito la serata coperto di farina, *oui?*

Il duca sorrise al ricordo. «Senza dubbio le… ehm… difficoltà di Armand hanno contribuito al buonumore di *Sa Majesté, ma vie.* Ma non trascuriamo il vostro effetto sul re…»

Antonia fu sinceramente sorpresa. «Ma io ho non ho fatto altro che mettere a suo agio *Sa Majesté.*»

Il duca le strinse dolcemente la mano. «Siete troppo umile, *mignonne.* Tanti cortigiani hanno tentato e fallito in quel compito semplice e insieme eccezionalmente difficile.»

Antonia incluse gli altri nella sua risposta quando disse confidenzialmente: «*Monsieur le Duc* mi aveva detto che *Sa Majesté* si annoia facilmente, ed è il motivo per cui l'ho introdotto al gioco del *bullet pudding,* il gioco della farina e del proiettile».

«*Madame la Duchesse,* forse non vi dispiacerebbe illustrare la scena dove ha avuto luogo il gioco e chi ha partecipato…?» suggerì Martin.

«Oh sì! Perdonatemi, sto correndo troppo» ammise Antonia.

«Ma, per favore, non interrompetemi perché è tardi e c'è la possibilità che dimentichi qualcosa di importante se lo farete. Ma se sarà così me lo dovrete dire, *Monseigneur*.» Quando il duca annuì, si rivolse al suo pubblico e raccontò loro tutto della serata.

VENTUNO

«Sono sicura che voi lo sappiate» continuò Antonia, «ma forse voi no, Martin. Tutti quelli che desiderano cenare con il re fanno domanda per avere un invito che finisce su una lista, dalla quale il re sceglie coloro con cui desidera condividere la tavola. E anche se non c'è nessuna garanzia che l'usciere chiami il loro nome, tutti aspettano ansiosi sulle scale posteriori, accanto alla porta dell'appartamento dove ci sarà la cena. È molto affollato e i camerieri corrono continuamente su e giù agitando le mani per imporre silenzio e ordine. *Monseigneur* e io sapevamo già che ci avrebbero chiamati perché il re aveva scritto a *Monseigneur* qualche giorno prima per invitarci a cena.»

«Motivo per cui eravamo pronti per la serata.»

«*Monseigneur* intende dire che abbiamo portato con noi i nostri servitori e un cambio d'abito e tutto il necessario per intrattenere *Sa Majesté* con il gioco della farina dopo cena» spiegò Antonia. «*Madame de Pompadour* sapeva già che questo era il gioco che avevo scelto. E dopo averle spiegato il gioco e le sue regole e ciò che avevo preparato per assicurarci che noi non finissimo coperte di farina dalla testa ai piedi, è stata d'accordo di giocare con me.»

«Non me lo aspettavo» intervenne Estée, con una smorfia. «Che la Pompadour abbia volentieri preso parte a un'attività così sciocca mi sorprende. Ma forse è perché dev'essere sempre in prima fila con il re e quindi non poteva permettervi di occupare il palcoscenico senza di lei.»

«Armand vorrebbe farvi credere che la marchesa è così» dichiarò il duca. «Ma lei è sorprendentemente umile.»

Estée sbuffò esprimendo il suo disprezzo. «Come dovrebbe essere, visto che viene dalla borghesia!»

«La gelosia di *Monsieur le Duc de Richelieu* nei confronti dell'amante del re è così incredibile da mettere in imbarazzo *Sa Majesté*» confidò Antonia, ignorando le arroganti parole offensive della cognata nei confronti della marchesa. «E ve ne parlerò dopo, ma per continuare con la prima parte della nostra serata…

«*Monsieur le Duc de Roxton* e io, come *Comtesse de Roucy*, siamo stati chiamati dall'usciere per entrare nella sala da pranzo del re. E qui c'è una cosa che, ne sono certa, sanno, e sono sopresi di scoprire, solo quelli invitati in queste stanze private. Io stessa sono rimasta sbalordita. Le stanze private dell'appartamento di *Sa Majesté* sono ben arredate e hanno tutte le comodità, ma sono così piccole. *Oh là là*. Più piccole delle stanze qui alla villa. È vero, *Madame*. Se *Sa Majesté* sapesse come viviamo, le dimensioni delle stanze all'Hôtel, o se mai dovesse visitare Treat, sarebbe oltremodo invidioso. Quindi è meglio che resti all'oscuro delle case e della grande ricchezza di *Monsieur le Duc*. Anche se penso che ciò che lo sconvolgerebbe di più è la libertà che abbiamo di vivere come vogliamo, cosa che lui non può fare.» Piegò di lato la testa. «*Monseigneur*, voi siete il re del vostro dominio, senza il necessario fardello della vita pubblica che deve sopportare *Sa Majesté*. E a me fa piacere, perché non ve lo auguro, anche se sareste un ottimo re.»

Con un lieve rossore sulle guance, il duca disse tranquillo: «Se fossi il re, ovviamente vi avrei come mia regina...»

«Perdonate, *Monseigneur*, ma non vorrei essere la vostra regina. Sarei la vostra amante...»

«Antonia!» l'ammonì la cognata, sbalordita. «Non siate sciocca. Dovreste ovviamente essere la sua regina.»

Antonia scosse la testa. «No, *Madame*. La regina vive una vita molto diversa da quella che vorrei vivere con il re. Ma, da amante, passeremmo il tempo insieme negli appartamenti privati, come fa Louis con *Madame de Pompadour*. Vederli in un ambiente così intimo è capire che sono veramente innamorati. Non è così, Renard?»

«È così. La cena, *ma fée*?» la invitò il duca.

«Eravamo in sedici strizzati intorno alla tavola del re, che è diventato molto animato e spiritoso e ha detto un mucchio di cose scherzose. Dirò questo di Louis di Francia. Quando è con gli amici è un essere completamente diverso da quello che è in mostra nelle grandi sale pubbliche. È vero che è timido con gli estranei e lo è stato anche con me, all'inizio. Ma vederlo con *Monsieur le Duc*, che lo mette sempre a suo agio, è un vero privilegio.

«Dopo la cena, il re ha congedato i servitori e, dovete credermi quando ve lo dico, è andato in una stanzetta appena fuori dalla sala da pranzo e lì ha preparato il caffè per tutti noi...»

«Ha sovrainteso i servitori?» la corresse Estée.

«No, *Madame*. Non c'erano servitori. Il re ha fatto il caffè con le sue mani.»

«*C'est vraiment incroyable!*»

«Proprio così, *Madame*. Con il caffè c'erano vassoi di *macarons,* torrone e frutta di stagione. I *macarons* erano deliziosi, così deliziosi che ho chiesto la ricetta al re...»

«Certo che l'avete fatto!» disse Vallentine, aggiungendo con una risata: «Non ditecelo: Louis non solo fa il caffè, ma prepara anche i dolci!»

«Non quei particolari *macarons*, no» rispose seria Antonia. «Ma mi ha confidato che ha osservato il suo chef mentre li faceva. C'è una cucina annessa agli appartamenti privati e a volte anche il re prepara i dolci. Dice che lo trova molto rilassante.»

«Beh, semmai il tuo chef si ammalasse, Roxton» aggiunse Vallentine compiaciuto, «sai a chi rivolgerti!»

«In cambio della ricetta per i suoi *macarons*» continuò Antonia nello stesso tono serio, «ho offerto allo chef di *Sa Majesté* la ricetta del torrone alle mandorle preferito da Vallentine.»

«Davvero?» Sua Signoria alzò altezzosamente il mento. «Senza dubbio quando ha sentito che il primo spadaccino di Francia e Inghilterra ha un torrone preferito, *Sa Majesté* ha colto al volo l'occasione di avere la ricetta.»

«Non direi che abbia colto al volo l'occasione» rispose il duca, con un lieve fremito delle labbra, «quanto che ha sputacchiato nel caffè.»

«Perché?»

«Antonia si è sentita costretta ad avvertire *Sa Majesté* dell'effetto che ha quel particolare torrone su di te.»

Vallentine impallidì. Fissò Antonia, mortificato. «Non l'avete fatto veramente!»

«Ma certo, Lucian» rispose Antonia. «In tutta coscienza non potevo offrire a *Sa Majesté* una ricetta per il torrone senza dirgli che quando lo mangiate poi soffrite terribilmente di *ballonements*, perché potrebbe affliggerlo allo stesso modo.» Si voltò verso il duca e gli chiese, come se non le fosse mai passato per la mente: «Era la cosa giusta da fare, vero, *Monseigneur*?»

«Naturalmente. Qualunque cosa mangi o beva il re o ciò che gli succede, è di vitale importanza, non solo per i suoi medici ma per il paese, ed è stato così fin dalla sua nascita. La Francia deve avere un re forte e in salute, non uno che soffra in qualunque modo, certamente non di *ballonnements et flatulences*, pancia gonfia e flatulenza. Ha sicuramente apprezzato la vostra preoccupazione per il suo benessere, *mignonne*.»

«Apprezzato?» borbottò Vallentine. «Tanto che i suoi medici devono aver pensato che stesse per avere un colpo apoplettico quando ha sputato nel caffè a mie spese! Non sarò più capace di guardarlo negli occhi.»

«Ma non avete mai guardato negli occhi *Sa Majesté*, Lucian» ribatté sua moglie, con gli occhi azzurri lucidi di lacrime per la risata. «In effetti, siete stato a corte solo perché c'era la presentazione di Antonia. Altrimenti, avete detto, niente e nessuno vi avrebbe trascinato lì!»

«La vostra abilità di spadaccino non è in dubbio» dichiarò il duca, aggiungendo con un sorriso sghembo, «Anche se... Se fossi un avversario e volessi avere un... ehm... vantaggio, vi offrirei sicuramente un po' di torrone prima dell'incontro.»

«La prima cena con il re ed è la *mia* reputazione che è in rovina!» disse Vallentine facendo il broncio, con un'occhiata di traverso alla duchessa. Poi si rivolse a Martin. «Se avete qualche disturbo alimentare, vi suggerisco di tenerlo per voi altrimenti *Sa Majesté* potrebbe venirlo a sapere!»

«Non vedo quale sia il problema se la famiglia, e altri, sanno che Martin ha un'avversione per gli asparagi, proprio come *Monseigneur*» aggiunse Antonia. «È il sapore che non piace a entrambi. Non è così, Martin?»

Martin inclinò la testa. «Proprio così, *Madame la Duchesse*.»

Il duca alzò un sopracciglio. «C'è qualcosa che *Madame la Duchesse* non sa di voi?»

«Se non lo sa adesso, lo saprà presto!» esclamò Sua Signoria sbuffando, prima che Martin potesse rispondere. «Ci estorcerà fino all'ultimo segreto, prima o poi!»

Antonia fece spallucce e disse compiaciuta: «Lo farò, ma solo se vorrete dirmeli.»

«*Touché, ma chère*» l'applaudì Estée.

«Adesso non incoraggiatela, amore mio!» rispose cupo Vallentine, ma l'allegria negli occhi azzurri sconfessava la sua irritazione.

«Vallentine, per favore non preoccupatevi che il re o quelli alla cena possano ricordarsi del torrone» lo tranquillizzò Antonia. «*Monsieur le Duc de Richelieu* è uscito molto peggio dal suo incontro con il gioco della farina ed è ciò che tutti ricorderanno della serata.» Guardò il duca. «Non avete forse detto che il re ha riso molto più forte mentre stavamo facendo quel gioco che in ogni altro momento durante la serata?»

«È così. E la pubblica, ehm, indignazione di *Monsieur le Duc de Richelieu* alla situazione imbarazzante è stata decisamente l'apice di qualunque delle cene del re a cui ho avuto il piacere di partecipare. Non mi sono mai divertito tanto. Grazie, *ma vie.*»

Antonia sorrise. «E questo mi rende felice.»

«Anche se penso che scopriremo che, nella sua veste di primo gentiluomo della camera, Richelieu si assicurerà che quel gioco non appaia mai nel menù degli intrattenimenti di *Sa Majesté.*»

Antonia sospirò ma non restò delusa. «*Monseigneur*, avete consigliato parecchie volte *Monsieur le Duc de Richelieu* di non partecipare al gioco. Ma più lo avvertivate, più lui era deciso ad unirsi a noi nel gioco.»

«Ah-ah-ah!» Vallentine scosse la testa guardando il duca. «Non ho dubbi che sia stato molto insistente nel consigliargli di *non* farsi coinvolgere!»

Il duca apparì sconsolato, ma gli occhi scuri scintillavano. «Ti assicuro, Lucian, ho cercato di fare del mio meglio per avvertirlo ma, purtroppo, senza successo.»

«Vi racconterò tutto dall'inizio» annunciò Antonia e aspettò che la sua famiglia si sistemasse prima di cominciare.

VENTIDUE

«**A**VEVO PORTATO delle sopravvesti per *Madame de Pompadour* e per me, da indossare sopra i nostri abiti in modo che le nuvole di farina non ci ricadessero addosso rovinandoli» disse loro Antonia e sorrise maliziosa. «Astuto da parte mia, *oui*? E ci siamo tolte le scarpe rimanendo con le sole calze. Abbiamo legato delle cuffie sui capelli, e tutto ciò che restava visibile erano le nostre facce. Sembravamo delle lavandaie, ma *Sa Majesté* e *Monseigneur* si sono complimentati con noi dicendo che eravamo molto graziose. Ovviamente sapevamo che volevano solo essere cortesi, perché ci vedevamo in uno specchio e *Madame* rideva come una ragazzina per quanto eravamo buffe. Nessuna di noi si preoccupava minimamente per come apparivamo dato che eravamo entrambe eccitate per il gioco.»

«Avrei voluto essere lì per vedervi» commentò Estée con un sospiro di delusione. «Per favore, raccontateci il resto!»

«*Sa Majesté* non aveva idea di che cosa sarebbe successo» continuò Antonia. «Ma *Monseigneur* sì perché gli avevo raccontato di aver fatto quel gioco con Theo a Natale a casa della nonna. Quindi, quando *Monseigneur* ha suggerito a *Sa Majesté* e al resto degli ospiti della cena di allontanare le sedie verso le pareti del salotto, dapprima Sua Maestà era riluttante perché voleva essere più vicino al mucchio di farina compressa in una grande forma da budino, ma quando si è reso conto che c'era la possibilità di coprirsi di farina ha fatto in fretta a chiedere ai servitori di spostare tutti verso le pareti.

«Siamo rimaste, *Madame* e io, al centro della stanza con quella montagna di farina su un vassoio messo su un piedestallo. Così potevamo muoverci liberamente intorno e tutti ci potevano vedere chiaramente. Sopra il mucchio di farina un servitore ha appoggiato piano un proiettile in modo che restasse lì in vista. Ciascuna di noi aveva un coltello da burro e a turno toglievamo una fetta del mucchio di farina, con l'obiettivo di far restare il proiettile in cima il più a lungo possibile, senza essere disturbato.

«Ma una volta che il proiettile fosse caduto nella farina per via di tutte le "fette" che venivano tolte coi coltelli, la persona che l'aveva disturbato doveva frugare nella farina e prenderlo, non con il coltello, ma con i denti.»

«*Mon Dieu*! Non riesco a credere che abbiate osato affondare la faccia in un mucchio di farina» commentò Estée senza fiato.

«Non mi meraviglia che ci siano state nuvole di farina» aggiunse Martin con una risata.

«Esattamente!» confermò Antonia. «Ma quello che dovete immaginare è che a quel punto avevamo tolto una gran parte della montagnola di farina, *Madame* e io, ed eravamo agitatissime mentre cercavamo di non disturbare il proiettile! Più piccolo diventava il *budino*, più era precaria la posizione del proiettile su quello che rimaneva, più diventavamo nervose e goffe. Potremmo aver strillato per il nervosismo, non lo ricordo con chiarezza. So che stavamo ridacchiando, il che rendeva il procedimento più rischioso ma anche più entusiasmante.» Antonia sorrise e aggiunge orgogliosamente, anche se non era necessario: «Ci stavamo comportando da sciocche, vero, *Monseigneur*?»

Il duca annuì, con le spalle che si scuotevano di ilarità al ricordo. Tossì nel pugno per schiarirsi la voce e disse con la voce tremante: «Prima che cadesse il proiettile, stavamo tutti ridendo con voi. *Sa Majesté* aveva le lacrime agli occhi e riusciva a malapena a parlare».

«Ma dov'era Richelieu, eh?» chiese Sua Signoria. «Pensavo si fosse inserito nel gioco?»

«Oh sì, è così, Vallentine» gli assicurò Antonia. «Ma prima che vi dicessi come *Monsieur le Duc de Richelieu* è finito coperto di farina, dovevate sapere come si stava svolgendo il gioco e quanto ci stessimo divertendo *Madame* e io.» Sorrise al duca, aggiungendo confidenzialmente agli altri: «Meno male che non erano presenti i medici del re perché sono sicura che avrebbero interrotto il gioco per paura che la sua reale maestà stesse avendo mal di cuore.

«Ma per dirvi di *Monsieur le Duc de Richelieu... Madame de Pompadour* e io avevamo scavato il *pudding* di farina fino a un terzo delle sue dimensioni e nel farlo eravamo riuscite a evitare di far salire nuvole di farina. Prima, cioè, che diventassimo più nervose e cominciassimo a ridacchiare. Ma è a quel punto che Richelieu ha deciso di partecipare. *Monseigneur* dice che l'ha fatto perché il re si stava divertendo e il gioco era un enorme successo e quell'intrattenimento non era uno che avesse procurato lui. Inoltre, ed è la cosa probabilmente più importante, è molto geloso dell'influenza che *Madame de Pompadour* ha sul re.

«Come vi ho detto, *Monseigneur* gli aveva consigliato di non partecipare perché non aveva un grembiule o un berretto. Ma Richelieu è anche molto orgoglioso e ha detto che lui non aveva bisogno di roba così ridicola perché non era una debole femmina. Si è vantato del fatto che, essendo un uomo, sarebbe riuscito a recuperare il proiettile senza disturbare un grammo di farina.»

«Ovviamente io l'ho incoraggiato a onorare la sua vanteria» disse il duca, «come uomo e perché, come primo gentiluomo della camera del re aveva il dovere di assicurarsi che tutti gli intrattenimenti del re fossero appropriati.»

«Sono sicuro che abbiate preso espertamente al laccio *Monsieur le Duc de Richelieu*» disse Martin con una risata.

«Laccio?» sbuffò Estée. «La caccia non ha niente a che vedere con...»

«Specialmente quando l'arroganza fa sì che si parli senza riflettere» rispose Roxton a Martin, poi, rivolto alla sorella, aggiunse a bassa voce: «Quando non sapete di che cosa si parla, ritraete gli artigli mia cara». Ad Antonia poi, con la voce più dolce: «*Mignonne*, per favore raccontateci dei tentativi di *Monsieur le Duc de Richelieu* di vincere al gioco».

«Eravamo riuscite a tenere il proiettile in cima a quello che restava del *pudding*» continuò Antonia, «e poi *Monsieur le Duc de Richelieu* si è fatto avanti con il suo coltello e ha cominciato a girare intorno al piedestallo, ispezionando quello che restava del mucchio di farina, cercando di decidere il modo migliore di inserire il coltello per fare un taglio e recuperare il proiettile allo stesso tempo! *Madame* e io ci siamo tirate indietro. Ci siamo lette nella mente perché ci siamo avvicinate e ci siamo prese per mano, anticipando il risultato dell'atteggiamento di *Monsieur le Duc de Richelieu*, senza dirci una parola! Allora ho dato un'occhiata a *Monseigneur* e ho visto che la pensavamo allo stesso modo! Stava ridendo con il re e *Madame* e io eravamo così felici di vederli così di buonumore che abbiamo cominciato a ridacchiare. E poi... è successo!

«*Monsieur le Duc de Richelieu* era così sicuro di sé che, quando si è avvicinato al piedestallo è inciampato nei propri piedi ed è finito a faccia in giù in mezzo alla farina. Puf! In un istante è salita in aria una nuvola di farina che poi gli è ricaduta addosso. Non solo gli è sparita la faccia nella farina, ma il suo abito da lutto, nero e magnificamente ricamato come quello di *Monseigneur*, si è ricoperto di farina tanto che sembrava vestito tutto di grigio...»

«*Oh là là*! Povero Richelieu» esclamò Estée, un po' ridendo e un po' ansimando e con ben poca compassione per il primo ciambellano del re.

«Per la sorpresa di aver inciampato, il duca si è dimenticato di chiudere la bocca e invece ha inspirato mentre cadeva nella farina» continuò Antonia dopo aver tirato forte il fiato per aggiungere un effetto drammatico al racconto. «E quanto è tornato ad alzarsi per respirare, sputacchiando e soffocando, ha affondato lo nocche nelle orbite e ha sbuffato grumi di farina dalle narici!»

«Scommetto che a questo punto tutti nella stanza erano in tumulto!» esclamò Sua Signoria, battendosi un ginocchio. «Vorrei esserci stato per vederlo!»

«Avrei voluto anch'io che ci foste, Vallentine» rispose Antonia. «Ci sono stati strilli e risate da parte dei commensali ma *Madame* e io eravamo così intente a finire il gioco che siamo corse oltre *Monsieur le Duc* che continuava a barcollare come se fosse cieco, per arrivare a quello che era rimasto del *budino* di farina. Senza esitare abbiamo affondato le facce nella farina, ma con gli occhi e la bocca chiusa, entrambe decise a essere la prima a recuperare il proiettile con i denti!» Si rimise seduta eretta, con le mani in grembo. «Ed ecco! La nostra serata giocando al *bullet pudding* davanti al re.» Voltò la faccia verso il duca sorridendo. «È stata una magnifica serata, vero, Renard?»

«Sì. Ci siamo divertiti tutti. Grazie a voi.»

«Beh? Chi ha preso per prima il proiettile?» chiese Sua Signoria. «E che cos'è successo a Richelieu dopo essersi tolto la farina dagli occhi?»

«*Madame de Pompadour* ha preso il proiettile e lo ha presentato a *Sa Majesté* fra gli applausi» disse loro Roxton.

«Glielo avete lasciato prendere!» Vallentine accusò Antonia.

«No, Vallentine. Volevo veramente prendere io quel proiettile» ribatté Antonia. Poi fece spallucce. «Ma forse *Madame* lo voleva di più, in modo che non finisse in possesso di *Monsieur le Duc de Richelieu*.»

«Ma non era probabile che lo prendesse, accecato com'era dalla farina e dopo aver fatto un vero disastro del suo vestito» ragionò Vallentine. «Sciocco!»

«Presentare il proiettile a *Sa Majesté* davanti agli amici di Louis e con Armand che guardava, è stato il *coup de grâce* di *Madame de Pompadour*.» Il duca sorrise e ammiccò ad Antonia. «Cosa per la quale sarà per sempre grata alla sua buona amica, la *Comtesse de Roucy*.»

«*Monseigneur*, lei mi piace molto e quindi sono contenta che abbia trovato il proiettile e dato una lezione a Richelieu.»

«La pensiamo allo stesso modo, *ma chérie*. Vi siete guadagnata un'alleata potente nella *maîtresse-en-titre*.»

«Mi chiedo come vedrà la regina l'amicizia di vostra moglie con la Pompadour» chiese Estée al duca, inarcando il sopracciglio perfettamente arcuato. «*Tante Philippe* avrà certamente qualcosa da dire su un membro della famiglia che prenderà il posto di dama di compagnia della regina e che è in rapporti intimi con quella *bourgeoise parvenue*. Sicuramente le due cose si escludono reciprocamente.»

Antonia passò lo sguardo dalla cognata a suo marito e poi tornò a guardare Estée.

«Non c'è bisogno che *Tante Philippe* o la regina si preoccupino, *Madame*, perché non intendo diventare una dama di compagnia.»

Estée rimase stupefatta.

«Come potete non farlo?» argomentò Estée, con un'occhiata diffidente a suo fratello. «Sono sicura che Roxton vi abbia spiegato che il titolo di *Comtesse de Roucy* comporta obblighi e responsabilità. La regina si aspetterà che svolgiate questi compiti, come ogni altro cortigiano.» Sbuffò. «Non si può semplicemente dire di no alle Loro Maestà.»

«Ma è ciò che ho fatto, *Madame*. Non passerò nemmeno un'ora come dama di compagnia della regina, perché significherebbe stare un'ora lontana da *Monseigneur* e da Julian e sarebbe *insupportable*.»

Estée guardò suo fratello, sbalordita. «Roxton! Diglielo! Non può non adempiere ai suoi doveri.»

Il duca rimase impassibile: «Non posso né voglio farlo.»

VENTITRÉ

«OVVIAMENTE, come duchessa, pensate di poter fare come volete» ribatté Estée. «E perché non dovreste crederlo, quando Roxton vi asseconda sempre. Ma devo ricordare a entrambi che cos'è successo l'ultima volta in cui un membro della nostra famiglia ha ignorato un ordine reale, e sto parlando di mia madre, non di Jean-Honoré, ed è finita con la sua caduta in disgrazia e il bando…»

Vallentine soffocò uno sbadiglio e disse all'orecchio della moglie: «La ragazza non ha bisogno di una predica alle due di notte…»

«Forse siete riuscito a fare l'impossibile ancora una volta» continuò Estée, ignorando suo marito e rivolgendosi a suo fratello. «Ho sentito che avete dato spettacolo nella sala degli specchi, dando una lezione alla Duras-Valfons, *tant mieux pour vous*. Sono sicura che Louis perdonerà l'infrazione all'etichetta perché anche lui vuole rimettere in riga Thérèse. Ma, *là*, nemmeno la vostra grande amicizia potrà fargli dimenticare gli obblighi di corte di vostra moglie…»

Il duca fissò sua sorella senza rivelare minimamente i suoi

pensieri e dopo aver accettato un bicchiere di brandy da Martin, le disse, prima di bere il primo sorso: «Quando siete stanca e agitata, il vostro sangue Salvan ribolle e trabocca come il latte sbollentato e inacidisce l'aria…» Bevve un sorso del liquido dorato e alzò nuovamente lo sguardo su sua sorella. «Pensate veramente che avrei sottoposto mia moglie e la mia famiglia al tedio che abbiamo dovuto sopportare oggi, se non avessi già avuto una risposta a quel dilemma?»

«Parlerò io del vostro ingegno» dichiarò allegramente Antonia.

«Vi prego, *ma fée*. Il mio umore è già migliorato con il vostro intervento.»

Dopo essersi scambiati uno sguardo amorevole, Antonia si rivolse alla coppia davanti a lei e incluse Martin nella sua spiegazione quando disse: «C'è un costume spesso usato a corte per cui un posto viene occupato non dal titolare ma da un membro della sua famiglia. È questo membro della famiglia che adempie a quei doveri, per uno stipendio.» Guardò il duca e poi tornò alla coppia. «È così che la posizione a corte resta nella stessa famiglia per generazioni. La cosa più importante è che il compito venga svolto, non da chi. Così sono tutti soddisfatti. Solo se non c'è nessuno che possa svolgerlo e il posto diventa vacante, il re, se vuole, può confiscarlo e rivenderlo al maggiore offerente.»

«Perdonatemi, *Madame la Duchesse*» chiese Martin, curioso. «Ma la posizione a corte di vostra nonna, la precedente *Comtesse de Roucy*, è rimasta vacante finora…?»

«Esatto, Martin» rispose Antonia. «Mia nonna è morta dieci anni prima che io nascessi, quindi non c'era nessuna parente che potesse occupare quella posizione.»

Estée sbuffò. «E immagino che sia successo che nessuno a corte, men che meno la regina, abbia notato, dopo la morte di vostra nonna, che aveva una dama di compagnia in meno?»

Il duca accennò a un sorriso. «Non l'hanno notato. Non l'ha

notato nessuno. Louis era ancora un ragazzino e non aveva ancora sposato Maria Leszczyńska quando è morta la *Comtesse*.»

«Questo risolve tutto allora!» proclamò fiducioso Vallentine, senza sapere minimamente che cosa si dovesse risolvere. Poi riuscì a chiedere una cosa rilevante che soprese tutti: «Che mansione di cruciale importanza svolge la *Comtesse de Roucy* come dama di compagnia di Sua Maestà, ragazza?»

«Oh, è *très important*, Vallentine» rispose solennemente Antonia, il tono della voce in conflitto con la scintilla negli occhi verdi. «La *Comtesse de Roucy* è incaricata dei guanti di *Sa Majesté*...»

«Si occupa dei guanti? Lo sapevo!» Vallentine ricadde sul divano e si batté la mano sulla fronte. «Buon Dio! Aspettare tutta la mattina in modo da poter infilare un guanto su una mano regale e poi dover correre lì di nuovo alla sera per toglierglielo! Se non è la definizione di obnubilante, non so che cos'è.» Ammiccò ad Antonia. «Scommetto che siete riuscita a formulare un piano astuto per cui non vi occuperete tanto presto dei guanti reali.»

«*C'est ça*. Continueremo con la nostra vita e non avrò bisogno di essere presente a palazzo per una sola ora. Ve l'ho detto, *Monseigneur* è scaltro. È tutto organizzato e con soddisfazione di tutti, perfino le Loro Maestà sono contente. E anche *Madame de Pompadour. Voilà!*»

«Intendete dire che i vostri compiti come *Comtesse de Roucy* saranno svolti da un altro membro della famiglia?» chiese lentamente Estée, prendendosi un momento per riflettere su quello che le aveva appena spiegato Antonia.

«Sì, *Madame*.»

«Si può sempre contare su vostro fratello per trovare una soluzione» dichiarò Vallentine alzando il balloon di brandy verso il duca. «E perché vorreste passare un singolo momento lontani l'uno dall'altra, eh? Comunque sono ancora curioso su come siete riuscito a convincere una qualsiasi delle parenti con le pigne in testa che conosco ad accettare un compito così profondamente noioso...»

«Come potete dire una cosa simile, Lucian» esclamò sua moglie, immediatamente irritata. «La posizione di dama di compagnia della regina è una che qualunque donna a corte, in effetti, ogni donna della nobiltà darebbe un canino per avere...»

«Se solo avessero i denti» borbottò Sua Signoria rimettendosi comodo. Ma le scapole si erano appena appoggiate contro il rivestimento di velluto che le parole successive di sua moglie lo fecero rimettere seduto diritto, con il brandy che sbatteva nel bicchiere.

«... e che io sarò onorata di accettare.»

«Eh?» Vallentine si voltò di colpo a guardare sua moglie, con le guance che perdevano il colore vedendo il suo sorriso compiaciuto. «Che cosa? Voi?» Scosse la testa avanti e indietro. «Oh no! Oh no! No! Sul mio cadavere!»

Estée ignorò la reazione drammatica di suo marito con un gesto indifferente e alzò i begli occhi al cielo. «Non siate così sorpreso, Lucian. Chi altri è più adatta ad assumere una posizione così prestigiosa se non la sorella di *Monsieur le Duc* e cognata della *Comtesse de Roucy*?»

«Prestigiosa?» la voce di Sua Signoria era acuta e sottile. «Non c'è niente di prestigioso nell'essere un'addetta ai guanti!»

«Dimostrate quanto poco ne sapete» rispose altezzosa Estée. «Guanti, calze, nastri o ventaglio. L'oggetto non ha importanza rispetto alla prossimità all'orecchio di *Sa Majesté*. E nessuno può essere più vicino di un'addetta ai guanti. Non è così, Roxton?»

Prima che il duca avesse tempo di rispondere, Vallentine si voltò verso di lui. Balzando in piedi puntò un lungo dito ossuto verso di lui. «Che cosa ti ho fatto per meritarlo?» sbottò.

«È una domanda retorica, Lucian?» rispose freddamente il duca.

«Vallentine! È maleducato puntare il dito su *Monsieur le Duc*» si lamentò Antonia, accigliata.

«Antonia ha ragione. Non puntate il dito su mio fratello» ordinò Estée a suo marito. «Non capisco perché siete arrabbiato quando questo grande onore concessomi non ha niente a che vedere con voi!»

«*Niente* a che vedere con me, eh?» ripeté Vallentine, digrignando i denti. «È quello che pensate voi. Ha *tutto* a che vedere con me!»

«Siediti, Lucian» gli ordinò sottovoce il duca.

«Tutte quelle stupidaggini prima sul vuotare il sacco e adesso sarebbe un buon momento per dire se hai un segreto! Ah!» continuò Vallentine, ignorando l'ordine di sedersi con le braccia che adesso si agitavano e uno sguardo furioso sul duca. «Vedo che cos'hai in mente! Permetterai a tua sorella di continuare con questa stupida idea di occupare una posizione a corte per tutto il tempo che ci vorrà per esaurirmi e sarò così miserabile da confessare tutto...»

«Lucian, non potete accusare mio fra...»

«No! No, moglie!» sbottò Sua Signoria, con un dito sulle labbra prima di tendere una mano verso di lei per farla stare zitta. «Avete avuto il vostro turno, ora tocca a me. So come finirà. Vostro fratello vince sempre, alla fine.» Si voltò di nuovo verso il duca. «Ma voglio che tu sappia, Roxton, che Ellicott non ha avuto nessuna parte in questo piccolo dramma... nessuna!»

Il duca guardò verso Martin che rimaneva fermo come un sasso accanto al carrello del tè, con il decanter del brandy in mano e cercava di essere il più possibile invisibile. Riportando lo sguardo su Vallentine, il duca disse piano: «Lo so, ma grazie per averlo dichiarato».

Sua Signoria sorrise mestamente. «Certo che lo sai! Come sai tutto il resto!»

Il duca chinò la testa ammettendo la verità di quella dichiarazione e riprese a sorseggiare il brandy, senza fare ulteriori commenti.

Estée si tamponò gli occhi umidi e guardò Antonia, confusa. «Non capisco che cosa sta succedendo, *ma très chère belle-sœur*. Stiamo ancora discutendo della vostra posizione come dama di compagnia o stanno parlando di tutt'altro? *Moi*, io mi sono persa.»

«Penso che siamo andati oltre quell'argomento, *Madame*» confessò Antonia sussurrando. «Anche se Vallentine sembra convinto che ci sia un collegamento tra la posizione a corte e ciò che sta per confessare a *Monseigneur*.»

Sua Signoria ingoiò il groppo che aveva in gola e si sforzò non solo di guardare Antonia, ma di fissarla nei limpidi occhi verdi. Erano senza malizia e il volto di Vallentine si riempì di senso di colpa. Le fece un piccolo inchino, sentendosi miserabile. «Vi chiedo perdono, *Madame la Duchesse*, ma sto per tradire la vostra fiducia.»

VENTIQUATTRO

Quando Antonia si mise seduta diritta, sgranando gli occhi e aprendo la bocca fino a formare un silenzioso *oh*, Vallentine seppe che lei aveva capito e il suo scoramento aumentò. Ma non gli impedì di rivolgersi all'amico e confessare.

«È tardi. In effetti è mattina presto e sono sicuro che vorremmo tutti essere nei nostri letti prima dell'alba, quindi arriverò subito al punto: ti ho nascosto una cosa.» Si permise un'occhiata veloce alla duchessa prima di rivolgersi nuovamente al duca. «È perché avevo fatto a *Madame la Duchesse* la promessa di non parlarti di-di…della lettera di Salvan. Non avrei dovuto farlo. Allora avevamo pensato entrambi, se riesci a credermi, che fosse la cosa giusta da fare.»

Sospirò e lasciò ricadere le mani lungo i fianchi.

«Ma lo sapevi già, vero? Probabilmente lo hai saputo fin dal momento in cui me l'ha mostrata e le ho fatto quella promessa. Ma sai una cosa?» Alzò il mento squadrato. «Anche se mi rincresce di averti nascosto un segreto, non rimpiango di averle fatto una promessa.» Guardò Antonia e poi puntò il dito in aria nella direzione di Roxton. «E l'ho fatto per te. Lei… Io… *noi*… speravamo di proteggerti. È così! Proteggere *te*. E tu che cosa pensi di me per averlo fatto? Che sono una canaglia e un traditore, ecco che cosa pensi!»

«Io non penso niente del genere, Lucian» ribatté il duca in un tono che suggeriva che fosse offeso da una simile accusa.

«Che lettera di Salvan? Di che cosa state blaterando, Lucian?» chiese Estée, passando lo sguardo dal marito, al fratello e alla cognata, per tornare al duca. «Stavamo discutendo della posizione a corte di Antonia ma adesso Lucian sta parlando di qualcosa di estremamente ridicolo! Salvan dovrebbe essere un-un *folle* per scrivere ad Antonia quando sa che farlo significa che manterrete la parola di ucciderlo. No! Non ci credo! Non lo rischierebbe mai! Qualcun altro ha scritto al suo posto e vuole che crediate che sia stato lui. Ci devono essere parecchi parenti, non ultime le vecchie zie, che farebbero una cosa così perversa. Dopotutto, se ucciderete Salvan, Montbelliard diventerà conte e quello piacerebbe moltissimo alla famiglia. No. Salvan è una creatura patetica ma di certo non è un idiota. Lucian! Antonia! Siete stati raggirati entrambi. Lucian! Sedetevi immediatamente accanto a me o mi sentirò veramente male e quello sveglierà il bambino e non avremo pace!»

«Vi sbagliate, moglie. Salvan *è* un idiota e *ha scritto* ad Antonia» dichiarò Vallentine, ancora ribollendo di rabbia. «E non mi siederò finché non avrò la parola di vostro fratello che non vi manderà a corte come una regale lacchè per punirmi del mio tradimento!» Voltò le spalle a sua moglie e guardò il duca. «E ora che ho confessato e mi sono scusato, la finirai di provocarmi e mi assicurerai che hai scelto una delle vostre squilibrate parenti Salvan per prendere il posto di Antonia a corte.»

«Vallentine» disse sommessamente Antonia, «è tutta colpa mia. Non dovete arrabbiarvi con *Monsieur le Duc*, ma con me. Lui è senza colpe e se pensate che manderebbe sua sorella a corte, e tutto per punire voi, non lo conoscete assolutamente! *Et c'est tout ce qu'il y a à dire là-dessus.*»

Si alzò in fretta dal divano e, con le sole calze ai piedi, si voltò verso il duca, con la schiena rivolta agli altri e gli mise le mani sulle ginocchia accavallate. Alzò gli occhi su quelli scuri del marito e lì, di nuovo vide quella scintilla di delusione. Si sentì sciagurata e mentre tirava tremante il fiato, tenne la testa alta e disse semplicemente: «*Monseigneur*, non potete incolpare Lucian. Ha solo fatto ciò che gli ho chiesto. Adesso capisco che non avrei dovuto metterlo in una posizione così difficile. Ma dice la verità quando asserisce che tutto ciò che volevamo era proteggervi. Quindi non dovete castigare lui, solo me». Il suo sorriso era tremulo. «Voi sapete… Dovete saperlo… Che non c'erano altri motivi per nascondervi la lettera di Salvan oltre al fatto che vi amo più di quello che possono dire le parole».

Il duca le coprì la mano con la sua e si prese un momento per controllare la propria emozione, poi disse piano: «Lo so, *ma vie*. Ma voi e io… Noi non possiamo avere segreti. Il matrimonio ci ha resi una persona sola e questo significa che condividiamo *tutto*. Mantenere dei segreti tra di noi ci porterebbe su una strada che nessuno dei due desidera. Ci sono quelli che cercheranno sempre di causare discordia, che cercheranno di mettersi tra di noi. Se non oggi, allora domani o il giorno dopo.

«Oggi è l'esempio perfetto. La *Comtesse Duras-Valfons* ha cercato di seminare dubbi tra di noi e ha fallito. Non ci è riuscita perché siamo sempre stati sinceri al suo riguardo e vi ha dato la sicurezza di occuparvi di lei quando vi ha affrontato, sicura nella certezza che non c'era niente che lei avrebbe potuto dire o fare che potesse creare una spaccatura nel nostro matrimonio. Sono eccezionalmente fiero di come l'avete gestita. Allo stesso modo, nascondere un segreto può ferire coloro che amiamo».

«Come obbligare Vallentine a scegliere tra di noi?»

«Proprio così.»

Antonia annuì. «Adesso lo capisco. Non ci avevo pensato in quel modo, ma avete ragione.» Alzò lo sguardo dalle dita del duca con le quali stava giocherellando. «Nessuno si metterà tra di noi, amico o nemico. Non lo permetterò mai.»

«Noi, insieme, non lo permetteremo mai.» Il duca la tirò vicina e disse in modo che solo lei potesse sentirlo: «Ne parleremo ancora in privato. Ma prima devo smettere di far soffrire Lucian e correggere le congetture di mia sorella riguardo ai vostri doveri di corte». Le sorrise negli occhi verdi. «E poi potremo andare nel nostro letto e dormire abbracciati fin dopo mezzogiorno.»

«Mi piacerebbe molto, *Monseigneur*! È stato lord Shrewsbury che vi ha rivelato che Salvan mi aveva scritto.»

Non era una domanda e il duca non esitò a chinare la testa per confermarlo. «Mi ha anche informato che è stata vostra nonna a fare da intermediaria per quella corrispondenza. Mi occuperò anche di Augusta al momento giusto.»

«Perché non mi avete detto prima d'ora che lo sapevate?» gli chiese Antonia incuriosita.

«E guastare la vostra presentazione a corte e i ricordi di questo giorno? Non potevo farlo.»

«Ah, *Monseigneur*, siete così premuroso» rispose Antonia con una vocina e ringoiò le lacrime. Prima di allontanarsi, si chinò e gli sfiorò la guancia con un bacio. «Non intendevo deludervi, ma so di averlo fatto e ne sono veramente dispiaciuta.»

«Basta segreti.»

«Basta segreti» ripeté Antonia con un sorriso, aggiungendo vivacemente: «E dato che siamo a domani, il ricordo di ieri resterà intatto e lo ricorderemo sempre in quel modo, *oui*?»

«Sempre.»

Antonia annuì e non aggiunse altro, riprendendo il suo posto accanto al marito e mettendo le mani in grembo sopra le voluminose sottane di seta nera. Si scusò con gli altri per aver voltato loro le spalle, aggiungendo senza che ce ne fosse bisogno: «Ma non potevo farne a meno perché dovevo chiarirlo subito tra di noi.»

VENTICINQUE

«Bene, sono lieto che entrambi vi sentiate meglio dopo il vostro *tête-à-tête*» dichiarò Sua Signoria con un sorrisetto sghembo, «ma lascia il resto di noi non meno miserabile e incerto!»

«Lucian, ci conosciamo fin dai tempi di Eton» disse il duca. «Eppure ci sono volte in cui ti comporti come se non mi conoscessi per niente. Antonia ha ragione. Dovresti conoscermi abbastanza bene da sapere che l'ultima cosa che voglio è rattristarti. Né abolirei mai il mio editto che proibisce a mia sorella di occupare una posizione a corte. Come ti ho spiegato, la presentazione di Antonia era una formalità che abbiamo dovuto sopportare perché desideravo che partecipasse alle piccole cene di Louis con me. Non desidero, né lo desidera lei, stare a corte, in qualsiasi veste.»

Guardò sua sorella. «Anche se il vostro lignaggio è impeccabile e senza dubbio le Loro Maestà e i vostri parenti Salvan approverebbero se diventaste una delle dame di compagnia della regina, voi non siete, né lo siete mai stata, abbastanza... ehm... agguerrita per un simile ruolo. Tengo troppo a voi, e a Lucian, per gettarvi in quel nido di vipere. Per prosperare in un tale ambiente velenoso ci vogliono un'intelligenza acuta e un'astuzia che non sono nelle vostre corde...»

«Mi ritenete una sciocca» esclamò Estée facendo il broncio e tirando su col naso.

«No. Ciò che avete è... ehm... un'acuta e fragile sensibilità» rispose il duca nel modo più diplomatico, «più adatta alla grande *hôtesse* di un salotto parigino che a una nobile serva della corona, presa in mezzo alle macchinazioni dietro le quinte di un ammezzato a palazzo.»

Estée si ammorbidì dopo quel discorso. Anche se avrebbe apprezzato il prestigio di essere una delle dame di compagnia della regina, era abbastanza pragmatica da sapere che la novità si sarebbe logorata in una settimana e che poi sarebbe stata infelice. E quando ci ripensò, fu d'accordo con suo fratello che i nobili francesi erano poco più di esaltati lacchè per il loro re. Suo fratello una volta le aveva detto che il nonno dell'attuale re, Louis XIV, aveva attirato i suoi nobili lontano dalle loro terre dando loro incarichi prestigiosi ma banali a corte, limitando così di fatto il loro potere, aggiungendo poi che la nobiltà inglese non si sarebbe mai fatta ingannare da un comportamento così subdolo da parte del loro monarca. L'ultima volta che un re Stuart aveva tentato una cosa simile, era stato spedito oltre la Manica e i nobili inglesi avevano offerto il trono a sua figlia e a suo genero.

A quel tempo, il suo nobile sangue francese era stato profondamente offeso da quella sintesi ma, ripensandoci dopo, dovette a malincuore dargli ragione. Razionale quando le serviva, Estée era lieta che il suo sangue fosse solo per metà francese, in modo da poter rivendicare la parentela con una casa ducale inglese. Inoltre, l'idea di essere il lacchè di chiunque, perfino della famiglia reale, era indegna di lei.

Eppure la infastidiva che non le avessero dato la possibilità di rifiutare la posizione di addetta ai guanti della regina, scavalcata da chiunque suo fratello ritenesse più adatta ad assumere i doveri della *Comtesse de Roucy*. Fu il motivo per cui, anche se era pronta ad acconsentire e a smettere di discutere quel punto con lui, continuò a fare il broncio e chiese in tono maligno: «Allora, quale ebete cugina Salvan è stata spinta dalla penuria di soldi ad accettare una simile infima posizione al servizio della regina?»

Il duca accennò un sorriso, senza sorprendersi per la risposta rancorosa di sua sorella, ma lieto che non ci sarebbero stati altri melodrammi. Comunque si aspettava che Estée non sarebbe stata per niente pacata una volta che avesse fatto il nome della cugina Salvan. Quindi, per il bene di Vallentine e Martin che ancora non sapevano, si assicurò di fornire una completa spiegazione prima di pronunciare il nome.

«Non è né stupida né povera. Non l'ha chiesto. In effetti è stata una sorpresa per lei quando *Madame la Duchesse* e io le abbiamo chiesto se sarebbe stata interessata a quella posizione. Anche se potrebbe apparire un'occupazione umile, occuparsi dei guanti di *Sa Majesté* in effetti è facile, la vicinanza con la regina mette la dama di compagnia al centro della casa reale. Da quel punto di osservazione è nella posizione unica di riferire tutto ciò che vede e sente...»

«Una spia?» lo interruppe Estée. «Per voi?»

«Per me e altri...»

«Per il nostro vecchio compagno di scuola Ned Shrewsbury, scommetto» dichiarò Vallentine schioccando le dita.

«Ned?» interruppe Estée che non capiva.

«Edward, lord Shrewsbury, è appena stato nominato capo dello spionaggio inglese, amore mio ed era a Eton con Roxton e me. Lo chiamavamo Spaniel, per ovvie ragioni.»

«Non è ovvio per me» dichiarò seria Estée.

Sua Signoria si toccò il naso e disse con una voce piena di significato: «Aveva sempre le orecchie a terra...»

«Ha le orecchie grandi?»

«No! Beh, sì. Ora che ci penso ha le orecchie grandi. Ma non è il motivo per cui lo avevamo soprannominato Spaniel. Gli spaniel scavano nel fango, scoprono le cose nascoste prima di voi, il che rende Ned molto adatto a scovare i segreti della gente, *compris?*»

Quando Estée spalancò gli occhi capendo, Martin Ellicott pensò che fosse l'occasione ideale per cogliere il momento.

«Perdonatemi, *Monsieur le Duc*, ma perché una donna francese dovrebbe volontariamente spiare a favore degli inglesi?»

La sua domanda pose fine alla discussione tra la coppia ed Estée si voltò a guardare Martin, offesa. «Una Salvan non tradirebbe mai il suo re!»

«È un'eccellente domanda. Tutto ciò che le ho chiesto è di mandarmi dei rapporti oggettivi sulla vita di corte» spiegò il duca, ignorando l'esclamazione di sua sorella. «Ciò che farò io con quei rapporti, scritti in codice e senza firma, sono affari miei e lei non desidera saperlo.»

«E in cambio di questi, uhm rapporti, lei è contenta di essere l'addetta ai guanti della regina?» domandò Sua Signoria. Si chinò verso Roxton e si indicò la tempia. «Sei sicuro che non sia un po' sempliciotta?»

Il duca sogghignò a quell'assurdità e dopo una schiacciatina d'occhio ad Antonia, disse a Vallentine. «*Madame la Duchesse* confermerà che la donna in questione non solo è una delle più intelligenti che abbia conosciuto, ma che è gratificante che sia una mia consanguinea. Ho piena fiducia nelle sue capacità e avrà successo nel suo nuovo ruolo, altrimenti non le avrei offerto quel posto.»

«Beh, è gratificante, come dici tu, sapere che non a tutti i Salvan manca una rotella!»

Estée si irritò immediatamente. «Lucian! Dimenticate che mio fratello e io siamo entrambi Salvan!»

«L'ho detto un centinaio di volte, voi e lui siete i migliori. E non siete una Salvan, siete una Hesham. Di sangue inglese che è stato contaminato con una goccia di francese...»

«Se posso fare un'altra domanda» interloquì Martin, ignorando la coppia che discuteva. Quando il duca agitò la mano, aggiunse: «Non riesco a immaginare che una donna intelligente abbia colto al volo la possibilità di essere al servizio della regina, che, da quanto dicono, è una creatura dolce ma ottusa e pia. Quindi mandarvi quei rapporti senza dubbio sarà stimolante, ma che cosa spera di ottenere per sé da quella posizione?»

«Ah! *Le parrain de Julian* è astuto, vero, *Monseigneur?*» rispose vivacemente Antonia. Posso rispondere io?» E quando il duca annuì, disse a Martin: «Un incarico a corte la porterà a stretto contatto quotidiano con *Madame de Pompadour*, il re e i loro amici. Il suo grande desiderio è diventare intima di *Madame* e, tramite quell'amicizia, favorire le ambizioni della sua famiglia, specialmente di suo suocero. Anche lui desidera fortemente essere amico della marchesa». Antonia sorrise al duca. «Siamo sicuri che la nuova addetta ai guanti della regina avrà un grande successo in tutto il suo operato, per noi e per l'avanzamento della sua famiglia, vero, *Monseigneur?*»

«Sì. Predico che lei e la *Marquise* diventeranno grandi amiche. Lei per nascita può essere una Salvan e suo padre essere il Generale-Duca, ma il suocero di *Madame* Haudry è un *Fermier Général* e quindi lei prova una grande empatia per l'amante del re. La Pompadour ha bisogno di un'alleata a corte che capisca l'ambiente ostile nel quale si trova. Prevedo che il re offrirà a *Monsieur le Fermier Général* un'alta carica di governo prima dell'estate.»

«E io predico... No! *Tante Philippe* detesta l'amante borghese del re» ribatté Estée. «Quindi non la vedo permettere a una delle sue parenti Salvan di fare amicizia con quella creatura...»

«*Tante Philippe* farà quello che le ordinerò» dichiarò il duca in tono definitivo. Guardò Sua Signoria, con un'occhiata a Martin per includerlo. «Avete un matrimonio a cui partecipare domani, quindi avete bisogno di qualche ora di sonno prima di quel… ehm… calvario.»

Fece per alzarsi, scuotendo i grandi risvolti, un segnale che la serata era alla fine. In piedi, tese la mano alla sua duchessa. Ma quando sua sorella emise un suono in fondo alla gola, come se stesse soffocando, si voltò verso di lei alzando un sopracciglio.

«Haudry? *Michelle* Haudry?» disse Estée con la voce roca, sbalordita, gli occhi sgranati per l'incredulità, quando finalmente recepì il nome. «Quindi questo è il vostro piano per la figlia in disgrazia del *Duc de Touraine*, diventare una dama di compagnia della regina, e lei ha accettato di *spiare* per voi?» Era incredula. «*Tante Philippe* e le nostre cugine Salvan potranno dover accettare i vostri piani, Roxton, ma nemmeno voi, con la vostra grande arroganza potete veramente credere di avere una tale influenza sulla regina e le sue dame di compagnia da far loro accettare la vostra candidata per la posizione di addetta ai guanti!»

«Ma è così, *Madame*» rispose allegramente Antonia, saltando giù dal divano per infilare i piedi nelle scarpine di velluto. Mise la mano in quella calda del duca. «E non dovete preoccuparvi inutilmente. È tutto sistemato e con soddisfazione di tutti. Dopo la mia presentazione alla regina e prima della nostra cena con il re, *Monsieur le Duc* e io siamo stati invitati nella *salle privée* della regina e lì abbiamo visto *Madame* Haudry accettare con grazia la posizione di addetta ai guanti di *Sa Majesté*. *Bonne nuit, très chère famille.*»

E con quelle parole, lei e il duca sparirono nella piccola nicchia della scala che portava alla loro camera. Sul secondo gradino, Antonia si voltò e gli mise al collo le braccia e fu sollevata in un amorevole abbraccio.

«Finalmente da soli! E voi, *mon homme adorable*, avete aspettato fin troppo a togliervi quei vestiti per ostentare solo per me la vostra grande arroganza.»

VENTISEI

IL POMERIGGIO seguente, quando Sua Signoria e Martin Ellicott furono riportati sotto la *porte-cochère* della villa, tornavano dall'aver assistito al matrimonio di Hubert Gabriel Louis Hyacinth Salvan Montbelliard con Elisabeth-Louise Salvan Gondi Touraine.

Il maggiordomo li condusse direttamente nella biblioteca dove trovarono il duca seduto alla sua scrivania. Era abbigliato da casa, con una banyan di seta a cineserie sopra una camicia bianca di lino tenuta a posto da una cravatta dello stesso tessuto, un panciotto di seta nera e calzoni di velluto, i piedi in un paio di morbide pantofole di marocchino. Stava suggellando le pagine piegate di una lettera con il sigillo ducale premuto nella cera calda. Una volta fatto, mise la lettera, con una mezza dozzina di altre, su un vassoio d'argento tenuto da un servitore in livrea che poi prese congedo per far spedire le lettere tramite il corriere più veloce del suo padrone. I due servitori sull'attenti accanto alle porte furono congedati, lasciando il duca da solo con Sua Signoria e Martin.

Si sedettero accanto al camino, dove avevano già sistemato la caffettiera e un carrello. Bisognoso di sonno, Vallentine appoggiò la guancia su un pugno per tenersi la testa e chiuse brevemente gli occhi. Calcolò di aver dormito meno di tre ore ed erano passate meno di dieci ore da quando era stato seduto in quel medesimo posto quella stessa mattina. Ma ciò che lo rendeva ancora più stanco erano le quattro coppe di punch forte che aveva ingurgitato al ricevimento nuziale. Quindi il caffè forte era essenziale per tenerlo sveglio.

Una mano appoggiata lieve sulla spalla e aprì gli occhi vedendo che Martin gliene aveva versato una tazza. E mentre lo assaporava in silenzio, era grato al suo compagno per aver comunicato al duca tutto ciò che era successo quella mattina presto, alla cerimonia tenuta nella chiesa di Notre Dame in *rue de la Paroisse*, e poi al piccolo ricevimento di nozze tenuto dall'altra parte della strada nell'elegante residenza di città di *Monsieur* Haudry in *rue Hoche*, da lui usata poco di frequente quando era in città per affari o per visitare la famiglia.

«L'unica parente Salvan che ha partecipato alla cerimonia era *Madame* Haudry, come avete ordinato, Vostra Grazia» gli disse Martin. «E dato che le sorelle di Montbelliard vivono a molte leghe di distanza, la presenza di Sua Signoria è stata molto apprezzata dallo sposo. Anche se, e sono sicuro che anche lui sarà d'accordo, la giovane coppia era così felice di essere finalmente davanti al *curé*, che ha notato appena chi c'era.»

«Un'ora e quaranta minuti! Un'intera ora e quaranta minuti, maledizione!» si lamentò Vallentine. «Senza contare prima e dopo il ricevimento nuziale. Non so voi, Ellicott, ma quando siamo finalmente scappati dalla chiesa ero pronto a ingurgitare più della mia parte del punch!»

«Il vostro giudizio sul ricevimento nuziale?»

Vallentine fece una smorfia e si riprese abbastanza da rispondere.

«Per quanto ne posso dire, c'erano i soliti avidi parenti, venuti a porre fine alle sofferenze dei vermi nei loro stomaci e a ficcare il naso dove non erano desiderati. Per i Salvan essere sotto il tetto opulento di un *Fermier Général* dev'essere stata una nuova esperienza e averli fatti diventare tutti verdi d'invidia!» Diede un'occhiata a Martin. «Una buona valutazione, non credete, Ellicott?»

Martin sorrise. «Direi di sì, milord…»

«Ehi! Ehi!» Vallentine agitò un dito. «Che cosa vi ho detto?»

«Direi di sì, Vallentine» si corresse Martin e arrossì.

«Meglio» rispose Sua Signoria e chiuse gli occhi sistemandosi meglio sui cuscini.

Il duca si rivolse a Martin, dicendo confidenzialmente, come se il suo miglior amico non fosse nella stanza: «Potrà sorprendervi, Martin, ciò che ho scoperto su Lucian quando eravamo ancora a Eton, cioè che quando ha bevuto a livelli che per altri sarebbero intollerabili, la sua mente diventa più lucida.»

Sorprese Martin, ma poi fece un'osservazione anche lui. «È stato un bene che aveste l'un l'altro come compagnia quando i vostri amici esageravano, perché, Vostra Grazia, non vi ho mai visto bere fino alla sregolatezza.»

«Non pensate che non abbia cercato di farlo ubriacare!» commentò Vallentine dalle profondità della poltrona.

«L'ironia, miei cari» disse il duca con un sorrisino e le guance magre lievemente arrossate, «è che la sregolatezza in tutte le sue forme si assapora meglio da sobri.» Riportando la conversazione al pensiero predominante, chiese a Martin: «Dalla stima del numero di ospiti al ricevimento nuziale, devo concludere che *Monsieur* Haudry non ha applicato i miei editti al di là della cerimonia. Ha invitato l'intera raccolta dei Salvan a godere della sua generosità…?»

«Membri selezionati, Vostra Grazia» rispose Martin. «*Madame* Haudry si è premurata di assicurarmi, dato che sapeva che stavo partecipando come vostro rappresentante e che quindi era come se stesse parlando con voi, che l'invito di suo suocero alla famiglia della sposa non faceva menzione della cerimonia ed era per i suoi parenti più prossimi. È stata sua nonna, *Madame* Touraine-Brissac ad assicurarsi che i parenti tenessero per loro l'invito. Devo dire, da quanto ho osservato dei presenti, che le vostre zie sembravano non sapere perché erano lì ed erano, come si dice, *pesci fuor d'acqua*, nella casa di un *Fermier Général*. È diventato chiaro solo quando sono arrivati gli sposi, gli ultimi a entrare nella sala con il *curé*, e quando *Monsieur* Haudry ha fatto un brindisi alla loro salute e felicità.»

«Quasi invidio la vostra presenza a questa fausta riunione» commentò il duca con un sogghigno soddisfatto. «Le vecchie zie avrebbero evocato lo scudo di quattro secoli e mezzo di nobiltà per proteggersi dall'ambiente opulento fornito da *Monsier le Fermier Général*. Che l'invito sia stato tenuto nascosto alla famiglia allargata e agli amici ha risparmiato loro una completa umiliazione. Spero che *Tante Philippe* sia stata giustamente castigata. Che abbia mostrato a entrambe le nipoti il giusto rispetto. Dopotutto, una è ora la moglie dell'erede del *Comte de Salvan* e l'altra è l'unica Salvan con un incarico a corte...» Colse il cipiglio di Martin. «Che cosa vi preoccupa?»

«Non tanto me, Vostra Grazia, quanto *Madame* Haudry. Ha commentato che *Madame* Touraine Brissac non era lei... che l'umore di sua nonna era insolitamente vivace.»

«In che senso?»

«*Madame* Haudry ha detto che sua nonna era arrivata al ricevimento con un luccichio negli occhi e un sorriso impastato sulla faccia, come se fosse al corrente di un segreto importante che conosceva solo lei. Ha detto che la *Marquise* aveva un'aria, e queste sono state le sue parole, di *segreto compiacimento.*»

«Ha fatto un'ipotesi su questo... ehm... atteggiamento?»

Vallentine si riscosse a sufficienza da commentare.

«Potrebbe essere il fatto di aver finalmente maritato la nipote, ritenuta non maritabile, all'erede del *Comte de Salvan.*»

«Molto vero, mil… Vallentine» confermò Martin ma disse al duca: «*Madame* Haudry ha sentito per caso sua nonna chiedere a *Monsieur* Haudry, e con i modi più cortesi, se avrebbe esteso alla coppia la sua generosità, permettendo loro di restare nella sua residenza di città per una settimana o forse due. Il programma era che passassero solo la prima notte di nozze e un'altra prima di partire per Arles.»

«*Tante Philippe* ha fatto questa richiesta direttamente al *Fermier Général?*»

«Sì, Vostra Grazia.»

«Che mortificazione per lei» rispose il duca senza la minima compassione. «Che motivo ha dato perché la coppia rinviasse il suo viaggio e restasse qui?»

«Ha detto a *Monsieur* Haudry che aspettava notizie entro la settimana prossima, notizie che la coppia avrebbe dovuto sentire in prima persona, e non dalla lontana provincia» gli disse Martin. «*Monsieur* Haudry ha acconsentito senza esitazioni alla sua richiesta e ha messo la sua residenza a disposizione della coppia per tutto il tempo che volevano. Ha chiesto se la notizia era che il padre della sposa, *Monsieur le Duc de Touraine*, aveva intenzione di far visita agli sposini. A quella domanda la marchesa ha risposto con un'educata risata che, anche se suo figlio era preso dai suoi doveri militari, c'era la possibilità che quando anche lui avesse sentito la notizia che lei stava aspettando, avrebbe chiesto una licenza a *Sa Majesté* per offrire le sue congratulazioni alla figlia e al genero.»

«Congratulazioni?» ripeté Roxton lievemente sorpreso. «È quella la parola che ha usato?» Quando Martin annuì, il duca si appoggiò allo schienale e rifletté per un momento. «Mi chiedo…» Poi disse ad alta voce ciò che pensava. «Far rinviare alla coppia il viaggio ad Arles avrebbe senso se mia zia sapesse della lettera di Salvan…»

«Cosa?» sbottò Vallentine e si mise eretto, più all'erta di

quanto fosse stato da quando era entrato nella biblioteca. «Com'è possibile che sappia che quel viscido verme ha scritto ad Antonia?»

«Non è stupida ed è politicamente astuta» rispose tranquillo il duca. «In assenza del figlio ha agito come capo della famiglia Touraine per anni. E dopo il suo bando, ha agito per conto di Salvan qui e a Parigi...»

«Salvan le avrebbe confidato la sua intenzione di scrivere a *Madame la Duchesse*?» si chiese Martin. «Certamente *Madame* Touraine-Brissac gli avrebbe sconsigliato una simile mossa suicida.»

«Oppure l'avrebbe incoraggiato» rispose misteriosamente Roxton. «Ma lei ha altri metodi... subdoli per ottenere le informazioni.»

«Metodi?» chiese Vallentine. «Quali?»

«Ha alcuni membri della polizia segreta francese al suo soldo» spiegò il duca. «Lo so perché io li pago di più. Sono anche in termini migliori con il *Lieutenant Général de Police* per Parigi, *Monsieur de Marville*. Anche se non me l'ha ancora confermato, possiamo sicuramente presumere che sia tramite questi contatti che *Tante Philippe* ha saputo della lettera di Salvan.»

«Potrà sapere della sua esistenza, ma potrebbe sapere che cosa ha scritto la serpe?» chiese Vallentine.

«Lo scopo di pagare la polizia segreta è di scoprirlo» ripose il duca. «Una volta che la lettera ha lasciato le mani di Salvan ed è arrivata a Parigi, ha trovato il modo di arrivare alla scrivania di un tirapiedi che lavora al dipartimento di polizia, il cui compito specifico è di esaminare la corrispondenza della nobiltà e di altri che il re ritiene di interesse.

«Salvan è uno di quelli, essendo un cortigiano in disgrazia, bandito con una *lettre de cachet*. La polizia segreta apre queste lettere, le legge e copia quelle che ritiene degne di un rapporto. Queste copie poi vengono riunite e mandate quotidianamente a

Monsieur le Marquis de Maurepas, che, come Ministro della Real Casa, è colui che riferisce queste informazioni a *Sa Majesté*. La lettera originale viene risigillata in modo esperto e mandata per la sua strada, senza che i corrispondenti ne sappiano qualcosa.

«L'ironia è che la polizia segreta non è segreta e nemmeno i suoi metodi. Si presume che tutte le lettere che passano per il servizio postale parigino siano potenzialmente aperte. È il motivo per cui io uso i miei corrieri e ho informatori nella polizia segreta che mi informano sugli altri.

«Per tornare alla lettera di Salvan… Una volta letta e fatte le copie, è stata risigillata e mandata in Inghilterra, alla nonna di Antonia, perché la includesse nella sua corrispondenza per Antonia…»

«Perdonatemi, Vostra Grazia» lo interruppe Martin, che stava elaborando tra sé e sé e dando un senso a tutto ciò che aveva detto Roxton. «Dato che gli inglesi hanno una sofisticata rete di spie e un dipartimento all'interno del governo che tratta di spionaggio, presumo che la lettera di un *Comte* francese in disgrazia alla nonna della duchessa di Roxton avrebbe messo all'erta i relativi tirapiedi.»

«Sì. Ed è così che ho… ehm… scoperto che Salvan aveva scritto ad Antonia.»

«Avrei dovuto essere io e non Spaniel a dirtelo» commentò impacciato Vallentine, con un'occhiata imbarazzata di sottecchi a Martin. «Maledizione, Roxton» ringhiò, dando un colpo al bracciolo imbottito della poltrona. «Mi si stringe lo stomaco ogni volta che penso che non ti ho avvertito!»

«È confortante sapere che almeno uno dei tuoi organi è pentito» rispose il duca. Espirò bruscamente e si mise diritto. «Ma dovrà continuare a stringersi solo per un po'; potrai redimerti, visto che ho bisogno dei suoi servigi…»

«Di' qualunque cosa e sono il tuo uomo!»

«Lo so, Lucian. Grazie.»

«È un peccato che un tirapiedi nella polizia segreta parigina non ti abbia avvertito della lettera di Salvan prima che partisse per Londra» notò distrattamente Sua Signoria.

«Veramente un peccato» mormorò il duca, stringendo i denti. «Ti assicuro che è stato solo un piccolo intoppo nella mia rete di informatori. Si stanno occupando dell'errore mentre ne parliamo.»

«Bene. Non c'è niente di peggio di un fannullone incompetente.»

«Siete preoccupato, Martin» disse il duca. Poi aggiunse con un sorrisino: «Non farò trucidare il fannullone incompetente, lo farò solamente rimuovere dal suo posto.»

«Non stavo pensando a quell'individuo, Vostra Grazia» ammise Martin. «Bisogna occuparsi rapidamente dell'incompetenza e duramente della slealtà…»

«Bravo!» interloquì Vallentine.

«Mi ha colpito un vostro precedente commento» continuò Martin. «Che *Madame* Touraine-Brissac possa aver incoraggiato Salvan a scrivere a *Madame la Duchesse*, conscia che una tale azione avrebbe messo in moto una catena di eventi che avrebbe portato alla dipartita del conte.»

«Vi esprimete sempre in questo modo, Ellicott?» chiese meravigliato Sua Signoria.

«Sì» dichiarò il duca con un sorriso soddisfatto.

«Penso di aver capito a che cosa mirate» disse Vallentine, «ma vediamo di metterlo in chiaro: state dicendo che *Tante Philippe* ha probabilmente messo in testa a Salvan di scrivere quella lettera sapendo bene che se l'avesse fatto Roxton avrebbe mantenuto la sua promessa di ucciderlo?»

Il duca chinò la testa. «Esattamente.»

Vallentine e Martin si guardarono nello stesso momento, sorrisero alla loro uguale reazione e Sua Signoria chiese senza mezzi termini: «Perché? Perché lo avrebbe fatto? È un verme, ma è sempre suo nipote.»

«Pensa, Lucian» disse il duca. «Quando Salvan morirà per mia mano, Montbelliard erediterà non solo il titolo di *Comte de Salvan*, ma ristabilirà anche la fortuna della famiglia e i loro incarichi a corte. Inoltre è giovane e *Tante Philippe* ritiene di poterlo manipolare molto meglio di quanto abbia mai potuto fare con Jean-Honoré.»

«Hai detto che *Tante Philippe* è politicamente astuta» disse Sua Signoria. «E se c'è lei dietro questa lettera, è più subdola di quanto avessi mai pensato! E ti dico un'altra cosa: non ho ancora conosciuto una nonna che mi piaccia!»

VENTISETTE

«TANTE PHILIPPE e Augusta Fitzstuart hanno molti tratti in comune, è vero» rispose il duca. «Sono entrambe intelligenti e subdole, ma mentre la prima usa le sue capacità per navigare le sale di Versailles e promuovere le fortune di famiglia, la seconda coltiva la sua vanità e i suoi appetiti carnali, permettendo alla sua intelligenza di stagnare e alla sua scaltrezza di diventare geloso dispetto. Entrambe sono spietate nel ritenere che il fine giustifica i mezzi. *Tante Philippe* farebbe qualsiasi cosa in suo potere per la sua famiglia, Augusta per se stessa. A nessuna delle due importa un fico secco chi ci va di mezzo.

«Ma sto divagando. Lucian, mi accompagnerai a Limoges, precisamente allo *Château d'Ambert*. Ho scritto a *Monsieur le Comte de Salvan* e ho spedito la lettera tramite il mio corriere più veloce. Saprà presto che sto arrivando per mantenere la mia parola e mettere fine alla sua vita. Voglio che tu sia il mio secondo...»

«Certo, sarà un mio privilegio» dichiarò Sua Signoria. «Sarà una partita a senso unico, finita prima di cominciare. Una fine veloce non è ciò che avevo in mente per Salvan, ma tremerà come una foglia appena avrà letto la tua lettera e resterà in uno stato di abietto terrore finché non sarà tutto finito. Mi sta bene. Ma ciò che mi domando è se esiste un gentiluomo in Francia che si farà volontariamente avanti per fungere da secondo della serpe. Se non si trova nessuno, come ti proponi di portare questa faccenda a una conclusione soddisfacente? E questo presumendo che Salvan accetti il duello.»

«Lo accetterà. Non ha scelta. E non disperare, si troverà un secondo. Ho scritto al *Duc de Touraine*, richiedendo la sua presenza per ufficializzare l'incontro. Il suo battaglione al momento è solo a una mezza giornata a cavallo da Limoges. L'ho incaricato di trovare un soldato tra i suoi uomini, un uomo con un onore impeccabile, pari a quello del duca, che funga da secondo a Salvan. In questo modo tutto avverrà, sarà registrato e riferito senza pregiudizi o macchie. Non permetterò che il mio nome sia insudiciato, né che sia esaltata la morte di Salvan sulla punta della mia spada.»

Quando il duca si alzò, lo fecero anche Vallentine e Martin. Sua Signoria si strofinò le mani.

«Quando partiamo?»

«Dopodomani. Sono già in atto i preparativi per il nostro viaggio e per far tornare le nostre mogli a Parigi.» Roxton guardò Martin. «Voglio che teniate compagnia alla duchessa. Avrà bisogno di voi; ancora di più se dovesse accadere l'impensabile. E Lucian» aggiunse in fretta prima che uno dei due potesse interrompere: «Temo che stasera e domani non saranno piacevoli per te, una volta che Estée saprà ciò che c'è in ballo...»

«Non hai intenzione di dirglielo tu?» chiese Vallentine, immediatamente pieno di terrore all'immagine della reazione eccessivamente melodrammatica di sua moglie. Ci sarebbero state lacrime, *fiumi* di lacrime, e cuscini lanciati e improperi. «Sei il capo della famiglia e suo fratello e quello che farà il duello con Salvan.»

«Non potrei negarti il diritto di un marito di informare sua moglie delle sue intenzioni di farmi da secondo» rispose il duca.

«Né potrei essere così prepotente da... ehm, far valere il mio rango.»

«Hai sicuramente scelto il momento giusto per trovare un po' di umiltà» borbottò Vallentine.

«Ed è mio diritto, come capo della famiglia» rispose il duca, facendo un educato inchino a suo cognato. Poi gli batté sulla spalla, dicendo senza artifizi: «Ho due notti e un giorno da passare con mia moglie e mio figlio prima che tu e io partiamo. Voglio passare il tempo con loro, da soli e senza interruzioni. È troppo da chiedere?»

Vallentine scosse la testa. «Per niente. Sono uno sciocco egoista.»

«Se posso darvi un consiglio, milord» disse Martin Ellicott a bassa voce. Quando Vallentine annuì, suggerì: «Per attenuare l'ansia di lady Vallentine e impedire alla sua mente di vagare e immaginare il più sconvolgente dei possibili risultati del duello di suo fratello con suo cugino, indirizzate i suoi pensieri ai prossimi vasti lavori di ristrutturazione dei vostri appartamenti all'Hôtel. In questo modo potrete evitare un lungo periodo passato a lenire le sue paure e le sue macabre fantasie. Non mi avete detto che non avete ancora concordato la scelta finale dei colori per...»

Gli occhi azzurri di Vallentine si spalancarono. Schioccò le dita. «I campioni! Accidenti. È un'idea magnifica!»

Andò alla scrivania del duca e aprì uno dei cassetti in fondo. Ne tolse un sacchetto di velluto pieno di campioni di tessuto e schede colore e lo sollevò, come se fosse la testa di un cervo che aveva appena abbattuto.

«So che cosa farò. Le darò la notizia su Limoges e immediatamente dopo, mentre sta ancora elaborandola e prima che possa cominciare a inventarsi tutta una serie di orribili scenari, farò la mia *contre-riposte*, tirerò fuori questo sacchetto e le dirò che sono ancora indeciso sui colori che ha scelto. Potrei anche impuntarmi e mentre lei starà facendo la sua *parade*, io farò *une flèche* dichiarando che le sue scelte non sono le mie.» Ridacchiò un po' a disagio. «Lei farà *une fente*, ma presumo che sarà efficacemente distratta. No! Sarà infuriata con me, spero finché partiremo per Limoges. Le impedirà di preoccuparsi inutilmente. Grazie, Ellicott. Siete impagabile.»

«E tu, Lucian, sei più coraggioso di ciascuno di noi» ribatté scherzoso il duca.

Lord Vallentine sorrise felice. «Vero?»

E con quella dichiarazione e il sacchetto di velluto su una spalla, Sua Signoria andò a incrociare verbalmente le spade con sua moglie.

Con Vallentine fuori dalla stanza, il duca tornò alla sua scrivania e si sedette dietro, offrendo a Martin la sedia opposta. Sul poggiamano davanti a lui c'era il *portefeuille* di pelle rossa lavorata e dorata con lo stemma ducale. Il duca appoggiò le lunghe dita sul simbolo del suo rango e della sua fortuna e guardò il suo ex-valletto.

«Qui ci sono diversi documenti che desidero che teniate al sicuro mentre sono via, uno di loro è il mio testamento, nel caso dovesse capitare l'impensabile e a Parigi tornassero solo i miei resti mortali...»

«Vostra Grazia, per favore! Non c'è la minima possibilità che succeda!»

«Non mi aspetto che succeda, ma sappiamo che Salvan non è una persona d'onore. Farà di tutto per salvare la sua carcassa mortale a spese della sua anima immortale. Quindi tutto è possibile» rispose Roxton con un sorriso sghembo. «E quindi si devono fare piani per tutte le eventualità, reali o immaginate.»

«E volete che sia *io* il custode di questi documenti? Perché non Sua Signoria, o un parente stimato...»

«E perché non voi? Io mi fido di voi...»

«Grazie, Vostra Grazia. Ma Vallentine è il vostro miglior amico!»

«Ho molti amici e stimati parenti, ma posso contare sulle dita di una mano quelli di cui mi fido. E voi dimenticate, Vallentine sarà con me.» Il duca tolse le dita dal *portefeuille* e appoggiò la schiena. «Se Antonia vi avesse mostrato la lettera di Salvan e vi avesse chiesto di non dirmi niente, voi che cosa avreste fatto?»

Martin non esitò a rispondere. «Le avrei sconsigliato una tale azione e fatto del mio meglio per convincerla a portarvi la lettera.»

«E se non avesse accettato il vostro consiglio e avesse comunque bruciato la lettera?»

«Non mi avrebbe impedito di dirvelo e dire a *Madame la Duchesse* che avevo intenzione di farlo.»

«È ciò che pensavo. Credo che, se si fosse confidata con voi, *Madame la Duchesse* avrebbe accettato il vostro consiglio...» Il duca fece un respiro profondo e poi si sistemò sulla sedia, «... e la situazione in cui ci troviamo si sarebbe risolta più in fretta e con meno... ehm... complicazioni. Ma sono consapevole che Antonia obbedisce sempre al suo cuore ed è una cosa per cui sarò sempre grato. Quindi non sono particolarmente scosso per come sono andate le cose.»

«Sapevate che sarebbe arrivato il giorno in cui avreste posto in atto la vostra minaccia di uccidere Salvan?»

«In effetti sì.»

«Mi avete detto che il *portefeuille* contiene il vostro testamento, Vostra Grazia, ma potrei sapere quali altri documenti desiderate che tenga al sicuro?»

«Insieme al mio testamento e parecchie lettere, c'è un documento, una lista di istruzioni, se volete, per la duchessa. Riguarda diverse proprietà non vincolate, parenti e persone che godono della mia munificenza, certi membri della servitù qui in Francia e in Inghilterra che devono ricevere dei particolari legati. E poi ci sono i miei desideri riguardo all'educazione di mio... *di nostro...* figlio.»

Roxton smise di parlare e seguì un lungo silenzio. Martin sapeva che il duca stava lottando con il tumulto interiore che riguardava la duchessa e il loro bambino. Nell'evento della sua morte, il duca si sarebbe lasciato indietro una giovane vedova inconsolabile e un infante. Non sfuggiva a Martin e, ne era sicuro, nemmeno al duca, che, se fosse successo sarebbe stata una tragedia familiare che si ripeteva.

Nella sua posizione di valletto, Martin era abituato a che il duca tenesse per sé i propri pensieri e a non parlare finché non gli avesse rivolto la parola. Ma nel suo nuovo ruolo di amico e confidente doveva far proseguire la conversazione, in modo che il duca potesse recuperare il suo sangue freddo.

«Vostra Grazia, avete menzionato delle lettere...? Che cosa volete che ne faccia... Spedirle...?»

«No, potrete consegnarle a mano. Due sono per la duchessa, l'altra per mio figlio, perché sua madre gliela consegni quando lo riterrà abbastanza grande da leggerne il contenuto. A proposito, tanto vale che sappiate che gli esecutori del mio testamento saranno *Madame la Duchesse,* il *Duc de Touraine,* lord Vallentine e la vostra stimata persona...»

«Buon Dio! Io?»

Il duca accennò un sorriso. «Sembrate inorridito. Vi ho sbalordito di nuovo. Ma non ho intenzione di chiedervi scusa.» Sospirò e aggiunse nella sua parlata lenta e ironica: «Il prezzo che si paga per far parte di una famiglia così illustre ed essere l'amico fidato del suo illustre capo. Un grave fardello per voi ma non per me...»

«Sono veramente onorato, Vostra Grazia» rispose Martin, ignorando il sarcasmo. «Non deluderò né voi né *Madame la Duchesse.*»

«Lo so, Martin, altrimenti non staremmo avendo questa conversazione. Se non mi interrompete, avrei altro da dire…»

«Certo, *pardon*!»

«Gli esecutori avranno giurisdizione su proprietà e introiti notevoli che resteranno in un fondo fiduciario finché mio figlio raggiungerà la maggiore età» spiegò il duca. «E ad Antonia ho dato mano libera sul resto dei miei affari e proprietà non vincolate. Non farà piacere a nessuno. È comprensibile dato che è giovane e una donna. Pensano già in molti che mi sia rimbecillito per averla sposata, ma non mi importa un fico secco delle opinioni di altri quando si tratta del mio matrimonio. Come sapete miro a soddisfare me stesso, in tutto.

«Ma darle questa… ehm… libertà, se dovesse diventare vedova, significa che dovrà affrontare opposizioni e ostacoli praticamente da tutti. Per superarli avrà bisogno di un confidente, qualcuno di cui potersi fidare senza dubbio alcuno, leale fino in fondo ma che non si tirerà indietro se dovrà dirle la verità e che ha nel cuore e nell'anima i suoi interessi e quelli di mio figlio. E per la mia pace mentale, devo sapere che lei ha quel qualcuno nella sua vita, sempre. Credo che quel qualcuno siate voi, Martin… È così?» Quando Martin sbatté gli occhi, ricacciò le lacrime e lasciò cadere la testa annuendo, il duca aggiunse dolcemente: «Ho bisogno di sentirvelo dire».

«Sì, Vostra Grazia. Sì. Con ogni fibra del mio essere.»

Il duca si alzò e Martin lo imitò. Ma alla frase che pronunciò Martin, il duca si sedette di nuovo.

VENTOTTO

«D ATO CHE VI siete così generosamente confidato con me e mi avete onorato con queste responsabilità nel caso in cui avvenisse l'impensabile, mi chiedo se Vostra Grazia mi permetterebbe di dirvi che cosa ho deciso del mio futuro.» Martin sorrise un po' diffidente. «Ci vorranno solo pochi momenti.»

Quando non seguì l'esempio del duca e non tornò a sedersi, Roxton fu spinto a chiedergli: «Desiderate restare in piedi per fare il vostro discorso?»

«Sì, Vostra Grazia.»

A quel punto il duca si appoggiò allo schienale e agitò una mano invitandolo a continuare. Martin si schiarì la voce tossicchiando dietro il pugno chiuso. Era nervoso, non solo perché si stava chiedendo se il duca avrebbe accettato la sua proposta, ma se l'avrebbe considerata un'enorme presunzione. Ma non l'avrebbe mai saputo se non avesse rivelato i suoi piani.

«Quando voi e la duchessa avete cambiato per sempre la mia vita, facendo di me un gentiluomo di mezzi indipendenti, mi avete fatto notare che avrei potuto maledirvi invece di ringraziarmi per averlo fatto. Senza la necessità di guadagnarmi da vivere e in grado di vivere come voglio, vi chiedevate come avrei riempito le mie giornate. Da allora ho riflettuto e ho una risposta.»

«Così presto?»

«Sì, Vostra Grazia.» Quando il duca non aggiunse nulla, Martin continuò: «Mi sono chiesto come avrei potuto ripagare la vostra gentilezza e generosità…»

«Non è quello che vogliamo la duchessa e io. Avete sprecato il vostro tempo.» Il duca sorrise ironico. «Ma dato che il tempo è vostro per farne ciò che volete, potete anche… ehm… sprecarlo come più vi piace.»

«Il mio desiderio è di essere d'aiuto a voi e a *Madame la Duchesse*» continuò con sincerità Martin. «E credo di aver trovato il modo.»

«Continuate.»

«La mia proposta, se è accettabile per entrambi, mi permetterebbe di dare il mio contributo a questa stimata famiglia e passare le mie giornate occupato con un'attività lavorativa.» Martin non riuscì a nascondere un sorriso. «Non credo che sarò più annoiato. Ogni giorno porterà nuove sfide e, senza dubbio, sorprese.»

«Ah. Adesso sono curioso.»

«Forse non avete ancora pensato a quando Julian smetterà le gonnelle. Ma io sì. So che, quando il mio figlioccio si metterà il primo paio di calzoni, lascerà la nursery e la compagnia esclusiva di servitori donne e comincerà il suo lungo percorso verso la virilità.

«Essendo il vostro erede, avrà il suo appartamento in una parte delle molte case che possedete dove si occuperanno dei bisogni specifici che comporta essere il vostro erede. Precettori accademici, un maestro di scherma, un altro per il portamento e la danza, uno per la musica, per l'equitazione e tutti i molti e vari istruttori necessari per l'educazione e lo sviluppo del prossimo duca di Roxton. Poi ci saranno i servitori necessari a gestire il suo domicilio, dai valletti ai cuochi, i camerieri e un sarto. Non c'è bisogno che ve lo dica, Vostra Grazia, ma li ho menzionati in modo che sappiate che ci ho pensato a lungo e per permettervi di riflettere sulla mia proposta.»

«Che è…?»

«Essendo il padrino di Julian, sarei onorato di assumere il ruolo di Maestro di Casa per lui» dichiarò Martin. «Naturalmente non presumerei mai di prendere una decisione riguardo alla sua vita senza consultare le Vostre Grazie, ma risparmierei volentieri a voi, e in particolare a *Madame la Duchesse* le decisioni necessarie per la gestione quotidiana della sua casa, come trattare con i servitori, i menu, destreggiarsi tra i vari maestri e precettori.

«Essendo sua madre, è naturale che *Madame la Duchesse* si preoccuperà una volta che Julian avrà il proprio *ménage*, anche se il figlio risiederà sotto lo stesso tetto. E, perdonatemi la presunzione, ma come figlia di un medico che qualcuno ha definito *radicale*, che le ha permesso di avere l'istruzione di un maschio e un'educazione unica, *Madame la Duchesse* potrebbe non apprezzare che Julian, come vostro erede, debba crescere in un modo particolare perché sia adatto a prendere il suo posto come sesto duca. Sono fiducioso che *Madame la Duchesse* darà la sua speciale concezione all'educazione di suo figlio e che Julian ne trarrà vantaggio. Ma credo che, se io fossi il Maestro di Casa di vostro figlio e una persona che lei consulterà sulle faccende di ogni giorno, *Madame la Duchesse* sarebbe meno incline a preoccuparsi e voi avreste meno a cui pensare e sarebbe mantenuta la tranquillità che vi aspettate in casa vostra.»

«Mio caro Martin, di certo avete riflettuto a fondo su questa faccenda. Posso chiedervi che cosa intendete fare ad interim, anche se ovviamente non sono affari miei, potete fare quello che volete quando volete. Ma sono sicuro che abbiate calcolato che ci vorranno quattro o cinque anni prima che possiate prendervi la responsabilità del *ménage* di mio figlio.»

«L'ho effettivamente preso in considerazione, Vostra Grazia» rispose Martin, inconsciamente appollaiandosi sul bordo della sedia e sorridendo al duca. «In quella manciata di anni, se Dio vorrà, ci saranno altri bambini da aggiungere alla nursery. Spero di poter essere di aiuto a *Madame la Duchesse*, in qualunque mansione richieda, mentre si occuperà dei bisogni dei suoi bambini da piccoli. E, perdonate la presunzione, posso smussare le sue preoccupazioni in modo che, quando arriverà il momento per Julian di lasciare la nursery, lei si sentirà rassicurata sapendo che sarò io la persona incaricata del suo *ménage*.»

Martin riprese fiato. Senza lasciarsi intimorire dall'imperscrutabilità del duca, una caratteristica con cui aveva avuto a che fare per due decenni e che faceva tremare le vene ai polsi a uomini di minor spessore, continuò: «So che Vostra Grazia avrà voce in tutte le eventuali discussioni con *Madame la Duchesse* quando si tratta dei vostri figli, ma dato che avete altre faccende di cui occuparvi riguardo le tenute e gli affari di stato in Inghilterra, il mio coinvolgimento almeno vi toglierà la necessità di partecipare alle discussioni preliminari riguardanti la vostra nursery.»

«E pensate che sarà sufficiente a occupare il vostro tempo in modo soddisfacente?»

«Sì, Vostra Grazia. Potrò, ogni tanto, passare qualche mese a Moran Hall ma, tranne quello, non ho altri piani, oltre a far parte di questa famiglia.»

Il duca gli credette eppure si sentì obbligato a chiedere: «Ed è vostro sincero desiderio essere il Maestro di Casa di mio figlio?»

«Sarebbe un grande onore per me, Vostra Grazia.»

Il duca si alzò e Martin lo imitò.

«Parlerò con *Madame la Duchesse* della vostra proposta ma penso di sapere che cosa dirà…»

«Spero vivamente che la troverà accettabile…»

«Accettabile?» ripeté Roxton e sospirò di gratitudine. «Lei, come me, sarà entusiasta, sapendo che il benessere di nostro figlio non potrebbe essere in mani migliori.»

«È molto gratificante, Vostra Grazia. Grazie.»

Il duca tese la mano sopra la scrivania e Martin gliela strinse con calore.

VENTINOVE

QUEL POMERIGGIO il duca aveva lasciato Antonia immersa nella vasca, con le sue *femmes de chambre* che le lavavano la cipria dai riccioli biondi lunghi fino alla vita e le toglievano il profumo, la cipria e il trucco necessari a corte. Ora, tornando nel loro appartamento dopo aver parlato con Martin, si aspettava di trovarla ad asciugarsi i capelli accanto al camino, leggendo.

Invece entrò nella loro camera scoprendo la portantina che le aveva regalato al suo compleanno parcheggiata accanto alle finestre. Non aveva i pali e la portiera era spalancata verso il panorama del parco reale. Sentì sua moglie e suo figlio prima di vederli. Antonia stava leggendo a voce alta e suo figlio strillava entusiasta.

Non erano da soli. Due cameriere stavano raccogliendo in un cesto le ultime strisce bagnate di tessuto con le quali avevano avvolto per la seconda volta i capelli della duchessa e un domestico stava preparando gli accessori per fare il caffè e una caffettiera d'argento sul suo piedestallo. Vedendo il duca si affrettarono ad andarsene.

Roxton si abbassò sotto la portiera della portantina e si prese un momento per mandare a memoria la scena incantevole di sua moglie e suo figlio chiusi fuori dal mondo.

Antonia era rannicchiata sul sedile imbottito rivestito di velluto, appoggiata alla parete tappezzata di seta con le ginocchia tirate verso di lei. Era *en déshabillé* con una banyan di seta sopra la *chemise* e le calze, avvolta in uno scialle di cachemire. I capelli erano raccolti in una lunga treccia appoggiata sopra una spalla, avvolta strettamente con strisce di tessuto per aiutare ad asciugarli. In grembo aveva il figlioletto.

In un pugno agitava un capo del nastro di satin legato intorno all'estremità della treccia di sua madre e nell'altra il manico d'argento di un bastoncino di corallo per la dentizione, circondato da piccoli campanelli d'argento. Ogni volta che muoveva la mano i campanelli tintinnavano e lui strillava di gioia.

«*Bonjour, ma très chère famille.*»

«*Monseigneur*! Siete finalmente tornato da noi! E appena in tempo. Céleste o Cécile saranno presto qui per allattare nuovamente Julian.» Si accigliò. «Non ha dormito bene la notte scorsa. Céleste non l'ha detto, ma io riesco a capirlo. Non è di buon umore, nonostante i suoi strilli. Penso che la dentizione lo tenga sveglio.»

«Nessuno che abbia il mal di denti è mai di buonumore» rispose il duca. Prese in braccio il figlio e fece un passo indietro per permettere ad Antonia di uscire dalla portantina. «Devo chiedermi perché il vostro mezzo di trasporto cittadino è nella nostra camera?»

«Mi sono fatta portare qua Julian nella portantina» rispose semplicemente Antonia, mentre si infilava le pantofole di broccato. «In questo modo non dimenticherà la gioia di viaggiare nella portantina di sua madre.» Alzò il volto per ricevere il suo bacio. «Grazie. Ci siete mancato.»

«E voi a me» disse il duca dandole un altro bacio leggero sulla fronte.

Andò con lei al sofà vicino al fuoco e, quando Antonia si fu sistemata, le rimise il figlio in grembo. Guardò il libro che Antonia aveva messo da parte sul tavolo basso con una piccola lettera sigillata infilata tra le pagine come segnalibro e chiese tranquillamente: «Quale particolare storia dei *Les Contes de Fées* gli stavate leggendo?»

«*Monseigneur*, non sono convinta che le storie di *Madame d'Aulony* siano adatte ai bambini» rispose Antonia con un pesante sospiro.

Fece voltare il duca che stava sistemando gli accessori per il caffè, che la guardò pensieroso, con la lattiera di porcellana in mano.

«Sono d'accordo. Alcuni dei racconti non sono adatti nemmeno per gli adulti. E questa, qual era *ma fée*?»

«*Le mouton*. Non l'avevo mai letta. Parla di un principe trasformato in montone da una fata cattiva e di una principessa il cui padre, il re, ne ordina la morte. Ma il boscaiolo non riesce a eseguire l'ordine, quindi uno degli animali della principessa, il suo cane, sacrifica la propria vita per salvare la sua. C'è ancora parecchio nella storia, ma non ho il coraggio di raccontarvi il resto, solo che il montone si innamora della principessa e muore di crepacuore quando lei tarda a tornare da lui.»

«È veramente sconvolgente, *ma belle*. Ma vi deve confortare il fatto che nostro figlio sia troppo giovane per capire ciò che leggete. Gli piace solo il suono della vostra voce.»

«Ed è il motivo per cui lo leggo con la voce allegra, per il suo bene. Volevo piangere perché il cane mi ricordava il povero Tan… Renard, quindi volevo che la storia finisse bene…»

«… che il montone si ritrasformasse in un bel principe in modo che lui e la bella principessa potessero vivere per sempre felice e contenti?»

Antonia baciò la guancia rosea di suo figlio e sorrise al duca. «Sì, proprio come noi!»

Roxton fece un'involontaria risata. «Proprio come noi.»

Tornò a preparare il loro caffè e glielo portò su un vassoio d'argento con due tazze e un piatto di delicati pasticcini. Li mise sul tavolo basso davanti al sofà e si sedete accanto a lei. Poi si mise in grembo il bambino in modo che Antonia potesse bere il suo caffè.

«Penso che tornerò a leggergli Tacito» dichiarò Antonia. «O Svetonio o Livio, uno qualunque dei vecchi autori sarebbe molto meglio di queste raccapriccianti favole.»

«I Giulio-Claudii sono molto meno spaventosi» scherzò il duca.

«*Monseigneur*, l'avete detto voi stesso. A Julian non interessa che cosa leggo ad alta voce, solo che lo faccia.» Poi aggiunse con un sorriso impudente. «Quindi leggerò per il mio piacere.» Sorseggiò il caffè e con un pensiero improvviso disse enfaticamente: «Non credo che vostro padre vi avrebbe letto i racconti di *Madame d'Aulony*».

«Non ricordo che lo abbia fatto, solo che leggeva ad alta voce per me e spesso.»

«Sono bei ricordi da avere. Ma no, non vi avrebbe letto *Les contes des Fées*.»

«Ne siete convinta. Perché? Perché le storie sono, ehm, spiacevoli?»

«Quasi tutti direbbero che dato che sono favole e non devono essere credute, non importa se sono orride» argomentò Antonia. «Ma c'è sempre un elemento di verità in ogni storia. Ma queste in particolare non solo sono la materia di cui sono fatti gli incubi, sono anche molto tristi.» Lo guardò negli occhi. «Quanto a vostro padre, sarebbero state ancora più spiacevoli perché gli avrebbero ricordato *suo* padre.»

«Perché, *mignonne*?»

«Perché vostro nonno vive in molti orribili modi in queste favole.»

«Allora consegneremo le storie di *Madame D'Aulony* a uno scaffale, a raccogliere polvere.»

Antonia non riuscì a farne a meno… ridacchiò portandosi la mano alla bocca. «*Pardon, Monseigneur.* Ma non vi farà piacere sapere dove ha trovato questo libro Jean-Luc. Tra la polvere!»

Roxton finse di essere sbalordito! «*Mon Dieu*! C'è polvere nella mia biblioteca?»

«È la polvere che vi fa inorridire più delle favole.»

«Ma certo, *ma vie*.» Gli tremò la bocca ma disse in tono perfettamente serio: «Mio nonno era un mostro, ma perfino lui aveva degli standard. Ah! E adesso è ora che il mio erede torni alla nursery» aggiunse con una voce completamente diversa e in inglese, intravedendo una *nourrice* e una delle cameriere accanto alla *portière*. «E per i suoi genitori di avere finalmente un po' di tempo per loro.»

TRENTA

FINIRONO IL CAFFÈ in un silenzio amichevole, poi Antonia disse, mettendo da parte la tazza vuota: «Con il vostro permesso, vorrei portare Jean-Luc a Parigi con noi».

«C'è un motivo particolare per avere la sua compagnia?»

«È per fare in modo che passi un po' più di tempo con le *nourrices* e i loro figli. Sono tutti affezionati a lui e a lui piace la loro compagnia. Legge ai bambini. È anche ansioso di rimettere al loro posto i libri che abbiamo portato con noi e fare quello che potrà chiedergli il vostro bibliotecario. Non credo che sarebbe un bene per lui restare qui da solo in una casa vuota e silenziosa.»

«Allora dovrà venire con voi.»

«Grazie, *Monseigneur*. Farà piacere… oh! A tutti!»

«Anche Martin accompagnerà voi ed Estée all'Hôtel mentre Vallentine e io siamo via.»

«Sono lieta che Lucian sarà con voi, ma *Madame* non sarà contenta della sua assenza.»

«Un eufemismo, *ma fée*. Ululerà per tutta la strada da qui al *Pont Neuf*. Motivo per cui viaggerete su due carrozze separate. Ho anche ordinato che i carri con i mobili e i bauli e le carrozze con i servitori si frappongano tra di voi nel convoglio.»

Antonia sorrise. «È stato molto premuroso da parte vostra. Martin e io potremo fare un viaggio piacevole dopotutto.» Sospirò pesantemente. «Ma in verità non credo che noterei gli ululati di *Madame* perché sarò troppo occupata a preoccuparmi per voi.»

«Venite qua, *ma belle*» la invitò il duca. Quando scivolò giù dal sofà per essere accolta tra le sue braccia, le disse gentilmente: «Non posso dirvi di *non* preoccuparvi. Certo che lo farete. Tutto ciò che vi chiedo è di non permettere alla vostra mente di vagare immaginando cose che sono la materia delle favole di *Madame d'Aulony*. Ritornerò da voi e Julian, senza un graffio. Vi do la mia parola. E io mantengo sempre la parola, vero?»

«So, in fondo al cuore, che tornerete da noi. Ma niente è mai diretto con Salvan. È come una di quelle mitiche creature che si trovano nelle pagine dei *Contes des Fées*. È capace di grande malvagità. Ed è per quello che mi preoccupo. E dato che stiamo parlando di lui, ho qualcosa per voi.»

Quando si spostò nelle sue braccia, il duca la lasciò andare e Antonia allungò la mano verso il libro sul tavolino. Ne tolse il segnalibro e glielo porse. Era un biglietto sigillato.

«L'ho trovato nella scatola con i fazzoletti che *Tante Victoire* mi aveva mandato per il mio compleanno. Quando l'ho riconosciuto non ho rotto il sigillo. All'inizio non sapevo che cosa farne, quindi l'ho lasciato nella scatola e ho cercato di dimenticare che fosse lì.» Il suo sorriso era trepidante. «Ma la nostra promessa di rivelare tutti i nostri segreti mi ha rammentato che lo avevo ancora, quindi eccolo, fatene ciò che volete. Niente segreti, *mon mari bien-aimé*.»

Il duca girò il biglietto. Premuto nella cera rossa c'era il sigillo della Casa Salvan. Strinse i denti. Il suo primo pensiero fu che non vedeva l'ora di incrociare le spade con suo cugino per mettere fine una volta per tutte alla sua insidiosa interferenza nella sua vita. Poi domò la sua rabbia perché non voleva permettere alla sua ira nei confronti di Salvan di intromettersi in quel preziosissimo tempo passato con sua moglie. Né avrebbe rivolto un altro pensiero a suo cugino finché non fosse stato il momento di partire per Limoges.

A tal fine si alzò e tese la mano.

Andarono verso il camino e il duca consegnò alle fiamme la nota di Salvan, ancora sigillata. Restarono a guardare le strette pieghe della pergamena che si annerivano e si arricciavano per poi incendiarsi. Quando divenne cenere, fu Antonia che ruppe il silenzio. Mise le mani sul davanti della banyan di seta del duca e alzò gli occhi su di lui. Ciò che disse poi lo sorprese perché era l'ultima cosa che aveva in mente.

«Renard, non credo che troverete una spia tra i nostri dipendenti, perché non è una spia nel vero senso della parola.»

Il duca ci pensò e poi disse: «Se non una spia, allora chi pensate stia fornendo rapporti sulle nostre vite non solo alle vecchie zie, ma anche a vostra nonna?»

Antonia sorrise radiosa e prendendogli la mano lo ricondusse al sofà. «Sapevo che avreste capito *immédiatement*.» Rannicchiandosi sui cuscini davanti a lui, continuò, animata come prima. «Non sapevo, ma sono sicura che voi ne siate al corrente, che la maggior parte dei nostri servitori sono le sorelle o i fratelli, le zie e gli zii, o hanno qualche altro rapporto di parentela, di altri servitori nelle grandi casate. Sapevo che il nostro ex-cocchiere Baptiste è il cognato del nostro maggiordomo Duvalier, ma non avrei mai immaginato quanto fossero complessi gli intrecci delle parentele dei servitori impiegati dalla nobiltà qui in Francia. Dev'essere la stessa cosa anche in Inghilterra, *oui*? E non solo la nobiltà, ma anche le case dei *Fermiers Généraux*.» Spalancò gli occhi. «L'ho scoperto quando Gabrielle mi ha detto che *tutte* le sue sorelle sono cameriere in case nobiliari qui e a Parigi. È *incroyable, oui*?»

«Gabrielle? Quante sorelle ha in servizio la vostra cameriera personale?»

«Tre. Yvette è la maggiore ed è la cameriera personale di *Madame*. Poi viene Giselle che è la cameriera di Elisabeth-Louise Salvan Gondi Touraine… oh! Che ora è *Madame* Montbelliard. Rose è la cameriera della sorella di Elisabeth-Louise, Michelle, *Madame* Haudry. E poi qui c'è la mia Gabrielle che è la più giovane. Gabrielle mi ha detto che non è una coincidenza che Michelle Haudry viva nella villa accanto alla nostra, perché era stata lei a informare sua sorella Rose, la cameriera personale di *Madame* Haudry, che la casa accanto sarebbe stata affittata.»

Il duca ci pensò per un momento e poi disse: «Estée deve aver consultato la sua cameriera personale quando le ho chiesto di procurare una cameriera per voi, quando vi ho portato all'Hôtel la prima volta…»

«… e Yvette ha raccomandato sua sorella Gabrielle per il posto» esclamò soddisfatta Antonia. «*Et voilà*! È così che si sistema tutto.»

Il suo entusiasmo lo fece sorridere. Le baciò il palmo della mano, dicendo sulla punta delle dita: «Allora mi state dicendo che pensate che siano queste sorelle a riferire delle nostre vite ad altri?»

Antonia si accigliò, pensando. «Renard, non credo che sia fatto con malizia e nemmeno deliberatamente, ma nel modo in cui viaggiano i pettegolezzi di bocca in bocca.» Fece spallucce. «Sono sorelle. Non ho mai avuto una sorella, ma so che parlano tra di loro. Sarebbe facile per Yvette e Gabrielle, che sono qui nella stessa casa. Mangiano sicuramente insieme nella sala dei servitori e si incroceranno sulle scale.

«E adesso hanno entrambe la possibilità di vedere più spesso Rose dato che risiede alla porta accanto con la famiglia Haudry. Ma non penso che vedano spesso Giselle. L'ho conosciuta a casa di *Tante Philippe* quando mi avete trovata ad allattare il figlioletto in angustie della *Comtesse*. È circospetta, che è più di quello che si può dire della sua padrona, Elisabeth-Louise.»

«Quindi possiamo scartare Giselle come la sorella che diffonde... ehm... pettegolezzi su di noi?»

«Sì! Ma non ho mai conosciuto Rose, quindi non posso commentare su che posto occupi in questo piccolo mistero.»

Il duca nascose un sorriso e mantenne un'espressione neutra per paura che Antonia potesse ritenerlo insincero e che non prendesse sul serio i suoi ragionamenti. Quando in effetti lo impressionava che la sua ipotesi riguardo all'identità della spia tra di loro potesse essere quella giusta.

«Dato che Giselle e Rose non risiedono sotto il nostro tetto, si limiterebbero a ricevere i pettegolezzi...»

«Ma non potrebbero poi riferirli?»

«Vero. Eppure, dato che Giselle è circospetta e Rose serve *Madame* Haudry e quindi non si muove nella stessa cerchia delle sue sorelle, impiegate in case nobili, penso che possiamo scartare anche lei. Il che lascia le altre due sorelle: la cameriera personale di Estée... Yvette?» Quando Antonia annuì, il duca continuò: «Yvette e la vostra Gabrielle. Ma quale delle due è l'inconsapevole spia? O lo sono entrambe?»

«*Monseigneur*, non conosco Yvette, ma conosco bene Gabrielle. È giovane e ingenua, ma non è una spia.»

«Qual è il vostro ragionamento, *mignonne*?» chiese in tono lieve, ma questa volta non riuscì a nascondere il sorriso, perché la cameriera personale di Antonia aveva parecchi anni più di lei.

Antonia sembrò leggergli nei pensieri quando disse con un broncio, fingendosi offesa: «Non ho dimenticato che Gabrielle è più vecchia di me. Ma ha poca esperienza del mondo, tranne la sua casa e le nostre residenze qui in Francia e in Inghilterra». Smise di fare il broncio e i suoi occhi scintillarono. «Mentre la mia esperienza di... Oh! praticamente tutta, la devo a *Monsieur le Duc de Roxton*.»

«E al vostro stimato padre, che ha coltivato la vostra intelligenza, la curiosità insaziabile e la vostra meravigliosa franchezza...»

«Tutte cose che *Monsieur le Duc* apprezza grandemente» rispose allegramente Antonia. «Forse più di tutte la curiosità.»

«È quello che pensate?»

Antonia lo guardò di sottecchi. «Certamente, in camera da letto.»

Roxton ansimò, fingendo di essere colpito. Poi la tirò tra le braccia. «E ogni altra stanza scegliate» mormorò baciandola.

«Sono veramente curiosa riguardo a questa stanza...»

«Civetta...»

Antonia ridacchiò e il duca con lei mentre affondavano di più nei cuscini del sofà.

TRENTUNO

QUANTO FINALMENTE riemersero per respirare, in disordine e soddisfatti, il duca era allungato sul sofà, con una mano sotto la testa e Antonia rannicchiata contro di lui. La duchessa alzò la testa dal suo petto, tornando all'argomento delle spie.

«Renard, quando parliamo in privato, lo facciamo spesso in inglese o in italiano, quindi Gabrielle e i nostri servitori non possono capire molto di quello che stiamo dicendo.»

«Non credo che la vostra cameriera sia minimamente interessata in quale lingua discutiamo i Giulio-Claudii o le cause delle guerre del Peloponneso o da che parte stiamo nel conflitto tra Scipione l'Africano e Annibale. Quello che interessa sono la nostra vita quotidiana e le interazioni. E credo di sapere come fanno…»

«Lo sapevo!» esclamò felice Antonia e tornò a rannicchiarsi. «Per favore spiegatemelo.»

«Sappiamo che le nostre vite, e parlo in senso generale della nobiltà, forniscono a quelli che ci servono una sovrabbondanza di pettegolezzi, che scambiano con i loro colleghi, semplicemente per puro divertimento, cosa innocua se resta tra di loro. E poi ci sono quelli che sono meno leali e più venali e che cercano di farsi pagare per fornire ad altri quei bocconcini allettanti. Li vendono e coloro che comprano quei pettegolezzi hanno le loro ragioni per volerci far del male.»

«Per *grand-mère* è perché è perfida e gelosa. E quanto ai Salvan, loro desiderano sgonfiare la vostra enorme arroganza perché avete mandato in esilio il capo della loro famiglia, *oui*?»

«Proprio così, *mignonne*... E alcuni si risentono solo perché sono il confidente del re. Cortigiani ambiziosi hanno spesso tentato di umiliarmi, sperando che perdessi il favore di Louis...»

«Ma non vi è mai importato dell'opinione di altri, quindi come possono umiliarvi?»

«Ma mi importa moltissimo che *voi* non restiate impantanata nei loro intrighi repellenti. Stanno usando questi metodi sgradevoli con l'amante di Louis. La Pompadour sembra fragile...»

«È molto bella e delicata» dichiarò Antonia.

«Non bella come voi, *ma fée*, e le manca il vostro spirito.»

«Ah, vi amo per averlo detto, *mon amour*. La sua bellezza e la sua fragilità devono confondere i suoi nemici che pensano che sia anche debole di mente?»

«Impareranno molto presto, a loro danno, che quella fragilità nasconde nervi scolpiti nel marmo. La marchesa avrà bisogno di impiegare il suo acuto intelletto per superare in astuzia i suoi opponenti, ma vincerà.»

Antonia si accigliò. «Ma, Renard, sicuramente nessuno dei nostri servitori personali ci tradirebbe?»

«Li pago sicuramente abbastanza per la loro lealtà» ribatté il duca.

«*Madame* vi rimprovererebbe dicendo che è così che pensano i mercanti» scherzò Antonia. «I mercanti pagano per avere lealtà ma i duchi sono di nobile nascita e questo dovrebbe bastare a chiunque voglia servirvi.»

«I miei nobili fratelli, che vivono a credito, usando il loro buon nome e il titolo come garanzia, si aspettano che coloro che li servono e i mercanti che vogliono che diventino loro clienti, siano grati di avere il loro patrocinio. Pagare i loro conti è l'ultima cosa a cui pensano, e spesso sono i loro eredi quelli a cui resta un enorme debito. Io non permetterò che succeda ai nostri figli...»

«Perché siete un buon padrone e un buon padre» dichiarò Antonia. «E soprattutto un meraviglioso marito.»

Il duca sorrise e l'abbracciò. «Vi ringrazio perché credete in me, *ma vie*. In verità, sono sempre stato pragmatico. Non voglio essere in debito con nessuno. Ho sempre pagato bene e puntualmente per avere un servizio eccezionale, per essere sicuro che sia veloce e ben fatto; la lealtà è una considerazione secondaria, sebbene mi aspetti anche quella.»

«Siete troppo duro con voi stesso, *Monseigneur*. I vostri servitori sono leali perché siete un padrone benevolo, come vostro padre prima di voi. Dopo il nostro matrimonio, ho chiesto di lui e ho scoperto che ci sono servitori qui alla villa, e all'Hôtel, che l'avevano servito e parlano di lord Alston con grande affetto.»

«Era sicuramente l'antitesi di *suo* padre.»

«Sono lieta di aver dato a Julian il suo nome, e ne sono contenti anche loro. Dicono che è un segno che anche lui sarà un padrone gentile, come suo nonno, e benevolo come suo padre.»

«Sono la stessa cosa, *ma chérie*.»

Antonia si mise seduta, sorridendo radiosa e lo baciò. «Sì e voi siete entrambe le cose. Quindi non discutete con me!»

«Non oserei mai!»

Quando si sistemarono di nuovo, comodi sul sofà guardandosi in faccia, il duca tornò alla questione delle spie tra di loro.

«Credo che abbiate ragione sulle sorelle. Le nostre vite quotidiane vengono raccontate indirettamente tramite i loro pettegolezzi... E credo che *mia* sorella sia...»

«Estée?» disse Antonia sbalordita. «*Vraiment?*»

«... il filo conduttore che lega tutte e tre le sorelle.»

Antonia spalancò gli occhi verdi. «*Oh là là*. Ma certo. Siete molto astuto. Avrei dovuto pensarci.»

«Ho avuto a che fare con i suoi sistemi e i suoi modi per molto più tempo di voi, *mignonne*. Quando è... ehm, contrariata, è straordinariamente libera con le sue opinioni e non si cura di chi possa essere a portata d'orecchi.»

«È vero» rispose Antonia cupa. «Non credo che noti i servitori finché non ne ha bisogno. E avete ragione, non esita mai a rivelare i suoi pensieri, in qualunque momento. *Monseigneur!*» aggiunse in fretta, colta da un'idea improvvisa. «Forse Yvette ha sentito il bisogno di lamentarsi con le sue sorelle per il, chiamiamolo, comportamento di *Madame...*»

«Per i suoi capricci? Perché è quello che sono. Sì. Chi non vorrebbe attirarsi la simpatia di una sorella dopo una delle invettive particolarmente energiche di Estée?»

Antonia si appoggiò ai cuscini con una smorfia sul volto, pensierosa e giocherellando inconsciamente con la punta della sua lunga treccia.

«Anche se Yvette avesse saputo dei particolari su di noi tramite *Madame*, e ne avesse parlato con Gabrielle, come avrebbe fatto quel pettegolezzo ad arrivare a una vecchia zia? Non credo che Gabrielle lo ripeterebbe. E se Giselle è circospetta non direbbe una parola...»

Il duca fece una smorfia e alzò le spalle, come se anche lui fosse perplesso. Ma Antonia non si lasciò ingannare. Vide lo scintillio negli occhi scuri, l'accenno di un sorriso che rialzò gli angoli della sua bocca e si affrettò a tornare a rannicchiarsi contro di lui.

«Penso che mi abbiate volutamente lasciato parlare a vanvera» lo rimproverò scherzosamente. «Potete essere d'accordo con me che le sorelle sono pettegole e spettegolano su di noi e che *Madame* è imprudente con le sue esternazioni, quando è in uno dei suoi umori belligeranti, ma non credete che sia così che le vostre vecchie zie o mia nonna abbiano scoperto particolari intimi su di noi! Voi lo sapete, vero, *Monseigneur,* lo avete sempre saputo e stavate solo assecondandomi per tutto il tempo. Ditemelo! Non voglio più continuare!»

«Oh, ma che bel parlare stavate facendo, *mon adorable petite fée.* E ci ha permesso di dimenticare, anche se solo per un momento, ciò che abbiamo entrambi di fronte nei prossimi giorni.» Le tirò scherzosamente la treccia. «Se devo essere completamente sincero, non mi era passato per la mente che uno dei miei servitori potesse tradirci. Avevo sempre pensato che dovesse essere uno dei servitori dei Salvan che si era intrufolato tra i nostri dipendenti e che le mie zie avessero poi inoltrato a vostra nonna ciò che avevano saputo.» Le baciò dolcemente la fronte. «Ma mi avete mostrato che la spiegazione più semplice è spesso quella giusta. Ha senso che le sorelle spettegolino e spesso altri le avranno sentite e a loro volta avranno spettegolato fuori dalle mura delle nostre case. Ma anche se fosse così non sono loro quelle da biasimare.»

«Se volete una spiegazione più semplice, credo che sia *Madame* che spettegola con le vostre vecchie zie…»

«…e nella sua corrispondenza con Augusta» disse il duca, finendo la sua frase. «E avreste ragione. Vostra nonna ha l'abilità di estorcere anche il più piccolo particolare dai suoi corrispondenti e quindi credo che Estée le abbia involontariamente rivelato tutto ciò che Augusta desiderava sapere.»

«Grazie per avermelo detto» rispose sommessamente Antonia. «Avrei potuto continuare a immaginare e farneticare, ma preferisco restare qui in silenzio con voi» aggiunse con un sorriso dolce.

«Perché non lo facciamo fino all'ora di cena?»

«Oh, mi piacerebbe molto» rispose Antonia, ma lo sorprese balzando in piedi e infilandosi le pantofole. Gli chiese scusa. «Prima devo farmi asciugare e sistemare i capelli.»

Lo sguardo di Roxton andò alla soglia. Nell'ombra c'era

Gabrielle che sporgeva la testa dalla *portière* e dietro a lei, due delle cameriere. Si alzò e si strinse la banyan, poi attirò Antonia verso di sé.

«Raccoglierò i vostri libri» le disse, passando la mano lungo la treccia fino al grosso nastro. Se l'avvolse intorno al polso. «Dovete asciugarli, ovviamente, ma portatemi la vostra spazzola…»

Antonia sorrise, annuì e dopo un dolce bacio, il duca la lasciò andare, senza mai smettere di guardarla mentre andava verso la *portière*. Ma quando Antonia non sparì dietro la pesante tenda ma restò a parlare a bassa voce con la sua cameriera personale, aspettò.

Antonia si affrettò a tornare da lui, con una ruga tra le sopracciglia. Alzò gli occhi, turbata.

«Renard, c'è *Madame* Haudry. Dice che deve parlare con voi. Che è di estrema importanza e non può aspettare.»

IL DUCA guardò Gabrielle da sopra la testa di Antonia. «*Madame* Haudry può venire da me dopodomani, all'alba, prima che parta per Limoges.»

Gabrielle fece una riverenza e sparì dietro la *portière*. Antonia fece per seguirla quando ci fu un tumulto nella stanza accanto. Una porta sbatté contro la tappezzeria, ci fu un crescendo di chiacchiere e altri rumori attutiti, come se fosse in atto una colluttazione. Infine una voce bassa e profonda penetrò in quel caos e tutto divenne tranquillo, ma solo per un momento.

La coppia ducale si scambiò uno sguardo e poi tornò a guardare la *portière*. Il duca tirò Antonia tra le braccia ed entrambi aspettarono in silenzio, perplessi. Nessuno dei due fu sorpreso quando la *portière* si mosse e poi fu spinta di lato. Il valletto del duca, George Geraghty, entrò e si inchinò. Subito dietro di lui veniva Gabrielle e dietro un domestico dagli occhi spaventati. Ma fu chi c'era dietro a loro che fece digrignare i denti al duca.

«Roxton! Antonia! Oh grazie a Dio! *Mon Dieu*! Che notizia! Che notizia sorprendente! Non riesco quasi a crederci!»

Era Estée e alle sue calcagna c'era lord Vallentine.

«Calmatevi, amore mio» le ordinò in tono rassicurante Sua Signoria. «Vi ho detto che sarebbe stato meglio se me ne fossi occupato io. Non può essere un bene per il bambino se vi agitate in questo modo. E se entraste in travaglio…»

«Non siate ridicolo, Lucian! Mi mancano settimane… *mesi* prima che arrivi il bambino! Non so come vi aspettiate che resti calma quando *Tante Victoire* mi ha mandato questa notizia.» Corse dal fratello brandendo un unico foglio. «Roxton, leggete! Non ci crederete!»

«Potete lasciarci» disse con calma il duca al suo valletto, con un'occhiata agli altri servitori che abbassarono immediatamente gli occhi quando il loro padrone guardò verso di loro.

I servitori erano appena usciti dalla stanza e la pesante tenda era ricaduta al suo posto, quando Vallentine disse imbarazzato: «Scusateci se siamo entrati in questo modo, ma non era possibile evitarlo».

«Devo mettere delle guardie armate alle porte nella mia stessa casa?» chiese il duca con gelida cortesia. «Con tanto di pistole per fermarvi?»

Sua Signoria fece spallucce. «Dovrebbero avere le pistole e l'ordine di "sparare per uccidere" perché per Estée lotterei fino alla morte con loro se estraessero una spada…»

«… e per lei uccidereste tutti, Lucian» lo interruppe Antonia con un sorriso.

«Sì, *Madame la Duchesse*» rispose umilmente lord Vallentine.

«Oh, Lucian! Siete l'uomo più coraggioso e più meraviglioso che conosca!» esclamò Estée, gettandosi tra le sue braccia e scoppiando in pianto.

«Su, su, non ce n'è bisogno» le disse in tono rassicurante Sua Signoria. «So perché siete sconvolta, ma dobbiamo restare calmi e spiegare a vostro fratello e ad Antonia perché abbiamo osato precipitarci qui dentro in modo così rude.»

Lord Vallentine guardò oltre la testa della moglie, alzando gli

occhi al cielo, prima di voltarsi verso la duchessa. Desiderò immediatamente non averlo fatto, perché era *en déshabillé*, con una
banyan di seta sopra ben poco altro, con i capelli raccolti in una
lunga treccia. Arrossì e il rossore si scurì quando vide che anche il
suo amico era altrettanto svestito. Il duca era senza cravatta, il
nastro che di solito legava i suoi lunghi riccioli neri era allentato e
i capelli gli ricadevano sulla fronte e sulle spalle.

Vallentine spostò lo sguardo sulla stanza e sul soffitto dipinto
e fece un commento banale: «Non credo di essere mai stato in
questa parte della casa…»

«…né ci tornerai» ribatté il duca, poi emise uno stanco
sospiro. «Che cosa c'è di così…ehm… epocale che avete osato
disobbedirmi?»

Estée voltò la faccia che era stata affondata nel panciotto di
suo marito e guardò suo fratello. Gli porse con forza la lettera.
«Leggetela, Roxton. *Tante Victoire* dice… Lei dice che nostro
cugino è… lui è *morto*!»

Il duca fece un passo avanti, con la gola che si stringeva.
«Cugino? Non Alphonse…?»

«Alphonse?» Estée aggrottò la fronte e scosse la testa, infilan-
dogli la lettera in mano. «No! No! Non Alphonse.»

«*Dieu soit loué*» mormorò il duca.

Quando si avvicinò al camino per leggere, Antonia, Vallentine
ed Estée lo osservarono e aspettarono. Ma sua sorella non riuscì a
restare a lungo in silenzio. Si rivolse alla duchessa sussurrando: «È
questo il motivo per cui siamo venuti. Ho obbligato Lucian a farsi
strada a forza. Mi dispiace, ma questa lettera cambia *tutto*.»

«Non capisco, *Madame*» rispose Antonia. «Che cosa cambia?
Chi è morto?»

Il duca si voltò a guardarli. Aveva la faccia bianca. Chiese a
bassa voce: «*Madame* Haudry è ancora nella villa?»

«È qui? Perché?» Era una sorpresa per Estée e anche per
Vallentine, che fece spallucce.

«Grazie per avermi portato la lettera» disse Roxton. «Ne parleremo più tardi stasera, a cena…»

«Interromperai il tuo isolamento e vi riunirete alla famiglia?» chiese Sua Signoria.

«Devo farlo, dopo questa notizia. Ma sii gentile e mandami un domestico.»

«Non capisco? Perché ci congedate? Ho portato io la lettera. Devo parlarne adesso. Non possiamo andarcene. Noi…»

«Venite, amore mio» la esortò Sua Signoria, mettendo un braccio sulle spalle di sua moglie e conducendola lentamente verso l'uscita. «Avete sentito vostro fratello. Ha detto che ne parleremo più tardi, stasera a cena. In questo momento ha bisogno di capire e scoprire se è proprio la verità…»

«*Tante Victoire* non mentirebbe mai su una cosa importante come questa!?» gli rispose Estée. «Non capite che è un peccato mortale…»

«Oh, quello che capisco è che abbiamo commesso un peccato mortale precipitandoci qui dentro!»

Prima che Estée si rendesse conto di dov'era, Vallentine aveva portato sua moglie alla *portière*. Sollevò la tenda e portò Estée nella stanza accanto, continuando a parlare e discutere con lei e lasciando da soli il duca e la duchessa, ma solo per un momento. Sulla soglia apparve un domestico.

«Portatemi *Madame* Haudry. Se è tornata a casa riportatela qui. Fatela aspettare nella biblioteca, la raggiungeremo là.»

Roxton poi si volse verso la sua duchessa e le porse la lettera. «È Salvan. È morto.»

TRENTATRÉ

Madame Haudry stava bevendo la seconda tazza di caffè quando finalmente la coppia ducale la raggiunse nella biblioteca.

Entrambi erano vestiti com'era consono al loro alto rango.

Il duca portava un *ensemble* del velluto nero più morbido con un panciotto disseminato di *paillette* d'argento e scarpe di pelle dal tacco basso con le grandi fibbie incrostate di diamanti. Tra le pieghe della cravatta di lino bianco c'era una spilla d'oro e i capelli erano tirati indietro dal bel volto severo, in una lunga treccia legata con nastri di seta bianca, uno alla nuca e uno in fondo, in mezzo alla schiena.

La duchessa era vestita in modo altrettanto sontuoso in una *robe volante* di seta nei toni di lilla e argento con delicate *engageantes* di pizzo che ricadevano dai gomiti ai polsi. Il corpino, dalla profonda scollatura a V, era irrigidito da una pettorina cosparsa di *paillette* che richiamavano il panciotto di suo marito e mostrava al meglio il suo seno straordinario. Non portava gioielli. Era una bellezza radiosa, non ne aveva bisogno.

Non c'era da stupirsi che Michelle Haudry avesse dovuto

attenderli per oltre un'ora. Era chiaro che vestendosi con tanta cura e con tessuti così opulenti, la coppia ducale stava dando a quell'occasione la solennità formale che richiedeva.

Madame Haudry si liberò della tazza e del piattino e si alzò dal divano sprofondando in una riverenza con tutta la grazia richiesta alla neonominata dama di compagnia della regina.

«Le mie scuse per avervi interrotto, *Monsieur le Duc*. Ma questo non poteva aspettare.»

«È vero?» chiese il duca, indicandole di tornare a sedersi. Aspettò che Antonia si sistemasse le sottane voluminose prima di allargare le falde della giacca e sedersi accanto a lei. Alzando gli occhi scuri sulla sua ospite, chiese: «Il *Comte de Salvan* è morto?»

Madame Haudry mantenne lo sguardo di su lui e la voce ferma: «Sono qui per informarvi, *Monsieur le Duc* e *Madame la Duchesse* che Jean Honoré de Salvan, il *Comte de Salvan* è morto. Lui-lui…» Le mancò la voce e si fermò quando la duchessa sospirò e si accasciò contro il braccio del duca.

Antonia si riprese in fretta, comunque, mormorando le sue scuse e il duca le sussurrò qualcosa che Michelle Haudry non colse, prima di riportare la sua attenzione alla loro ospite.

«Voi come lo avete saputo, *Madame*?»

«Un rappresentante di mio suocero era a Limoges…»

«… e per puro caso era lì nel momento esatto della dipartita di *Monsieur le Comte*? Che fortuna.»

«Perdonate, *Monsieur le Duc*, l'incontro era stato organizzato e doveva servire a informare il conte dei provvedimenti finanziari messi in atto da mio suocero per il cavaliere Montbelliard e mia sorella.» *Madame* Haudry sorrise diffidente. «Aveva pensato fosse prudente rendere edotto il conte di quelle disposizioni.»

«*Monsieur* Haudry è sempre astuto» commentò il duca e le fece cenno di continuare.

«Quando il rappresentante è arrivato al castello nel giorno e all'ora precisata, ha trovato i domestici del *Comte* in stato di grande agitazione. La parola che ha usato è stata *subbuglio*. Il loro padrone si era rinchiuso nelle sue stanze tre giorni prima e nessuno al castello, nemmeno le domestiche addette alla rimozione della cenere, era stato in grado di accedere alle stanze del *Comte* da allora.»

«Questo, ehm, rappresentante, ha scoperto il motivo per cui Salvan si era rinchiuso?»

«Nessuno è stato in grado di fornire una risposta definitiva» rispose Michelle Haudry. «Il valletto del *Comte* ha confidato al rappresentante che non era insolito per il suo padrone avere episodi di cattivo umore, durante i quali rifiutava il cibo e le bevande, finché il suo valletto, o il suo medico, riusciva a convincerlo ad aprire la porta. Questi episodi raramente duravano un'intera giornata e anche quando si rifiutava di vedere chiunque, urlava comunque le sue richieste dall'altra parte della porta. Ed è il motivo per cui, quando erano passati tre giorni e non era arrivato un suono dalle stanze del *Comte*, il medico e i servitori avevano usato un ariete per abbattere la porta.»

«Medievale! E il motivo per questo particolare… ehm… cattivo umore?»

«Il valletto ha ipotizzato che fosse dovuto a parecchie lettere e pacchi arrivati da Parigi e Versailles, che gli auguravano *joyeux anniversaire*. Il suo padrone detestava che gli ricordassero che era passato un altro anno dal momento della sua nascita.»

«Sembra proprio da Salvan, lamentarsi per un compleanno!»

«Ma, *Monseigneur*, essere di cattivo umore non può averlo ucciso» ribatté Antonia. Poi chiese a Michelle Haudry: «Il rappresentante sa che cosa c'era nelle lettere e nei pacchetti?»

«Ottima domanda, *ma vie*.»

Il duca e la duchessa guardarono la loro ospite in silenziosa attesa.

«Erano state aperte solo una lettera e una scatola di legno. Entrambe venivano da mia nonna.» Michelle Haudry diede un'occhiata alla duchessa, che stava ascoltando attentamente, con le mani in grembo, prima di continuare. «Il valletto ha consegnato la lettera al rappresentante ed è ora nelle mani di mio suocero...»

«Non ha pensato di offrirla a me. Dopotutto, lui e voi sapete che avevo proibito a vostra nonna di corrispondere con Salvan, e la lettera dimostra la sua perfidia...»

«*Monsieur le Duc*, sì e no. Per spiegarmi: le avevate proibito di contattare suo nipote e sì, gli ha scritto dopo avervi dato la sua parola. Ma in sua difesa, gli aveva scritto avvisandolo che sarebbe stata l'ultima volta in cui si metteva in contatto con lui. La scatola di legno era il suo ultimo regalo d'addio.»

«E nella scatola?»

«Due vasi di fichi marinati appoggiati nella paglia. Il *Comte* l'aveva aperta la sera prima di rinchiudersi nelle sue stanze. Il valletto lo ricordava in particolare perché mentre stava aiutando il suo padrone prima che si ritirasse per la notte, aveva visto i due vasi sul tavolo da *toilette*.»

«Erano stati aperti?»

«No, allora no» rispose Michelle Haudry e la curiosità la spinse a chiedere: «Posso sapere che cosa vi ha spinto a chiederlo, *Monsieur le Duc*?»

«Dato che il valletto era ansioso di informare il rappresentante di *Monsieur* Haudry che ricordava i fichi, cosa che poi il rappresentante gli riferì, e voi lo state dicendo a me, sembrerebbe che i fichi abbiano giocato una parte vitale nella dipartita di Salvan.»

Antonia tirò il fiato, sbalordita. «*Monseigneur*! Pensate che lo abbiano ucciso i fichi?»

Il duca non riuscì a nascondere una risatina. «Non in senso letterale...»

Antonia si portò la mano alla bocca per soffocare una risata, poi sussurrò: «Siete assurdo! Grazie, mi sento meglio».

«Piacere mio, *ma fée*» rispose il duca e riportò lo sguardo sulla loro visitatrice, di nuovo solenne. «Abbiamo raggiunto il punto dove ci direte, senza le iperboli del rappresentante, come ha trovato la sua fine il *Comte de Salvan*.»

«Molto bene, *Monsieur le Duc*. È opinione del medico che il *Comte* sia morto per un attacco di cuore, causato dall'eccessivo consumo di fichi.»

«Un attacco di cuore?» Il duca non sembrò convinto. «Aveva consumato entrambi i vasi oppure solo uno?»

Michelle Haudry fu di nuovo curiosa. «Era stato aperto un solo vaso e anche se il rappresentante pensava fosse strano che metà del suo contenuto fosse rimasto intatto e che quindi il conte avesse mangiato solo una piccola quantità di quella leccornia, il suo medico fu irremovibile nella sua diagnosi.»

«Il medico ha preso in considerazione la possibilità che i fichi potessero essere avvelenati e che sia stato il veleno a causare un attacco di cuore?»

Antonia si mise seduta eretta. «Se era veleno e i fichi erano un regalo di *Tante Philippe*...» Inorridita, guardò Michelle Haudry. «*Pardon, Madame*, non dovrei presumere che sia stata vostra nonna a mettere il veleno nel vaso di fichi.»

«No c'è bisogno di scusarsi, *Madame la Duchesse*» la interruppe Michelle Haudry. «Sono conscia di che cosa è capace mia nonna e non mi sorprenderebbe sapere che ha intriso i fichi di veleno.» Sospirò, come se stesse raccogliendo la forza di continuare. «Mio suocero crede, e sono d'accordo con lui, che mia nonna sapesse già che il *Comte* era morto, o che lo sarebbe stato molto presto, quando ha partecipato al ricevimento di nozze del cavaliere con mia sorella. Spiegherebbe il suo umore allegro e la richiesta che la coppia restasse un po' più a lungo a Versailles. E anche questo suggerisce la sua colpa.»

«Avvelenando un nipote, la marchesa Touraine-Brissac ha negato all'altro nipote la soddisfazione di difendere il proprio onore. Non la ringrazio.»

«Pensate che anche quello fosse deliberato, *Monseigneur?* Negarvi la soddisfazione?» chiese Antonia.

Il duca arricciò le labbra. «Le darebbe un certo senso di soddisfazione, pensare di aver battuto entrambi in astuzia. Che Salvan sia morto è un grande sollievo. E mi ha liberato dalla scomodità di viaggiare fino a Limoges. Ma, no, non credo che fosse la sua motivazione principale nel regalargli un vaso di fichi avvelenati.»

«Allora perché l'ha fatto?» chiese Antonia, ancora perplessa. E poi rispose alla sua stessa domanda. «In modo che Montbelliard potesse succedere al titolo e che sua nipote diventasse la *Comtesse de Salvan*, molto prima di quanto chiunque si fosse aspettato.»

«Significa che la famiglia Salvan riavrà il suo posto a corte, *Madame la Duchesse*» disse Michelle Haudry.

«Motivazione sufficiente per commettere un omicidio» disse lentamente il duca.

Antonia non era convinta e aggrottò la fronte. «Ma avrebbe raggiunto lo stesso risultato se avesse permesso a *Monsieur le Duc* di affrontare Salvan in duello. E che dite del rischio che scoprissero che è un'assassina? Commettere un omicidio è un peccato da cui nemmeno lei può redimersi; glielo dirà anche il suo prete.»

«Non è la prima volta in cui ha peccato, *ma fée*. E anche lei sarebbe d'accordo che infrangere il quinto comandamento e aggiungerlo alla sua lunga lista di peccati farà ben poco per annerire un'anima già nera.» Chinò la testa rivolta alla loro ospite. «Vi chiedo perdono se la verità è penosa per voi, *Madame*.»

Michelle Haudry fu filosofica. «Non ce n'è bisogno, *Monsieur le Duc*. Ho imparato a ignorare il dolore tanto tempo fa. Mio padre mi aveva confidato l'ironico fatto che sua madre avrebbe giustificato commettere qualunque peccato poteste nominare, purché servisse all'onore della famiglia. Onore! Sarebbe risibile se non fosse così inquietante.» Da una tasca nascosta tolse una lettera che passò al duca. «Forse questa contiene le risposte che entrambi cercate sulla morte del *Comte*.»

La lettera era sigillata con lo stemma dei Salvan inciso nella cera rossa e c'era una parola scritta di fronte: Roxton. Era la grafia di Salvan.

Ci volle tutta la forza di volontà del duca per prendere la lettera e poi lo fece come se dovesse toccare qualcosa di ributtante. La infilò immediatamente nella tasca profonda della giacca e scosse le dita, come per liberarle dal contagio.

«È stata scoperta sul suo corpo» disse loro Michelle Haudry. «Il rappresentante l'ha consegnata a mio suocero assicurandogli che nessuno sa della sua esistenza, tranne il medico, che è stato ben pagato per dimenticare.»

«*Monsieur* Haudry ne conosce il contenuto?»

«No, *Monsieur le Duc*. E, per favore, prima che lo chiediate, sapete bene quanto me che sarebbe stato facile farla aprire, leggerla e poi sigillarla di nuovo. Ma mio suocero è un uomo d'onore. Ha lasciato intatto il sigillo e voleva che ve lo assicurassi. Che consegnarvi la lettera è un gesto di lealtà nei vostri confronti, *Monsieur le Duc*, e il suo ringraziamento per aver riposto in me la vostra fiducia.»

«Apprezzo vivamente la sua lealtà, e anche la vostra. A tale proposito, la duchessa e io inviteremo vostro suocero e la vostra famiglia a cenare all'Hôtel quando torneremo a Parigi.»

«Saremo onorati di sedere alla vostra tavola, *Monsieur le Duc*.»

«Torneremo a casa domani» aggiunse la duchessa, con un sorriso al duca. «Ora possiamo farlo tutti come una famiglia e la cosa mi fa enormemente piacere.»

«Mio suocero ha aggiunto che il suo rappresentante potrebbe farvi visita, quando lo vorrete, *Monsieur le Duc*, in modo che abbiate un resoconto di prima mano della sua visita allo *Château d'Ambert*. Speravamo di informarvi prima di chiunque altro, ma temo che mia nonna abbia ricevuto la notizia da un corriere più veloce e la famiglia abbia avuto la comunicazione della morte del conte questa mattina presto...»

«Questo spiega come mia sorella l'abbia sentita da *Tante Victoire*» la interruppe il duca, irritato. «Non importa, prima di sera a palazzo non si parlerà d'altro e sarà l'unico argomento di conversazione nei salotti parigini al mattino dopo.»

Michelle Haudry si alzò e fece una riverenza. «Devo tornare ai miei doveri a palazzo e, dato che non posso dirvi altro, vi auguro buon pomeriggio, *Monsieur le Duc et Madame la Duchesse.*»

TRENTAQUATTRO

MICHELLE HAUDRY era appena uscita dalla stanza quando Antonia si gettò tra le braccia del duca.

«Sono così contenta che non mi lasciate per andare a Limoges! Anche *Madame* sarà lieta che Vallentine torni a Parigi con noi.» Si accigliò a un pensiero. «Ma credo che forse lui si sarebbe goduto qualche giorno con solo voi come compagnia.»

Il duca sorrise.

«Potete dubitarne, quando ora dovrà passare tutto il tempo sulla strada di Versailles immerso fino al collo in campioni di tessuto e carta da parati?»

Scoppiarono entrambi a ridere.

Antonia alzò gli occhi, guardandolo da sotto le ciglia, con un lieve rossore sulle guance di porcellana mentre il sorriso svaniva e confessava: «*Monseigneur*, è egoistico da parte mia, ma provo un enorme sollievo che non dobbiate incrociare la spada con Salvan. So che il vostro più grande desiderio era veder servita la giustizia, ma adesso possiamo continuare con le nostre vite sapendo che non può più far del male a nessuno di noi».

«*Mignonne*, era una macchia, un fastidio, niente di più. È un grande sollievo che non possa più interferire con la vostra felicità. L'unica conseguenza soddisfacente di non averlo ucciso in duello è che la sua fine poco elegante gli abbia negato una morte onorevole.»

«Ma non siete completamente soddisfatto. Lo vedo. C'è qualcosa nella morte di Salvan che ancora vi infastidisce, e penso che abbia a che vedere con i fichi.»

«Più precisamente, perché mia zia si sia sentita obbligata ad affrettare la dipartita di Salvan.»

«Forse la lettera che vi ha dato *Madame* Haudry vi darà la risposta?»

Roxton era riluttante ad aprire la lettera di suo cugino. Il suo contenuto avrebbe potuto essere illuminante o causargli più angoscia. Avrebbe voluto buttarla tra le fiamme, ancora sigillata. Ma allora non avrebbe mai saputo in un modo o nell'altro, quindi tolse dalla tasca il foglio di pergamena e ruppe il sigillo.

Aprendo il foglio fu sorpreso di scoprire che conteneva un altro biglietto piegato. Lo tolse e lo mise dietro alla pergamena e lesse ciò che aveva scritto il conte. Poi aprì il biglietto, scritto in una grafia diversa, e lo lesse. Riemergendo per respirare, tese entrambi ad Antonia.

Ciò che il conte aveva scritto a Roxton:

Cugino,

Tutta la mia famiglia mi ha abbandonato, su vostro ordine. Congratulazioni! Avete ridotto il povero Salvan a vivere come uno scarafaggio in trappola.

Vedrete dalla missiva allegata che il vecchio avvoltoio, Tante

Philippe, voleva che la bruciassi. Perché avrei dovuto? Credeva sinceramente che non mi sarei reso conto che entrambi i vasi contenevano veleno? Ah! Ma è una vera Salvan! L'orgoglio viene prima di qualunque altra considerazione. Ma non credo che le interessi chi sa del suo inganno. Ciò che la preoccupa è che scoprano che in effetti ha un cuore che batte! Sono stupefatto! E lo sarete anche voi.

Il mio unico conforto nel lasciare questa esistenza terrena è sapere che ho reso felice quell'angelo di vostra moglie e che, quando arriverà il suo momento di salire in cielo, voi e lei sarete separati per l'eternità.

Vi aspetto all'inferno.

Ciò che *Tante Philippe* aveva scritto a Salvan:

Joyeux anniversaire mon neveu!

Un regalo d'addio. Due vasi dei vostri fichi marinati preferiti. Deciderete voi quale dei due aprire. Ma prima che lo facciate, lasciate che vi informi che non accetterò nemmeno la più remota possibilità che si ripeta la tragedia di famiglia che si era abbattuta su mia sorella Madeleine-Julie. Era troppo giovane, troppo buona e gentile, troppo bella e troppo innamorata di suo marito per diventare vedova prima del tempo. E così è Antonia Roxton.

Potreste affrontare vostro cugino in un duello e fare una morte onorevole, perché è sicuro che Roxton vi ucciderà, oppure potete scegliere il vaso che vi permetterà di passare in modo indolore a un sonno eterno, sapendo che avrete finalmente fatto qualcosa di nobile permettendo a quella dolce ragazza di godere molti altri anni di vita matrimoniale.

Bruciate questo biglietto altrimenti il mondo vedrà ciò che vediamo noi: un piagnucoloso codardo. Siete una disgrazia per la vostra dinastia e nessuno piangerà la vostra morte. So quale vaso sceglierete. Assaporate ogni boccone. Ogni scelta porta diritta all'inferno.

Addio per sempre.

TRENTACINQUE

L A FAMIGLIA si riunì per la cena quel pomeriggio, vestita per l'occasione nelle sete e i satin più pregiati. Avevano un umore insolito: riflessivo per la morte del *Comte de Salvan* ma anche allegro e soddisfatto. Il loro soggiorno nella villa era arrivato alla fine e ora che Antonia era stata presentata a corte e aveva cenato con il re, entrambe le cose risultate un eclatante successo, non c'era bisogno di restare a Versailles. Tutti non vedevano l'ora di tornare a Parigi e alle loro vite, nello spazio e nell'opulenza dell'Hôtel Roxton.

Da capotavola, il duca osservava la famiglia. La duchessa e Martin stavano chiacchierando, con l'argomento della loro conversazione seduto sul ginocchio di Martin. Una bambinaia si avvicinò per prendere il piccolo e metterlo su un seggiolone, poi piazzato tra sua madre e il suo padrino. I Vallentine erano seduti al lato opposto, con le teste vicine mentre discutevano di carta da parati.

Il duca interruppe le conversazioni prima che arrivassero i primi vassoi coperti e le zuppiere, indicando al maggiordomo di versare il vino. E mentre riempivano i bicchieri di cristallo, annunciò tranquillamente: «Ho deciso che sarebbe meglio se voi restaste qui alla villa per qualche settimana».

I Vallentine si guardarono e poi rivolsero lo sguardo verso il duca, entrambi così stupiti che nessuno dei due parlò.

Il duca sollevò il calice, con un mezzo sorriso sulla bocca. «Mi rallegra che nessuno dei due discuta…»

«Aspetta! Non hai detto perché dovremmo farlo.»

«Farebbe differenza?»

«No, ma…»

«Certo che farebbe differenza» ribatté *Madame*.

«Allora lascerò che sia la duchessa a dirvelo» rispose tranquillamente il duca, ammiccando a sua moglie.

«*Monseigneur*, li state inutilmente stuzzicando» si lamentò Antonia senza fervore.

Il duca sorrise. «È vero.»

«Ehi! Non è giusto!» si lamentò Vallentine.

«Penso che *Monsieur le Duc* sia d'umore insolitamente gioviale» si avventurò a spiegare Martin. «Motivo per cui vi sta prendendo in giro.»

«*Exactement*, Martin» confermò Antonia.

I Vallentine si guardarono, Estée fece spallucce, confermando che accettava la spiegazione. Vallentine alzò una mano, sconfitto, e prese il suo bicchiere di vino. «Giusto. La notizia che abbiamo ricevuto questa mattina, della morte di *colui che non deve essere nominato* ci ha messo tutti di buonumore, quindi sono pronto per qualsiasi cosa mi… ci voglia dire. Perché restiamo qui?»

«Ve lo dirò io» dichiarò Antonia. «È stata tutta una mia idea e *Monseigneur* ha detto che avrebbe voluto averci pensato lui. Quindi resterete qui e vi godrete qualche settimana di riposo e *rétablissement* mentre ristrutturano i vostri appartamenti all'Hôtel. Naturalmente verrete a vedere come vanno i lavori, ma con tutti gli operai in giro nelle vostre stanze ci sarà talmente tanto rumore e vapori di vernice e colla, e il trambusto farà venire a entrambi il mal di testa, e sarà insopportabile...»

«Accidenti! È un'idea eccellente, *Madame la Duchesse*!» esclamò Vallentine. Si rivolse alla moglie. «Nelle vostre delicate condizioni l'ultima cosa di cui avete bisogno sono il rumore e i disagi, amore mio!»

«E mentre *Madame* di giorno riposerà» spiegò Antonia, «voi, Vallentine potrete continuare ad andare alla *Grande Écurie* con il cavaliere Montbelliard... oh! Scusatemi, il *Comte de Salvan*.» Guardò il duca con un sorriso. «Dobbiamo abituarci a dire quel nome senza amarezza perché ora è associato a un giovanotto che, ci dice Vallentine, ha un carattere impeccabile.»

«Idea fantastica!» esclamò Vallentine con entusiasmo, poi, vedendo sua moglie fare il broncio, aggiunse in tono più pacato: «Non vorrei starvi fra i piedi tutto il giorno. E se ve la sentirete, forse potremo invitare Montbel... *Salvan* a cena con la sua sposa...» Si fermò e guardò il duca. «Ovviamente dipenderà se approverai o meno che vengano a cena.»

«Lucian, puoi invitare chiunque tu voglia alla tua tavola, e quello include anche i nuovi *Comtes de Salvan*. In effetti, insisto che faccia la loro conoscenza.» Guardò sua sorella. «Se vi sembrerà di averne le forze, apprezzerei che rappresentaste la famiglia alla commemorazione funebre per nostro cugino.»

«Ovviamente» rispose Estée. «E daremo un piccolo ricevimento qui per i nostri cugini e la coppia di neo sposi ora che hanno ereditato il titolo.» Sorrise ad Antonia. «Grazie per aver pensato a noi, mia cara. Mi piace moltissimo la vostra idea. Ma...» Sospirò e cercò di sembrare disinteressata. «Ci sarà abbastanza spazio per accoglierci tutti qui? Non vorrei essere d'incomodo per nessuno.»

Suo marito trasalì, Martin nascose un sorriso e il duca fissò il soffitto.

Antonia capì al volo a che cosa stava alludendo sua cognata:

Martin sarebbe rimasto alla villa? E che dire dei servitori e dell'altro personale che erano sempre stati alla villa? Rivolse un sorriso complice al duca.

«Non ci sarà alcun incomodo» rispose allegramente Antonia. «Ci saranno solo i vostri servitori, e naturalmente il personale di *Monseigneur* qui alla villa che vorrete trattenere per la vostra comodità. Tutti gli altri, incluso Jean-Luc, verranno con noi all'Hôtel. Oh! Tranne Martin. Ma lascerò che sia lui a parlarvi dei suoi programmi di viaggio.»

Vallentine si agitò immediatamente. «Cosa? Non ci lascerete per molto tempo, vero, Ellicott?»

«Solo per qualche mese» rispose Martin, visibilmente colpito dalla delusione di Sua Signoria. «Intendo passare un mese con mia madre ad Alston e poi andare a Bath per ispezionare le migliorie a Moran Hall. Ho anche qualche commissione da portare a termine per le Loro Grazie a Londra…»

«Ma sarete di ritorno in tempo per la nascita?» chiese ansiosamente Vallentine. Guardò sua moglie e la incluse quando disse: «Vogliamo che ci siate. Dev'esserci, vero, Roxton?»

«Naturalmente» lo rassicurò Martin. «Non perderei un'occasione così memorabile per niente al mondo.»

«Allora è sistemato» dichiarò il duca.

«E in primavera» disse spensieratamente Antonia, «*Monseigneur* e io, noi ritorneremo a Treat perché il nostro secondo figlio dovrebbe nascere lì…»

«Lo sapevo!» esclamò Estée, con un sorriso compiaciuto. «Siete incinta!»

Antonia sembrò pensierosa. «Non credo, *Madame*…» Il suo sorriso era misterioso. «Ma non significa che non lo sarò per allora. E poi ci sono tante buone ragioni per passare i mesi più caldi a Treat.» Guardò il figlioletto spalancando gli occhi, gli afferrò il pugno che il piccolo stava sbattendo contro il vassoio del seggiolone e gli diede un bacio sonoro prima di rivolgersi nuovamente al resto della famiglia. «Una è che Martin, visto che tornerà con noi, potrà presentare il suo figlioccio a sua madre...»

«... e dopo quella presentazione» la interruppe il duca, guardando la duchessa sopra il bordo del bicchiere, per niente abbindolato, «vi siederete con la signora Ellicott, davanti a una torta e parlerete del tempo...?»

Martin sembrò imbarazzato ma gli occhi verdi di Antonia erano pieni di malizia.

«*Monseigneur*, sarebbe maleducato da parte mia, mangiando la torta, se non chiedessi alla signora Ellicott del tempo passato come governante alla casa grande...»

«Frottole» interloquì il duca amorevolmente. «Quello che volete da lei è scoprire tutto quello che c'è da sapere sulla mia... ehm... incarcerazione sotto il tetto del mio tirannico nonno.»

«*Monsieur le Duc*, siete molto *astucieux*!»

«E voi, *Madame la Duchesse*, siete una streghetta.»

La coppia ducale era intenta a una scherzosa battaglia verbale che per i Vallentine era sconcertante. Ma niente poteva distrarre Sua Signoria dai camerieri dietro di loro, con le braccia cariche con i vassoi coperti, che aspettavano le istruzioni del maggiordomo per appoggiarli sul tavolo.

«Ci sono altri motivi, mia carissima?» chiese Estée, curiosa ma ancora confusa.

Quando Antonia e Martin si scambiarono un sorriso complice, il duca disse: «Se ci sono, vi suggerisco di confessarli tutti, *ma vie*, in modo che possa dare il segnale, altrimenti Lucian potrebbe svenire per la fame.»

Antonia finse di tergiversare e poi rise.

«Molto bene, per salvare Lucian.» Poi includendo tutti disse: «Naturalmente il motivo più importante per andare a trovare la signora Ellicott è per farle conoscere Julian. Ma una volta che mi avrà raccontato tutto del tempo passato da *Monseigneur* sotto il tetto di suo nonno, intendo effettuare l'antica cerimonia romana dei Lemuria. In questo modo lo spirito malevolo del quarto duca sarà espulso dalla casa per sempre.»

«E, come capo della casata, vi aspettate che io partecipi ai riti di questa antica festività andandomene in giro… ehm… a piedi nudi a mezzanotte?» si inserì il duca, fingendo irritazione. «Gettando fagioli neri dietro la spalla e recitando un incantesimo: *Haec ego mitto; his redimo meque meosque fabis?*»

«Getto questi e con questi fagioli riscatto me e ciò che è mio?» esclamò Vallentine, traducendo dal latino. Fece una smorfia. «Che parole senza senso.»

«E voi pensate che gettare del fagioli dietro la spalla sia meno assurdo?» sbottò sua moglie.

«Sono impressionata dalla vostra conoscenza del latino, Lucian» si complimentò Antonia.

«Potrò apparire un sempliciotto» disse altezzosamente Sua Signoria, a testa alta, «ma riesco a ricordare un po' delle stupidaggini che ci hanno insegnato a Eton.»

«Le lezioni di latino erano appena prima di cena» spiegò il duca. «E Lucian è sempre più sveglio quando ha fame.» Indicò al maggiordomo di cominciare a servire la cena e disse al suo migliore amico: «Le mie scuse per aver fatto aspettare il tuo stomaco.»

«Accettate» disse Sua Signoria, con lo sguardo che non lasciava mai il centro della tavola dove i camerieri stavano appoggiando vassoi coperti grandi e piccoli. «Se me lo chiedi, questa festività, i Lem… come diavolo si chiamano…»

«*Lemuria*» lo corresse Roxton.

«La festività dei Lemuria… *quella*» continuò Vallentine, versando la crema di funghi nella sua ciotola, «potrebbe proprio essere ciò di cui ha bisogno quel cupo monolite di marmo. Sono d'accordo su tutto ciò che possa eliminare da Treat lo spirito minaccioso del quarto duca.»

«Ciò che vi piace di più, Lucian, è una festa» dichiarò Estée, facendo ridere tutti.

Vallentine sorrise. «Anche quello! Ma non i fagioli…»

«Saggio, perché sono piuttosto sicura che i fagioli avrebbero lo stesso effetto che ha su di voi il torrone con le mandorle» dichiarò nel suo modo esplicito Antonia.

Intorno alla tavola ci furono altre risate.

«Ho intenzione di ignorarvi, ragazza e mangiare la mia zuppa!»

«*Madame la Duchesse*, posso chiedere quante volte *Monsieur le Duc* dovrà ripetere l'incantesimo mentre getta i fagioli sopra la spalla?»

«Martin, smettetela di incoraggiarla» lo avvertì blandamente il duca.

«Nove volte! E Martin mi deve incoraggiare, *Monseigneur*, perché anche lui desidera vedervi compiere la cerimonia per espellere lo spirito di vostro nonno.»

«È così, *Madame la Duchesse*» ammise Martin, evitando di guardare il duca. «Sono sicurissimo che mia madre, e coloro che hanno servito sotto il quarto duca, apprezzerebbero il gesto.»

«Perché non chiedere a lei, in effetti a tutti i vecchi dipendenti, di unirsi a noi?» disse il duca. «Sono certo che *Madame la Duchesse* si assicurerà che ci siano abbastanza… ehm… fagioli per tutti.»

«È un'idea eccellente, *Monseigneur*» rispose dolcemente Antonia, ignorando il suo pesante sarcasmo e scambiando un sorriso con Martin. «È esattamente quello che farò.»

Poi guardò la sua famiglia intorno al tavolo, occupata a riempire le ciotole e i piatti di cibo, e poi il suo bambino, che agitava felice le braccia e gorgogliava, e con un sorriso soddisfatto rivolse lo sguardo al duca.

«E dato che Vallentine, *Madame* e il loro bambino ci raggiungeranno a Treat, anche il resto della famiglia può essere coinvolto nella cerimonia. Quindi non potete obiettare e dire che sarete il solo a piedi nudi a gettare fagioli» gli disse sfacciatamente. Guardò di nuovo intorno al tavolo. «Mentre *Monsieur le Duc* starà gettando i fagioli in giro per le stanze ripetendo l'incantesimo» spiegò, «noi lo seguiremo a piedi nudi, sbattendo insieme delle pentole di bronzo e ripetendo: «*Fantasmi dei miei padri e antenati, sparite!*»

Ci fu un clangore di metallo sulla porcellana quando i Vallentine lasciarono cadere le posate e la fissarono inorriditi.

«*Monseigneur*, ho tradotto correttamente la frase?»

Il duca annuì, con il tovagliolo premuto contro la bocca per trattenere una risata, sparito l'autocontrollo davanti all'immagine mentale di sé e la sua famiglia a piedi nudi che eseguivano i riti di esorcismo romani, con lui che si gettava i fagioli sopra la spalla e inavvertitamente colpiva la sua famiglia.

«Vedi, Ju-Ju» dichiarò Antonia al suo bebè, baciandogli il pugno e poi la guancia grassoccia. «Il tuo papà e la tua famiglia sono già molto più felici solo davanti alla prospettiva di sloggiare il fantasma del tuo bisnonno da casa nostra!» Si mise diritta e si guardò attorno prima di rivolgersi al duca. «Sono decisa a che Treat sia una casa felice per tutti noi!»

Il duca, ancora con gli occhi umidi per la risata, alzò il bicchiere verso di lei, imitato dagli altri, dicendo teneramente: «Di quello, *mignonne*, sono perfettamente convinto. A *Madame la Duchesse!*»

«*Madame la Duchesse!*»

DIETRO LE QUINTE

Andate dietro le quinte di serie *I Roxton, i primi anni* esplorate i posti, gli oggetti e la storia del periodo su Pinterest.

www.pinterest.com.au/lucindabrant/roxton-foundation-series.

La storia continua in *Matrimonio di Mezzanotte*

www.ingramcontent.com/pod-product-compliance
Lightning Source LLC
Chambersburg PA
CBHW051109300726
48981CB00001B/61